FREIDA McFADDEN

Freida McFadden es médica en ejercicio y está especializada en lesiones cerebrales. Ha escrito varios *thrillers* psicológicos bestsellers que han llegado al número uno de Amazon. Vive con su familia y su gato negro en una casa centenaria de tres pisos que mira hacia el océano con escaleras que crujen y gimen a cada paso y donde nadie podría oírte gritar. A menos que grites muy fuerte..., tal vez.

The Housemaid's Secret
EL SECRETO
DE LA EMPLEADA

The Housemaid's Secret
EL SECRETO
DE LA EMPLEADA

Freida McFadden

Traducción de
Carlos Abreu

VINTAGE ESPAÑOL

Título original: *The Housemaid's Secret*

Primera edición: junio de 2024

© 2023, Freida McFadden
Publicado por primera vez en Gran Bretaña en 2023
por Storyfire Ltd operando como Bookouture
© 2024, Penguin Random House Grupo Editorial, S. A. U.
Travessera de Gràcia, 47-49. 08021 Barcelona
© 2024, Penguin Random House Grupo Editorial USA, LLC
8950 SW 74th Court, Suite 2010
Miami, FL 33156
© 2024, Carlos Abreu, por la traducción

Impreso en Colombia - *Printed in Colombia*

ISBN: 979-88-909814-0-0

24 25 26 27 28   10 9 8 7 6 5 4 3 2 1

PRÓLOGO

Esta noche me van a asesinar.

Los relámpagos destellan en torno a mí, iluminando el salón de la pequeña cabaña en la que estoy pasando la noche y donde mi vida pronto llegará a un final abrupto. Apenas alcanzo a vislumbrar las tablas del suelo y, por unos instantes, me asalta la imagen de mi cuerpo despatarrado sobre ellas, encima de un charco de sangre que se extiende formando un círculo irregular que cala en la madera. Me imagino con los ojos abiertos, mirando al vacío, la boca ligeramente entreabierta y un hilillo rojo resbalándome por el mentón.

No. NO.

Esta noche no.

En cuanto la cabaña vuelve a sumirse en la oscuridad, me alejo de la comodidad del sofá, a ciegas, con los brazos extendidos ante mí. Es una tempestad violenta, pero no tanto como para provocar un corte de corriente. No, eso ha sido obra de otra persona. Una persona que ya ha arrebatado una vida esta noche y cuenta con que la mía sea la siguiente.

Todo empezó con un simple trabajo de limpieza y ahora podría acabar con alguien fregando el suelo de la cabaña para limpiar mi sangre.

Aguardo a que otro relámpago me ilumine el camino y luego me dirijo con cautela hacia la cocina. Aunque no tengo un plan concreto, la cocina contiene varias armas potenciales. Hay un taco entero de cuchillos ahí dentro, y, a falta de eso, hasta un tenedor podría venirme bien. Con las manos desnudas estoy perdida. Un cuchillo tal vez mejoraría ligeramente mis posibilidades.

Gracias a sus grandes ventanales, en la cocina hay un poco más de claridad que en el resto de la cabaña. Las pupilas se me dilatan en su esfuerzo por absorber toda la luz posible. Me acerco trastabillando a la encimera, pero, tras avanzar tres pasos sobre el linóleo, me patinan los pies, me pego un batacazo y me golpeo el codo con tanta fuerza que se me arrasan los ojos en lágrimas.

Aunque, a decir verdad, ya tenía lágrimas en los ojos desde antes.

Mientras me esfuerzo por levantarme, me percato de que el suelo de la cocina está mojado. Cuando relumbra otro rayo, bajo la vista hacia mis manos. Ambas palmas están manchadas de rojo. No he resbalado sobre agua o leche derramada.

He resbalado sobre sangre.

Me quedo un rato sentada, haciendo inventario de las partes de mi cuerpo. No me duele nada. Sigo intacta, lo que significa que la sangre no es mía.

Al menos por el momento.

«Mueve el culo. Espabila. Es tu única oportunidad».

Esta vez consigo ponerme de pie. Llego frente a la encimera y exhalo un suspiro de alivio cuando mis dedos entran en contacto con la superficie dura y fría. Busco a tientas el taco de cuchillos, pero no lo encuentro. ¿Dónde estará?

Y entonces oigo las pisadas que se acercan. Como está tan oscuro, no estoy del todo segura, pero diría que ahora hay alguien en la cocina conmigo. Se me eriza el vello de la nuca cuando un par de ojos se clava en mí.

Ya no estoy sola.

El corazón se me cae al estómago. He cometido un error de cálculo fatal. He subestimado a una persona extremadamente peligrosa.

Y ahora pagaré el precio más alto por ello.

PRIMERA PARTE

1

MILLIE

Tres meses antes

Después de pasarme tres horas fregando, la cocina de Amber Degraw está como una patena.

Teniendo en cuenta que, por lo que he visto, Amber sale a comer siempre por los restaurantes de la zona, todo este esfuerzo parece innecesario. Si tuviera que jugarme dinero, apostaría a que ella ni siquiera sabe cómo encender su horno de lujo. Tiene una cocina enorme y preciosa repleta de electrodomésticos que estoy bastante segura de que no ha usado ni una vez. Entre ellos hay una olla multifunción, una arrocera, una freidora de aire y una cosa que se llama «deshidratador de alimentos». Parece algo contradictorio que alguien que tiene ocho tipos de hidratantes en el baño disponga también de un deshidratador, pero no seré yo quien la juzgue.

Bueno, sí, la juzgo un poquito.

A pesar de todo, he restregado con cuidado todos y cada uno de estos aparatos sin estrenar, limpiado la nevera, guardado varias decenas de platos y fregado el suelo hasta dejarlo tan brillante que casi me reflejo en él. Solo me falta guardar la última tanda de ropa para que el ático de los Degraw quede como los chorros del oro.

—¡Millie! —La voz jadeante de Amber me llega desde fuera de la cocina, y me enjugo el sudor de la frente con el dorso de la mano—. Millie, ¿dónde estás?

—¡Aquí! —grito, aunque es bastante obvio. El apartamento (formado por dos viviendas adyacentes integradas en un superpiso) es grande, pero no tanto. Si no estoy en el salón, lo más seguro es que esté en la cocina.

Amber entra flotando en la cocina, tan elegante e impecable como de costumbre, con uno de sus muchísimos vestidos de diseño. Este tiene un estampado de cebra con un vertiginoso escote en V y unas mangas que se estrechan hacia las delgadas muñecas. Lleva unas botas con rayas blancas y negras a juego y, aunque está tan despampanante como siempre, una parte de mí no sabe si dirigirle un cumplido o cazarla en un safari.

—¡Aquí estás! —dice con un deje acusador en la voz, como si yo no estuviera exactamente donde debería.

—Estaba terminando —contesto—. En cuanto saque la ropa de la lavadora, me…

—De hecho —me interrumpe Amber—, voy a necesitar que te quedes.

Me retuerzo por dentro. Además de limpiarle la casa a Amber dos veces por semana, realizo otras labores para ella, como hacer de canguro de Olive, su hija de nueve meses. Trato de ser flexible porque me paga estupendamente, pero no se le da demasiado bien avisarme con antelación. Tengo la sensación de que aquí solo se me informa sobre mis funciones de canguro cuando resulta estrictamente necesario. Y al parecer no lo es hasta veinte minutos antes.

—Tengo que ir a hacerme la pedicura —dice con la misma gravedad que si estuviera comunicándome que se va al hospital para realizar una operación a corazón abierto—. Necesito que cuides de Olive hasta que vuelva.

Olive es una niña muy dulce. No me molesta en absoluto ocuparme de ella… normalmente. Es más, por lo general aprovecharía sin dudar la oportunidad de añadir un dinerito al exorbitante salario por hora que me paga Amber y que me permite tener un techo y comer cosas que no he encontrado en la basura. Sin embargo, ahora no puedo.

—Tengo clase dentro de una hora.

—Ah. —Amber frunce el ceño, pero enseguida recupera su semblante inexpresivo. El último día que estuve aquí me contó que había leído en un artículo que sonreír y fruncir el ceño eran las principales causas de las arrugas, de modo que intenta mantener la expresión más neutra posible—. ¿No podrías saltártela? ¿No graban las clases? Podrías pedirle los apuntes a alguien…

Pues no. De hecho, ya he faltado dos veces a clase en las dos semanas previas por los encargos de última hora de Amber. He estado intentando acabar la carrera y necesito sacar una nota decente en esta asignatura. Además, me gusta. La psicología social me parece divertida e interesante. Y es esencial que la apruebe para obtener el título.

—No te lo pediría si no fuera importante —afirma Amber.

Quizá su definición de «importante» no coincide con la mía. Para mí, importante es conseguir mi grado en trabajo social. No entiendo que una pedicura pueda tener tanta importancia. A ver, estamos a finales de invierno. ¿Quién va a verle los pies?

—Amber… —empiezo a replicar.

Justo en ese momento suena un berrido agudo procedente del salón. Aunque ahora mismo no estoy oficialmente al cargo de Olive, suelo echarle un ojo cuando ando por aquí. Amber la lleva tres veces por semana a un grupo de juego con sus amigas, pero el resto del tiempo parece urdir planes para quitársela de encima. Se me ha quejado de que el señor Degraw no la deja contratar a una niñera a tiempo completo porque ella no trabaja, así que, para resolver el problema del cuidado de la niña, se vale de una serie de canguros… y casi siempre de mí. En cualquier caso, Olive estaba en su parque infantil cuando he empezado a limpiar, y me he quedado en el salón con ella hasta que se ha dormido, arrullada por el rumor de la aspiradora.

—Millie —dice Amber con retranca.

Suspirando, dejo a un lado la esponja; siento como si llevara días con ella pegada a la mano. Tras lavármelas en el fregadero, las froto en los vaqueros para secármelas.

—¡Ya voy, Olive! —grito.

Cuando llego al salón, descubro que Olive se ha puesto de pie contra una pared del parque y llora con tal desesperación que la redonda carita se le ha teñido de un rojo intenso. Olive es como una de esas criaturas que aparecen en las portadas de las revistas de bebés. Rezuma una belleza angelical perfecta que incluye unos suaves rizos rubios que ahora tiene apelmazados contra el lado izquierdo de la cabeza por la siesta de la que acaba de despertar. Aunque en este momento su aspecto no resulta tan angelical, en cuanto me ve levanta las manos y sus sollozos se apagan.

Me inclino sobre su parque y la cojo en brazos. Me hunde el rostro húmedo en el hombro, y ya no me sabe tan mal perderme la clase en caso necesario. No sé qué me pasa, pero, en el instante en que cumplí los treinta, fue como si dentro de mí se accionara un interruptor que hace que los bebés me parezcan los seres más adorables del universo. Me encanta estar con Olive, aunque no es mi bebé.

—Te lo agradezco, Millie. —Amber ya está poniéndose el abrigo y descolgando el bolso de Gucci del perchero que está junto a la puerta—. Y créeme, mis pies te lo agradecen también.

Sí, ya.

—¿A qué hora vuelves?

—No tardaré mucho —me asegura, aunque ambas sabemos que es una mentira como una casa—. ¡Al fin y al cabo, sé que mi princesita me echará de menos!

— Claro —murmuro.

Mientras Amber hurga en el bolso en busca de sus llaves, su teléfono o su polvera, Olive se acurruca contra mí. Alza la redonda carita y me sonríe, mostrándome sus cuatro dientes diminutos y blancos.

—Ma-má —declara.

Amber se queda paralizada, con la mano aún dentro del bolso. El tiempo parece detenerse.

—¿Qué ha dicho?

Ay, madre.

—Ha dicho… ¿Millie?

Olive, ajena a la tensión que está generando, me dedica otra gran sonrisa.

—¡Mamá! —balbucea, esta vez más fuerte.

Amber se sonroja por debajo de la base de maquillaje.

—¿Te ha llamado «mamá»?

—No…

—¡Mamá! —chilla Olive con entusiasmo. «¡Por Dios santo, cállate ya, niña!».

Amber tira el bolso sobre la mesa de centro con el rostro crispado en un gesto de rabia que sin duda le dejará arrugas.

—¿Has estado diciéndole a Olive que eres su madre?

—¡No! —exclamo—. Le digo que me llamo Millie. *Millie.* Seguro que se confunde, más que nada porque yo soy quien…

Se le desorbitan los ojos.

—¿Porque pasas más tiempo con ella que yo? ¿Era eso lo que ibas a decir?

—¡No! ¡Claro que no!

—¿Insinúas que soy una mala madre? —Amber da un paso hacia mí, lo que parece alarmar a Olive—. ¿Crees que ejerces más como madre de mi niña que yo?

—¡No! Yo nunca…

—Entonces ¿¡por qué le dices que eres su madre!?

—¡No se lo digo! —Mis exorbitantes honorarios de niñera penden de un hilo—. Te lo juro. «Millie»: eso es lo que le digo. Lo que pasa es que suena parecido a «mamá». Empieza por la misma letra.

Amber respira hondo para calmarse antes de dar otro paso hacia mí.

—Dame a mi bebé.

—Claro…

Pero Olive no facilita las cosas. Al ver a su madre acercarse con los brazos abiertos, se agarra a mí con más fuerza.

—¡Mamá! —solloza contra mi cuello.

—Olive —mascullo—, no soy tu mamá. Esta es tu mamá. —«Y está a punto de despedirme si no me sueltas».

—¡Qué injusticia! —gime Amber—. ¡Le di el pecho durante más de una semana! ¿Es que eso no vale nada?

—Lo siento mucho…

Por fin me arranca a Olive de los brazos, mientras la chiquilla berrea a pleno pulmón.

—¡Mamá! —grita, extendiendo hacia mí sus bracitos rechonchos.

—¡Ella no es tu mamá! —la reprende Amber—. Soy yo. ¿Quieres ver las estrías? Esa mujer no es tu madre.

—¡Mamá! —gimotea la criatura.

—Millie —la corrijo—. Mi-llie.

Pero ¿qué más da? Ya no hace falta que sepa cómo me llamo. Y es que, a partir de hoy, tendré vetada la entrada en esta casa para siempre. Ya puedo despedirme de este trabajo.

2

Durante el trayecto a pie desde la estación de tren hasta mi apartamento de una habitación en South Bronx, mantengo el bolso bien sujeto bajo el brazo y la otra mano en el bolsillo, aferrando el espray de pimienta, pese a que es pleno día. Toda precaución es poca en esta zona.

Hoy me siento afortunada hasta de tener ese pisito en medio de uno de los barrios más peligrosos de Nueva York. Si no encuentro pronto otro trabajo para reponer los ingresos que he perdido ahora que Amber Degraw me ha despedido (sin ofrecerse a dar referencias sobre mí), lo mejor a lo que puedo aspirar es a dormir en una caja de cartón en la calle delante del destartalado edificio de ladrillo en el que vivo por el momento.

Si no hubiera decidido matricularme en la universidad, tal vez tendría algo de dinero ahorrado a estas alturas. Pero en vez de ello, idiota de mí, opté por intentar formarme.

Cuando me falta solo una manzana para llegar a casa y mis zapatillas chapotean sobre la nieve sucia y medio derretida en la acera, me asalta la sensación de que alguien me sigue. Como es lógico, siempre estoy muy alerta cuando ando por aquí. Sin embargo, en ocasiones tengo la viva impresión de que he atraído la atención de quien no debía.

Por ejemplo, ahora mismo, además de un hormigueo en la nuca, percibo pasos a mi espalda. Unos pasos que suenan cada vez más fuertes a medida que avanzo. Quienquiera que viene detrás de mí se está acercando.

Pero, en vez de darme la vuelta, me arrebujo bien en mi práctico anorak negro y acelero. Paso junto a un Mazda negro con el faro derecho roto, dejo atrás una boca de incendios roja que pierde agua y moja toda la calle, y subo los cinco irregulares escalones de cemento que conducen al portal de mi edificio.

Tengo las llaves preparadas. A diferencia de lo que ocurre en el edificio pijo del Upper West Side donde viven los Degraw, aquí el único portero que hay es el automático. Cuando la señora Randall, mi casera, me alquiló el apartamento, me advirtió con severidad que no dejara a nadie entrar detrás de mí. «Es una invitación a que te roben o te violen».

Cuando introduzco la llave en la cerradura que siempre se traba, los pasos vuelven a aumentar de volumen. Un segundo después, se cierne sobre mí una sombra que no puedo pasar por alto. Cuando alzo la mirada, veo a un hombre de veintitantos años con una gabardina negra y el cabello oscuro ligeramente húmedo. Me resulta vagamente familiar, sobre todo por la cicatriz que tiene sobre la ceja izquierda.

—Vivo en el primer piso —me recuerda al reparar en mi expresión de duda—. En el primero C.

—Ah —digo, aunque sigue sin entusiasmarme la idea de franquearle la entrada.

Se saca unas llaves del bolsillo y las agita delante de mis narices. Una de ellas tiene la misma forma que la mía.

—Primero C —repite—. Justo debajo de ti.

Al final, cedo y cruzo el umbral para dejar entrar al hombre de la cicatriz sobre la ceja izquierda, dado que no le costaría mucho abrirse paso por la fuerza si quisiera. Subo penosamente la escalera delante de él mientras me pregunto cómo demonios me las apañaré para pagar el alquiler del mes que viene. Necesito encontrar un nuevo empleo… ya mismo. Durante un tiempo me saqué un sobresueldo atendiendo la barra de un bar, pero cometí la tontería de dejarlo porque ganaba mucho más como niñera de Olive y los encargos de último momento me dificultaban bastante compaginar los dos empleos. Y buscar trabajo no es sencillo para alguien con un historial como el mío.

—Está haciendo buen tiempo —comenta el hombre de la cicatriz, ascendiendo los escalones un paso por detrás de mí.

—Ajá —respondo. Lo que menos me interesa en estos momentos es charlar sobre el tiempo.

—Dicen que va a volver a nevar la semana que viene —añade.

—Ah, ¿sí?

—Sí. Veinte centímetros, según el pronóstico.

Ya ni siquiera me quedan fuerzas para fingir interés. Cuando llegamos al primer piso, el hombre me sonríe.

—Bueno, que pases un buen día —dice.

—Tú también —farfullo.

Mientras se aleja por el pasillo en dirección a su puerta, no puedo evitar pensar en lo que me ha dicho cuando lo he dejado entrar. «Primero C. Justo debajo de ti».

¿Cómo sabe que vivo en el segundo C?

Torciendo el gesto, acelero un poco para subir hasta mi piso. Vuelvo a tener las llaves preparadas y, en cuanto entro en casa, cierro de un portazo, echo el pestillo y luego corro el cerrojo. Seguramente estoy dándole demasiada importancia a su comentario, pero nunca está de más ser precavida, sobre todo cuando una vive en South Bronx.

Aunque me rugen las tripas, estoy más ansiosa por ducharme que por comer algo. Después de asegurarme de que las persianas estén cerradas, me desvisto y me meto en la ducha. Sé por experiencia que hay una línea muy fina entre que el chorro salga hirviendo o helado. Durante el tiempo que llevo aquí, me he convertido en una experta en regular la temperatura. Aun así, la temperatura puede subir o bajar diez grados en una fracción de segundo, así que procuro no tardar mucho. Solo necesito quitarme un poco la mugre del cuerpo. Después de pasarme un día pateándome las calles de la ciudad, siempre acabo cubierta de una capa de hollín negro. No quiero ni imaginar la pinta que deben de tener mis pulmones.

Aún no acabo de creerme que me hayan echado de ese trabajo. Amber dependía tanto de mí que supuse que lo tenía garantizado por lo menos hasta que Olive fuera al jardín de infancia, tal vez un poco más. Casi empezaba a sentirme cómoda, como si contara con un empleo estable y unos ingresos asegurados.

Ahora no me queda más remedio que buscar otra cosa. Tal vez necesite varios empleos para compensar el que he perdido. Y yo lo tengo más complicado que la mayoría de la gente. No puedo anunciarme en las aplicaciones más populares de cuidado de niños, pues todas llevan a cabo una comprobación de antecedentes y, si esto ocurriera, mis posibilidades de conseguir trabajo se irían al garete. Nadie quiere meter en su casa a alguien como yo.

Por el momento, ando un poco escasa de referencias porque, durante un tiempo, mi trabajo como limpiadora no se reducía a labores de limpieza. Solía prestar otro servicio a varias de las familias para las que trabajé. Pero ya no me dedico a eso desde hace años.

Bueno, es inútil obsesionarse con el pasado, sobre todo cuando el futuro pinta tan negro.

«Deja de compadecerte de ti misma, Millie. De peores situaciones has salido».

De pronto, la temperatura del agua cae en picado, y se me escapa un chillido. Llevo la mano a la llave de la ducha y la cierro. He estado diez minutos largos aquí dentro. Más de lo que esperaba.

Me pongo el albornoz de felpa sin molestarme en calzarme unas zapatillas. Voy dejando un rastro de agua en el suelo de la cocina, que en realidad es una prolongación del salón. En el superpiso de los Degraw, la cocina, el salón y el comedor eran espacios separados. En cambio, en este apartamento, están todos fusionados en un solo cuarto multiusos que, irónicamente, es mucho más pequeño que cualquiera de las habitaciones de la residencia de los Degraw. Hasta su baño es más grande que toda la superficie habitable de mi piso.

Pongo una olla de agua a hervir en el fogón. No sé qué voy a preparar para la cena, pero seguramente haré algún tipo de pasta, ya sea ramen, espaguetis o espirales. Mientras barajo mis opciones, oigo unos golpes en la puerta.

Me aprieto el cinturón del albornoz, vacilante. Saco una caja de espaguetis del armario.

—¡Millie! —grita una voz amortiguada al otro lado de la puerta—. ¡Millie, déjame entrar!

Contraigo el rostro en un gesto de contrariedad. Lo que faltaba.

—¡Sé que estás ahí dentro! —añade.

3

No puedo pasar del hombre que aporrea la puerta.

Mis pies dejan huellas de agua cuando recorro los pocos metros que me separan de la entrada. Acercó el ojo a la mirilla. Hay un hombre de pie frente a mi puerta, con los brazos cruzados sobre los bolsillos delanteros de su traje de Brooks Brothers.

—Millie. —La voz se ha reducido a un gruñido bajo—. Ábreme ahora mismo.

Retrocedo un paso. Me aprieto las sienes con la yema de los dedos por unos instantes. Pero es inevitable: tengo que dejarlo entrar, así que alargo la mano, giro el pestillo y entreabro la puerta con cautela.

—Millie. —Él la empuja para abrirla del todo y se cuela en mi casa. Sus dedos se cierran sobre mi muñeca—. ¿De qué vas?

Encorvo la espalda.

—Lo siento, Brock.

Brock Cunningham, con el que llevo saliendo seis meses, clava en mí sus ojos.

—Habíamos quedado en cenar juntos hoy. No te has presentado. Ni siquiera respondes a los mensajes o contestas las llamadas.

Todo eso es cierto. No cabe duda de que soy la peor novia del mundo. Se suponía que debía verme esta tarde con Brock en un restaurante de Chelsea cuando saliera de la facultad, pero, después de que Amber me despidiera, apenas podía concentrarme en las clases, así que me he venido directa a casa. Sin embargo, sabía que, si lo llamaba para decirle que no me apetecía ir, él se sentiría obligado a convencerme... y, como buen abogado, resulta de lo más persuasivo. Así que había planeado mandarle un mensaje de texto para cancelar la cena, pero lo he ido posponiendo y luego estaba tan ocupada autocompadeciéndome que se me ha olvidado por completo.

Repito: soy la peor novia del mundo.

—Lo siento —digo otra vez.

—Estaba preocupado por ti —responde—. Creía que te había pasado alguna desgracia.

—¿Por qué?

Una sirena ensordecedora pasa justo por debajo de la ventana, y Brock me mira como si mi pregunta fuera una soberana tontería. Siento una punzada de culpabilidad. Seguramente Brock tenía un montón de cosas que hacer, y yo no solo lo he tenido esperándome en el restaurante como un idiota, sino que ha desperdiciado el resto de la tarde desplazándose hasta South Bronx para cerciorarse de que estoy bien.

Como mínimo le debo una explicación.

—Amber Degraw me ha echado a la calle —digo—. Así que, en pocas palabras, estoy jodida.

—¿En serio? —Sus cejas se elevan de golpe. Brock tiene las cejas más perfectas que he visto en un hombre, y estoy convencida de que se las depila un profesional, aunque él nunca lo reconocería—. ¿Por qué te ha echado? Creía que me habías dicho que no era capaz de arreglárselas sin ti. Que a todos los efectos estabas criando tú a su hija.

—Exacto —digo—. La niña no paraba de llamarme mamá, y Amber se ha puesto histérica.

Brock se queda mirándome un momento hasta que, de improviso, estalla en carcajadas. Al principio me ofendo. Acabo de perder mi empleo. ¿No se da cuenta de lo chungo que es eso?

Pero, al cabo de unos segundos, se me contagia la risa. Echo la cabeza hacia atrás y me río de lo ridículo que ha sido el episodio. Me viene a la mente la imagen de Olive tendiendo los bracitos hacia mí y llamándome «mamá» entre sollozos mientras Amber se cabreaba cada vez más. He llegado a temer de verdad que a Amber se le reventara una vena en el cerebro.

Poco después, los dos nos secamos las lágrimas de los ojos. Brock me abraza y me estrecha contra sí. Ya no está enfadado conmigo por haberle dado plantón. No es una persona que pierda los estribos con facilidad. Aunque la mayoría de la gente consideraría esto un rasgo positivo, a mí hay veces que me gustaría que fuera un poco más vehemente.

Por lo demás, nuestra relación atraviesa una etapa dulce. Seis meses. ¿Existe un momento mejor en una relación? La verdad es que no lo sé, pues es solo la segunda vez que alcanzo ese hito. Sin embargo, parece que a los seis meses se llega a esa situación ideal en la que uno se desprende de la vergüenza inicial pero sigue mostrando al otro su mejor cara.

Por ejemplo, Brock es un apuesto abogado de treinta y dos años que viene de buena familia. Parece prácticamente perfecto. Estoy segura de que tendrá sus cosas malas, pero aún no las conozco. A lo mejor se saca la cera de las orejas con el dedo y luego se lo limpia en la encimera de la cocina o en el sofá. O a lo mejor se la come. Lo que quiero decir es que quizá adolezca de unos cuantos vicios de los que no sé nada, y que tal vez ni siquiera estén relacionados con la cera de las orejas.

Bueno, una imperfección tiene. Pese a ser un joven fornido de rostro lozano y rebosante de buena salud, padece una afección cardiaca que contrajo cuando era niño. Sin embargo, no parece afectarle en absoluto, salvo porque tiene que tomarse una pastilla al día. Por otro lado, este detalle resulta lo bastante importante como para que mantenga un frasco de ese fármaco guardado en mi botiquín. Además, debido a su dolencia y a la incertidumbre sobre su esperanza de vida, está más ansioso por sentar la cabeza que la mayoría de los tíos.

—Deja que te lleve a cenar —dice—. Quiero que te animes.

Niego con un gesto.

—Solo me apetece quedarme en casa lamiéndome las heridas. Y luego tal vez buscar trabajo en internet.

—¿Ahora? Si solo hace unas horas que has perdido el que tenías. ¿No podrías esperar a mañana, por lo menos?

Alzo los ojos para fulminarlo con la mirada.

—Algunos necesitamos dinero para pagar el alquiler.

Asiente despacio.

—Vale, pero ¿y si no tuvieras que preocuparte por el alquiler?

Tengo el mal presentimiento de que sé por dónde va.

—Venga, ¿por qué no quieres irte a vivir conmigo, Millie? —Frunce el ceño—. Tengo un piso de dos habitaciones con vistas a Central Park, en un edificio donde no hay peligro de que te degüellen en plena noche. Además, ya pasas mucho tiempo ahí…

No es la primera vez que me propone que me mude con él, y mentiría si dijera que no esgrime argumentos convincentes. Si me instalara en su casa, viviría rodeada de lujos sin tener que pagar un centavo. No me dejaría colaborar en los gastos aunque quisiera. Podría concentrarme en acabar la carrera para convertirme en trabajadora social y contribuir a hacer del mundo un lugar mejor. Aceptar su oferta parecería la decisión más obvia del mundo.

Pero, cada vez que me planteo esa posibilidad, una voz en un rincón de mi mente me grita: «¡Ni se te ocurra!».

Es tan persuasiva como Brock. Hay muchas buenas razones para que me vaya a vivir con él, pero hay una buena razón para que no lo haga. Él no tiene idea de quién soy en realidad. Aunque fuera cierto que se come la cera de las orejas, mis secretos son mucho peores.

Así que heme aquí, en la relación más normal y sana que he tenido en mi vida adulta, y se diría que estoy empeñada en mandarlo todo a la mierda. Pero me encuentro en un dilema peliagudo. Si le digo la verdad sobre mi pasado, tal vez me deje, y no quiero que eso pase. Por otra parte, si no se lo digo…

Tarde o temprano se acabará enterando de todo. No estoy preparada para eso.

—Lo siento —respondo—. Como ya te he dicho, ahora mismo necesito mi propio espacio.

Brock abre la boca para protestar, pero cambia de idea. Me conoce lo suficiente para saber lo cabezota que soy. Tal como me temía, ya está descubriendo algunas de mis peores cualidades.

—Al menos prométeme que te lo pensarás.

—Me lo pensaré —miento.

4

Hoy tengo mi décima entrevista de trabajo en las últimas tres semanas, y empiezo a ponerme nerviosa.

No me queda dinero suficiente en la cuenta corriente ni para pagar un mes de alquiler. Sé que se supone que hay que tener un colchón de seis meses en el banco, por si acaso, pero eso funciona mejor en la teoría que en la práctica. Me encantaría tener un colchón de seis meses en el banco. Joder, me conformaría con uno de dos meses. Pero lo que tengo es menos de doscientos dólares.

No sé qué hice mal en las otras entrevistas para puestos de asistenta o niñera. Una de las mujeres me aseguró de forma categórica que iba a contratarme, pero ha pasado una semana y no he recibido noticias suyas ni de ninguna de las otras. Supongo que ha investigado mis antecedentes y todo se ha ido al traste.

Si yo fuera cualquier otra persona, simplemente me apuntaría a algún tipo de empresa de limpieza para ahorrarme todo este proceso, pero ninguna de ellas me quiere como empleada. Lo he intentado. Las comprobaciones de antecedentes lo han hecho imposible; nadie quiere abrirle las puertas de su casa a alguien con un historial delictivo. Por eso publico anuncios online y cruzo los dedos.

Tampoco albergo grandes esperanzas respecto a la entrevista de hoy. Voy a reunirme con un hombre llamado Douglas Garrick, que vive en un edificio de apartamentos en el Upper West Side, justo al oeste de Central Park. Es una de esas construcciones de estilo neogótico con torrecillas que se recortan contra el cielo. Da la vaga impresión de que debería estar rodeada por un foso y custodiada por un dragón, en vez de ser un lugar al que se puede acceder directamente desde la calle.

Un portero canoso me abre la puerta principal y me saluda tocándose la gorra negra. Cuando le sonrío, noto de nuevo aquel hormigueo en la nuca, como si alguien me observara.

Desde la noche en que regresé a casa después de que me despidieran, me ha asaltado la misma sensación varias veces. Eso tenía sentido en mi barrio de South Bronx, donde sin duda había un atracador en cada esquina listo para abalanzarse sobre cualquiera con pinta de llevar algo de dinero, pero aquí no. Esta es una de las zonas más exclusivas de Manhattan.

Antes de entrar en el edificio, giro con rapidez para mirar detrás de mí. Decenas de personas van y vienen por la calle, pero ninguna de ellas me presta la menor atención. En Manhattan pulula una multitud de peatones interesantes y únicos, pero yo no figuro entre ellos. No hay motivo para que nadie se fije en mí.

Entonces veo el coche.

Es un Mazda sedán negro. Debe de haber mil vehículos idénticos en la ciudad, pero al posar la mirada en él experimento un extraño *déjà vu*. Tardo unos instantes en comprender por qué. El coche tiene reventado el faro derecho. Estoy segura de haber visto un Mazda negro con el faro derecho roto aparcado cerca de mi edificio en el South Bronx.

¿O me lo he imaginado?

Echo un vistazo por el parabrisas. No hay nadie dentro. Bajo la vista hacia la placa de matrícula. Es de Nueva York, lo que no tiene nada de particular. Me tomo un momento para memorizar el número: 58F321. Aunque tampoco me dice nada, de este modo, si vuelvo a verlo, lo recordaré.

—Señorita… —dice el portero, arrancándome de mi trance—. ¿Va usted a entrar?

Paso al vestíbulo del edificio. En vez de iluminación superior, hay lámparas de araña y unos apliques diseñados para parecer antorchas. El techo bajo se curva para formar una bóveda, lo que me da la vaga sensación de estar entrando en un túnel. Las paredes están adornadas con obras de arte que sin duda poseen un valor incalculable.

—¿A quién viene a ver, señorita? —me pregunta el portero.

—A los Garrick. Apartamento veinte A.

—Ah. —Me guiña un ojo—. El ático.

Lo que me faltaba. Una familia que vive en un ático. No sé ni para qué me molesto.

Una vez que el portero llama a los Garrick por el interfono para confirmar que me esperan, entra en el ascensor e introduce una llave especial a fin de que yo pueda subir a la última planta. Cuando las puertas se cierran, hago un repaso rápido de mi aspecto. Me aliso la cabellera rubia, que llevo recogida en un sencillo moño. Llevo mi mejor pantalón de vestir negro y un chaleco de punto. Empiezo a acomodarme las tetas cuando me percato de que hay una cámara en el ascensor, y opto por no ofrecerle un espectáculo al portero.

Las puertas se abren directamente al recibidor del ático de los Garrick. Al salir del ascensor, respiro hondo y casi puedo oler la opulencia en el aire. Es una mezcla de olor a colonia cara y billetes de cien dólares nuevecitos. Me quedo unos momentos en el vestíbulo, sin saber si debo adentrarme en el piso sin una invitación formal, así que, en vez de ello, me concentro en un pedestal blanco que sostiene una escultura gris que, en esencia, no es más que una piedra grande, lisa y vertical, como las que se pueden encontrar en cualquier parque de la ciudad. Aun así, seguro que vale más que todas las cosas que he poseído en mi vida.

—¿Millie? —Oigo la voz unos segundos antes de que un hombre se materialice en el recibidor—. ¿Millie Calloway?

Fue el señor Garrick quien me citó para la entrevista de hoy. No estoy acostumbrada a que me llame el señor de la casa. Casi el cien por cien de mis empleadores en el sector de la limpieza han sido mujeres. Sin embargo, el señor Garrick parece ansioso por recibirme. Sale a toda prisa al vestíbulo con una sonrisa en los labios y la mano tendida.

—¿Señor Garrick? —pregunto.

—Por favor, llámame Douglas —dice mientras su robusta mano estrecha la mía.

Douglas Garrick tiene justo la pinta que cabría esperar de un hombre que vive en un ático en el Upper West Side. De cuarenta y pocos años, posee unos rasgos cincelados que le confieren una apostura clásica. Lleva un traje que parece haber costado un riñón, y luce un corte y un peinado impecables en el reluciente cabello castaño oscuro. Sus ojos, hundidos, marrones y de mirada astuta, establecen contacto visual con los míos durante el tiempo justo.

—Encantada de conocerte…, Douglas.

—Muchas gracias por venir hoy. —Douglas Garrick me dedica una sonrisa de agradecimiento mientras me guía hacia el amplio salón—. Wendy, mi esposa, suele ocuparse de las labores del hogar (para ella es motivo de orgullo intentar hacerlo todo sola), pero no se encuentra muy bien, así que le he insistido en que consiguiéramos un poco de ayuda.

Su última afirmación me descoloca. Las mujeres que viven en áticos enormes como este por lo general no «intentan hacerlo todo» solas. Normalmente contratan asistentas para sus asistentas.

—Entiendo —contesto—. Dices que buscas a alguien que se encargue de cocinar y limpiar, ¿verdad?

Asiente.

—Las tareas domésticas típicas como quitar el polvo, ordenar y lavar la ropa, claro. También preparar la cena algunas noches a la semana. ¿Crees que será posible?

—Por supuesto. —Estoy dispuesta a acceder a prácticamente cualquier cosa—. Limpio pisos y casas desde hace muchos años. Puedo traer mi propio material de limpieza y…

—No será necesario —me interrumpe Douglas—. Mi esposa… Wendy es un poco maniática con ese tipo de cosas… Por su sensibilidad a los olores, ¿sabes? Agudizan sus síntomas. Tendrás que usar nuestros productos de limpieza especiales, o bien…

—No hay ningún problema.

—Estupendo. —Douglas me sonríe como disculpándose—. Porque, como ya habrás notado, esto está hecho un desastre.

Cuando entro en la sala de estar, echo un buen vistazo alrededor. Como el resto del edificio, el ático me transporta a una época pasada. Salvo por el precioso sofá de piel, da la impresión de que los muebles fueron construidos hace cientos de años y luego congelados en el tiempo con el expreso propósito de acabar en esta sala de estar. Si supiera más de decoración, tal vez podría precisar si la mesilla de centro fue tallada a mano a principios del siglo xx o si la librería con puertas de cristal es de estilo neoclásico francés tardío o yo qué sé qué. Lo único de lo que estoy segura es de que cada pieza costó una pequeña fortuna.

Y también sé que este piso no está hecho un desastre, sino todo lo contrario. Si tuviera que ponerme a limpiar, ni siquiera sabría qué hacer. Necesitaría un microscopio para encontrar una mota de polvo.

—Puedo empezar cuando tú quieras —digo con cautela.

—Genial. —Douglas inclina la cabeza en señal de aprobación—. Me alegra mucho oír eso. ¿Por qué no te sientas para que sigamos charlando?

Tomo asiento junto a él en el sofá modular y me hundo unos cuantos centímetros en el suave cuero. Madre mía, es la sensación más agradable que he experimentado nunca en la piel. Debería dejar a Brock y casarme con este sofá. Todas mis necesidades quedarían satisfechas.

Douglas fija en mí los hundidos ojos coronados por unas cejas espesas de color marrón oscuro.

—Bueno, háblame de ti, Millie.

Advierto desde el principio que no hay el menor deje de galantería en su voz. Mantiene la vista centrada en mi rostro, respetuosamente, sin bajarla hacia mis pechos o mis piernas. Ya me lie una vez con un jefe mío, y por nada del mundo volvería a caer en eso. Antes me arranco un diente con unos alicates.

—A ver. —Me aclaro la garganta—. Ahora mismo estoy estudiando en un centro público de enseñanza superior. Quiero ser trabajadora social, pero, en el ínterin, tengo que pagarme los estudios.

—Eso es admirable. —Al sonreír, deja al descubierto una dentadura blanca y regular—. ¿Tienes experiencia en la cocina?

Muevo la cabeza afirmativamente.

—He cocinado para muchas de las familias para las que he trabajado. No soy cocinera profesional, pero he tomado un par de clases. Además… —Miro en torno a mí, pero no veo juguetes ni otros indicios de que aquí vivan criaturas—. Cuido niños…

Douglas tuerce el gesto.

—Eso no hará falta.

Crispo el rostro, maldiciendo mi bocaza por lo bajo. Él no había mencionado niños en ningún momento. Seguramente le he hecho recordar algún espantoso problema de infertilidad.

—Lo siento —digo.

Se encoge de hombros.

—No te preocupes. ¿Quieres ver el resto de la casa?

Al lado del ático de los Garrick, el superpiso de Amber es una ratonera. No tiene ni punto de comparación. El tamaño del salón es por lo menos igual que el de una piscina olímpica. En el rincón hay una barra con media docena de taburetes antiguos pero bien conservados dispuestos alrededor. En contraste con el aire anticuado de la sala de estar, la cocina está equipada con lo último en electrodomésticos, entre los que no me cabe la menor duda de que figura el mejor deshidratador de alimentos del mercado.

—Creo que aquí encontrarás todo lo que necesites —me dice Douglas, mostrándome la inmensidad de la cocina con un movimiento amplio del brazo.

—Lo veo perfecto —contesto, cruzando los dedos para que el horno venga con algún tipo de manual que explique la función de cada uno de los veinte botones que hay en el panel de control.

—Excelente —dice él—. Y ahora, te enseñaré la planta de arriba.

¿La planta de arriba?

En Manhattan los pisos no tienen dos plantas. Pero, al parecer, este sí. Douglas me lleva en una visita guiada por la planta superior, que incluye por lo menos media docena de habitaciones. El dormitorio principal es tan grande que me harían falta unos prismáticos para vislumbrar la cama extragrande que está al fondo. Hay un cuarto con todas las paredes revestidas de libros, lo que me recuerda vagamente aquella escena de *La bella y la bestia* en la que Belle descubre la biblioteca. En otra habitación se alza lo que parece un muro de cojines. Digo yo que será el cuarto de los cojines.

Después de guiarme hasta un espacio donde hay una chimenea artificial y un ventanal gigantesco que ocupa una pared entera y que ofrece unas vistas impresionantes de la ciudad de Nueva York, me lleva frente a una última puerta. Alza la mano para llamar, pero se queda inmóvil, dudando.

—Es la habitación de invitados —me informa—. Wendy ha estado aquí, convaleciente. Creo que será mejor dejar que descanse.

—Siento que tu esposa esté enferma —digo.

—Ha estado enferma durante buena parte de nuestro matrimonio —explica—. Padece una… dolencia crónica. Tiene días buenos y días malos. A veces es la de siempre, y otras apenas puede levantarse de la cama. Y hay días en que…

—¿Qué?

—Nada. —Sonríe con languidez—. El caso es que, si la puerta está cerrada, más vale no molestarla. Necesita descansar.

—Lo entiendo totalmente.

Douglas se queda contemplando la puerta un momento con expresión preocupada. La toca con la punta de los dedos antes de sacudir la cabeza.

—En fin, Millie —dice—. ¿Cuándo puedes empezar?

5

En 1964, una mujer llamada Kitty Genovese fue asesinada. Kitty, de veintiocho años, era camarera en un bar. La violaron y apuñalaron aproximadamente a las tres de la mañana a unos treinta metros de su piso de Queens. Pidió ayuda a voces, pero, aunque varios vecinos oyeron sus gritos, nadie acudió en su ayuda. Winston Moseley, su agresor, se marchó un momento y regresó diez minutos más tarde para asestarle varias puñaladas más y robarle cincuenta dólares. Ella murió a causa de las heridas.

—A Kitty Genovese la atacaron, abusaron de ella y la mataron delante de treinta y ocho testigos —anuncia el profesor Kindred al aula—. Treinta y ocho personas presenciaron la agresión, y ni una la socorrió o llamó a la policía.

Nuestro profesor, un sesentón que parece tener siempre el cabello de punta, nos mira uno a uno con ojos acusadores, como si fuéramos las treinta y ocho personas que dejaron morir a esa mujer.

—A esto se le llama «efecto espectador» —prosigue—. Se trata de un fenómeno de psicología social que disminuye la probabilidad de que un individuo ayude a una víctima cuando hay otras personas presentes.

Los estudiantes toman apuntes a mano o tecleando en sus portátiles. Yo me limito a mirar al profesor.

—Pensad en ello —dice—. Casi cuarenta personas permitieron que una mujer fuera violada y asesinada. Se quedaron esperando, sin mover un dedo. Es un claro ejemplo de la difusión de la responsabilidad que se produce en un grupo.

Me revuelvo en mi asiento imaginando cómo reaccionaría en esa situación, si al mirar por la ventana viera a un hombre agredir a una mujer. No me quedaría de brazos cruzados, ni de coña. Saltaría por la ventana en caso necesario.

No, no haría eso. He aprendido a controlarme lo suficiente para no actuar así. Pero llamaría a emergencias. Saldría a la calle blandiendo un cuchillo. No lo usaría, pero tal vez bastaría para ahuyentar al agresor.

Cuando salgo del aula, aún estoy afectada por lo que le sucedió a esa pobre chica hace más de medio siglo. Ya en la calle, paso de largo frente a Brock, que se ve obligado a perseguirme y agarrarme del brazo.

Claro. Habíamos quedado para cenar.

—Hola. —Me sonríe con los dientes más blancos que he visto jamás. Nunca le he preguntado si se los blanquea en alguna clínica, pero estoy segura de que sí. Esa blancura no puede ser natural; es inhumana—. Esta noche toca celebrarlo, ¿no? Lo de tu nuevo trabajo.

—Sí. —Consigo esbozar una sonrisa—. Perdona.

—¿Estás bien?

—Es que… la clase de la que acabo de salir me ha dejado hecha polvo. Nos han hablado de una mujer de los años sesenta a la que violaron delante de treinta y ocho personas que no hicieron nada. ¿Cómo es posible que ocurra algo así?

—Kitty Genovese, ¿verdad? —Brock chasquea los dedos—. Recuerdo el caso de mi clase de psicología en la universidad.

—Eso. Y es terrible.

—Pero es un bulo. —Me toma de la mano. Noto la calidez de

su palma—. El *New York Times* exageró la noticia con fines sensacionalistas. En realidad, había menos testigos de los que decía el artículo y, a juzgar por la ubicación de sus domicilios, la mayoría no pudo ver bien lo que estaba sucediendo y creyó que era una pelea de enamorados. Por otro lado, unos cuantos sí telefonearon a la policía. Me parece que uno de los vecinos la estaba abrazando en el suelo cuando llegó la ambulancia.

—Ah. —Me siento un poco ignorante, como suele pasarme cuando Brock sabe más que yo sobre algún tema, cosa bastante frecuente, a decir verdad. Por lo visto, el tío sabe casi de todo. Es una de las muchas cualidades que lo hacen perfecto.

—La historia real no es tan escandalosa, ¿no? —Brock me suelta la mano y me rodea los hombros con el brazo. Al vislumbrar por unos instantes nuestro reflejo en un escaparate, no puedo evitar pensar que hacemos buena pareja. Parecemos de esos novios que después de celebrar una boda con quinientos invitados se mudan a una casa en las afueras con una cerca de madera blanca que luego llenan de hijos—. De todos modos, no debería afectarte tanto algo que sucedió hace décadas. Lo que pasa es que… eres demasiado buena persona, ¿sabes?

Siempre he tenido el gusanillo de ayudar a personas en apuros. Por desgracia, esto a veces me lleva a meterme en apuros también. Ojalá fuera tan buena persona como Brock cree… No tiene ni idea.

—Lo siento, no puedo evitarlo.

—Supongo que por eso quieres ser trabajadora social. —Me guiña el ojo—. A menos que yo consiga encarrilarte hacia una profesión más lucrativa.

Mi novio anterior fue quien me convenció de que me embarcara en los estudios de trabajo social para que pudiera echar un cable a quienes lo necesitaran sin traspasar los límites de la ley. «No puedes contener el impulso de ayudar a todo el mundo, Millie. Eso es lo que me encanta de ti». Él me comprendía de verdad. Por desgracia, ya no está.

—En fin. —Brock me da un apretón en el hombro—. No pensemos más en mujeres asesinadas en los sesenta. Cuéntame cosas de tu trabajo.

Le describo con todo detalle el impresionante piso de los Garrick. Cuando le comento lo de las vistas, la ubicación y las dos plantas, suelta un silbido de admiración.

—Ese dúplex debe de valer una fortuna —dice mientras salimos a la calle y evitamos por los pelos que nos atropelle una bicicleta. Hasta donde he visto, los ciclistas no tienen la menor consideración por los semáforos o los peatones—. Les habrá costado veinte millones como mínimo.

—Caray, ¿tanto?

—Seguro. Más vale que te paguen bien.

—Pues la verdad es que sí. —Cuando Douglas me reveló la tarifa por hora, casi sentí que se me dibujaban signos de dólar en los ojos.

—¿Cómo dices que se llama tu nuevo jefe?

—Douglas Garrick.

—Oye, pues es el director general de Coinstock. —Brock chasquea de nuevo los dedos—. Lo conocí cuando contrató a mi bufete para que lo asesoráramos sobre una patente. Es buen tío de verdad.

—Sí, me ha parecido majo —digo.

Y es verdad. Pero no dejo de pensar en aquella puerta cerrada en la planta de arriba. En la esposa que ni siquiera ha podido salir a recibirme. Aunque estoy ilusionada con mi nuevo empleo, hay algo en esto que me inquieta.

—¿Y sabes otra cosa? —Brock me arrastra por un paso de peatones justo cuando el semáforo empieza a parpadear, a punto de ponerse rojo, y logramos cruzar justo a tiempo—. El edificio está a solo unas cinco manzanas de donde vivo yo.

Guiño, guiño.

Ya estaba yo al tanto de la proximidad entre el ático y el piso de Brock, claro. Me retuerzo por dentro, sintiéndome tan incómoda como hace un rato en clase. Le ha entrado la perra de que me mude con él y está todo el día dale que te pego. No consigo sacudirme la sensación de que, si me conociera de verdad, no tendría tantas ganas. Me encanta estar con Brock y no quiero estropear lo nuestro.

—Brock... —le reprocho.

—Está bien, está bien. —Pone los ojos en blanco—. Oye, no es mi intención presionarte. Si no estás preparada para dar ese paso, lo entiendo. Pero que conste que creo que formamos un buen equipo. Por otro lado, ya duermes la mitad de las noches en mi casa, ¿no?

—Ajá —digo en el tono más evasivo posible.

—Además... —Me deslumbra de nuevo con el blanco nuclear de su dentadura—. Mis padres quieren conocerte.

Vale, creo que voy a vomitar. Aunque no deja de darme la brasa para que me vaya a vivir con él, no se me había pasado por la cabeza que ya les hubiera hablado de mí a sus padres. Pero lo ha hecho, como no podía ser de otra manera. Seguramente los llama una vez por semana, los domingos a las ocho de la tarde, para ponerlos al día sobre su perfecta vida con pelos y señales.

—Ah —digo con voz débil.

—Y también me gustaría conocer a los tuyos —añade.

Tal vez sea el momento ideal para decirle que no me hablo con mis padres. Pero no me salen las palabras.

Esto me resulta muy difícil. El último tío con el que salí lo sabía todo sobre mí desde el principio, así que nunca me vi obligada a revelarle mi turbulento pasado; nunca llegó un momento terrorífico en el que tuviera que poner todas las cartas sobre la mesa. Y, como ya he dicho, Brock es tan perfecto... Sus únicas imperfecciones son detalles insignificantes, como cuando se dejó levantada la tapa del váter en mi casa. Para colmo, eso solo lo ha hecho una vez.

El problema con Brock es que está deseando formar una familia y, aunque somos de la misma edad, yo aún no estoy lista. Y él no quiere esperar más. Tiene un trabajo estupendo en un bufete de lo más prestigioso y gana más que suficiente para mantener una familia. Aunque su última visita al cardiólogo confirmó que goza de una salud de hierro, le preocupa no alcanzar la esperanza de vida de un hombre caucásico en Estados Unidos. Quiere casarse y tener hijos mientras aún esté en condiciones de disfrutarlo.

Yo, en cambio, siento que aún estoy en proceso de madurar. Al fin y al cabo, todavía estoy estudiando. No estoy preparada para el matrimonio. Simplemente… no puedo.

—No pasa nada. —Detiene sus pasos un momento para contemplarme. Un hombre que va caminando detrás casi choca con nosotros y suelta una palabrota antes de continuar su camino—. No quiero meterte prisa, pero tienes que saber que estoy loco por ti, Millie.

—Y yo por ti —contesto.

Me toma de las manos y me mira a los ojos.

—De hecho, podría decirse que te quiero.

Se me acelera un poco el pulso. Ya me había dicho antes que estaba loco por mí, pero no me había declarado su amor. Ni siquiera matizándolo con un «podría decirse».

Abro la boca sin saber muy bien qué voy a decir. Sin embargo, antes de que consiga articular palabra, noto de nuevo ese hormigueo en la nuca.

¿Por qué me siento observada? ¿Estaré perdiendo la cabeza?

—Bueno —contesto al fin—. Podría decirse que es muy tierno por tu parte.

Aún no me sale responderle que lo quiero también. No puedo dar ese paso en nuestra relación mientras Brock ignore tantas cosas sobre mí. Por suerte, no insiste en el tema.

—Venga —dice—. Vamos a por un poco de sushi.

En algún momento, seguramente tendré que confesarle también que no me gusta el sushi.

6

Es mi primer día de trabajo en la residencia de los Garrick. Douglas ya le ha indicado al portero que me permita entrar y me ha dejado una copia de la llave para que pueda introducirla en la ranura del ascensor. La cabina sube los veinte pisos entre crujidos y rechinidos. Bueno, en realidad son diecinueve porque, aunque el ático es el veinte A, en este edificio no hay planta trece. Aquí no quieren saber nada de la mala suerte.

Cuando los engranajes del ascensor se detienen con un fuerte chirrido, sé que he llegado a mi destino. Las puertas vuelven a abrirse al impresionante ático de los Garrick. Aunque, según Douglas, requerirán de mis servicios varios días por semana, la casa no parece necesitarlo. Hay algo de polvo, como en todos los pisos de la ciudad, pero, por lo demás, está bastante limpio y ordenado.

—¿Hola? —digo, alzando la voz—. ¿Douglas?

Nadie responde.

Lo intento otra vez.

—¿Señora Garrick?

Me adentro en el salón, que de nuevo me hace sentir como si me hubiera colado en una residencia de hace uno o dos siglos. Yo jamás podría permitirme una sola de estas piezas de mobiliario antiguo, ni aunque me gastara los ahorros de toda mi vida. Casi todos mis muebles los encontré en la calle, frente al bloque donde vivo.

Me acerco a la repisa situada sobre lo que debe de ser una falsa chimenea. Encima de ella hay media docena de fotografías dispuestas en fila. En todas ellas aparece Douglas Garrick junto a una mujer delgada como un palillo con una larga cabellera de color castaño rojizo. En una de ellas, los dos están en una pista de esquí, en otra posan con atuendo formal, y en otra se les ve delante de lo que parece una cueva. Estudio a la mujer, que supongo que es Wendy Garrick. Me pregunto si la conoceré pronto o si permanecerá encerrada en aquella habitación cada vez que yo venga. Tampoco es algo que me preocupe demasiado. He tenido muchos clientes a los que nunca les vi el pelo durante la época en que limpiaba su casa.

Al oír un golpe seco y fuerte procedente del piso de arriba, me aparto de un salto de la repisa. No quiero que nadie piense que estaba fisgoneando. Eso desde luego no ayudaría a causarle una buena primera impresión a Wendy Garrick.

Me alejo de la chimenea y miro hacia el pie de la escalera. No veo a nadie allí, ni oigo pasos. No me da la impresión de que esté viniendo alguien.

Decido empezar por la colada. Douglas me mostró el cesto de mimbre donde guardan la ropa sucia, en el dormitorio principal. En cuanto ponga en marcha la lavadora, podré ocuparme de las otras tareas.

Subo por los escalones de madera pulida hasta la habitación principal. Encuentro en el vestidor el cesto grande que Douglas me enseñó el otro día. Sin embargo, cuando levanto la tapa, me quedo de una pieza.

Durante todo el tiempo que llevo lavando ropa ajena, he visto toda clase de cosas raras: prendas desperdigadas alrededor del cesto porque ya no cabían dentro; manchas de todo tipo de sustancias, desde chocolate y aceite hasta lo que tenía toda la pinta de ser sangre. Pero nunca había visto algo así.

Toda la ropa sucia está doblada.

Me quedo mirándola unos instantes, preguntándome si no me habré equivocado. A lo mejor esta colada ya está limpia y solo hace falta guardarla. ¿Por qué iban a estar plegadas unas prendas sin lavar?

Pero este es el cesto de la ropa sucia que me mostró Douglas, así que debo suponer que se trata de ropa sucia.

Agarro el cesto y lo saco a pulso del dormitorio. Cuando avanzo por el pasillo hacia donde están la lavadora y la secadora, advierto que la puerta de la habitación de invitados está ligeramente abierta.

—¿Señora Garrick? —digo en voz alta.

Echo un vistazo por la rendija de la puerta con los párpados entornados. Vislumbro en la penumbra un ojo verde. Me está mirando.

—Soy Millie. —Me dispongo a alzar la mano a modo de saludo, pero caigo en la cuenta de que no podré mientras sostenga el cesto de la ropa sucia, así que lo dejo en el suelo—. Soy la nueva asistenta.

Empiezo a acercarme a la puerta con la mano tendida, pero, cuando aún no estoy a mitad de camino, la rendija desaparece. La puerta se ha cerrado con un chasquido.

Vale…

Entiendo que hay personas que no son muy sociables, y menos aún con el personal de limpieza, pero ¿tanto le costaba decir «hola» para no dejarme aquí parada en medio del pasillo, sintiéndome como una tonta?

Por otro lado, es su casa. Además, según Douglas, está enferma, así que no voy a presionarla para que me salude.

Por otra parte, ¿tan terrible sería si llamara a su puerta solo para presentarme?

Pero no…, Douglas me pidió que no la molestara, así que no lo haré. Terminaré de hacer la colada, les prepararé la cena y me marcharé.

7

Después de poner en marcha la lavadora y hacer un poco de limpieza en la planta de arriba (aunque la verdad es que no hay gran cosa que limpiar), bajo a la cocina para ponerme con la cena.

Por suerte me han dejado una lista en la puerta de la nevera. Es el menú para toda la semana, impreso por ordenador, con recetas e indicaciones precisas sobre dónde comprar los ingredientes. Hay algunas notas escritas a mano con una letra que me parece femenina, aunque no estoy segura. A medida que leo las instrucciones, el entusiasmo por mi trabajo va disminuyendo.

El *foie-gras* hay que comprarlo los martes en Oliver's Delicatessen antes de las cuatro de la tarde.

Si solo lo tienen en terrina, no lo compres ahí, sino en François.

El *foie-gras* se sirve con pan rústico de London Market. Se coge una rebanada y se unta con delicadeza. Luego se cubre con *cornichons* de Mr. Royal.

Lo único que me viene a la cabeza es ¿qué narices es el *foie-gras*? ¿Y los *cornichons*? Por lo menos sé lo que es el pan. Pero

46

¿por qué tengo que ir a cuatro tiendas para comprar esos tres artículos? ¿Y Mr. Royal es una persona o un lugar?

La parte positiva es que las instrucciones dejan poco a la imaginación. Las recetas están ordenadas por fechas, así que me basta con encontrar la de hoy y ponerme a cocinar...

Pollo de engorde de Cornualles. Vale, la cosa se pone interesante.

Dos horas después, ya he guardado la ropa limpia. El pollo de engorde de Cornualles se está cocinando en el horno y, aunque esté mal decirlo, huele bastante bien. Ya he puesto dos servicios de mesa en el comedor, así que estoy de pie en la cocina, rascándome la barriga mientras espero a que la comida termine de hacerse. Con un poco de suerte, estará lista a la hora de la cena, que es a las siete en punto.

Justo en el momento en que abro la puerta del horno para echarle un ojo al pollo, las puertas del ascensor se abren con un chirrido (se oyen a kilómetros de distancia). Unos pasos pesados avanzan por el pasillo, cada vez más cercanos.

—¡Wendy! —La voz de Douglas resuena por todo el ático—. ¡Wendy, ya estoy en casa!

Me asomo a la entrada de la cocina y miro hacia la escalera que sube a la planta superior. Aguardo unos instantes, atenta a cualquier sonido que indique que la puerta de la habitación de invitados se abre, con la esperanza de poder ver al fin a la señora Garrick, pero no oigo nada.

—Hola. —Salgo de la cocina, limpiándome las manos en los vaqueros—. La cena está casi lista... Te lo prometo.

Douglas está de pie en el salón, con la vista fija en las escaleras.

—Excelente. Muchas gracias, Millie.

—No hay de qué. —Sigo la dirección de su mirada—. ¿Quieres que vaya a buscar a la señora Garrick?

—Hummm. —Baja los ojos hacia los dos cubiertos dispuestos

sobre la mesa de roble de estilo victoriano, en la que bien habrían podido servirle la cena a la mismísima reina—. Tengo la sensación de que no me acompañará esta noche.

—¿Le subo un plato?

—No hace falta. Ya se lo subiré yo. —Esboza una sonrisa torcida—. Supongo que aún no se encuentra demasiado bien.

—Claro —murmuro—. Voy a sacar la cena del horno.

Regreso a la cocina a toda prisa para ver cómo va la comida. Saco del horno el pollo de engorde de Cornualles, que tiene una pinta espectacular, al menos considerando que nunca había cocinado uno antes y ni siquiera lo había oído nombrar fuera de un contexto puramente teórico.

Me lleva diez minutos trinchar el puto pájaro siguiendo al pie de la letra las instrucciones, pero al final consigo servir dos hermosos platos. Los llevo al comedor justo cuando Douglas baja las escaleras.

—¿Cómo se encuentra? —le pregunto mientras deposito los platos sobre la mesa.

Se queda callado un momento, como meditando su respuesta.

—No tiene un buen día.

—Lo siento mucho.

Se encoge de hombros.

—Es lo que hay. Pero gracias por la ayuda de hoy, Millie.

—No faltaba más. ¿Quieres que vaya arriba a llevarle su plato a la señora Garrick?

No sé si son imaginaciones mías, pero me parece que Douglas tensa los labios al oír mi propuesta.

—Ya me lo has preguntado antes y te he dicho que se lo llevaría yo, ¿no?

—Sí, pero… —Me interrumpo para no decir alguna estupidez. Cree que me estoy metiendo donde no me llaman, y no le falta razón—. En fin, que pases una buena noche.

—Sí —dice con vaguedad—. Buenas noches, Millie. Gracias otra vez.

Cojo el anorak y me dirijo hacia el ascensor. Aguanto la respiración mientras espero a que las puertas se cierren de golpe, y entonces siento cómo se me aflojan los hombros. No sé qué es, pero hay algo en ese piso que me da mal rollo.

8

A lo mejor ella es una vampira —dice Brock—. Y no puede salir de su habitación durante el día porque quedaría reducida a polvo.

Se lo he contado todo sobre la familia Garrick y, mientras nos tomamos unas copas después de cenar en su piso, desgrana una serie de explicaciones muy poco esclarecedoras sobre por qué, en las más de diez ocasiones en que he estado ahí, Wendy Garrick no ha salido una sola vez de aquella habitación para invitados, pese a que no me cabe duda de que está ahí dentro. Lo más cerca que he estado de verla fue aquel día en que la puerta se entreabrió.

—No es una vampira —replico, cambiando de posición las piernas sobre el sofá de Brock.

—Eso no lo sabes.

—Sí que lo sé. Porque los vampiros no existen.

—¿Una mujer lobo, entonces?

Le pego un manotazo en el brazo que por poco le hace derramar el vino de la copa que sostiene.

—Eso no tiene sentido. ¿Qué necesidad tendría de quedarse en su cuarto si es una mujer lobo?

—Bueno, entonces a lo mejor… —dice, pensativo—. A lo

mejor lleva un lacito verde al cuello y, si alguien se lo deshiciera, se le caería la cabeza.

Tomo un sorbo del vino caro que Brock me ha servido. Las botellas costosas son mucho mejores que las baratas, pero soy incapaz de detectar todas las notas a melón verde o lavanda o lo que sea. Él siempre me pregunta al respecto, y ahora le miento y le digo que las distingo, aunque no es verdad. Finjo que sé degustar el vino.

—Me da vibraciones extrañas —digo—. Eso es todo.

—Bueno, ya te he expuesto todas mis buenas ideas. —Me abraza por los hombros y me atrae hacia sí—. Así que, si no es una vampira, una mujer lobo o una cabeza decapitada, ¿qué crees que está pasando?

—Pues… —Dejo mi copa sobre la mesa de centro, mordisqueándome el labio inferior—. La verdad es que no tengo la menor idea. Es solo un mal presentimiento.

Brock parece distraerse un momento, con la vista fija en mi copa casi llena.

—¿Te vas a acabar eso?

—No lo sé. Creo que no.

—Pero si es un Giuseppe Quintarelli —dice, como si eso lo explicara todo.

—Supongo que no tengo sed.

—¿Sed? —Parece traumatizado por mis palabras—. Millie, nadie bebe vino porque tenga sed.

—Vale. —Cojo la copa y bebo otro sorbo. A veces me pregunto por qué sale conmigo, aparte de porque me considera guapa. Se comporta como si se sintiera afortunado de estar conmigo. Pero eso es absurdo; aquí el buen partido es él, no yo—. Tienes razón. Está buenísimo.

Apuro la copa aunque, en el fondo, no dejo de pensar en los Garrick.

9

Me ha dado por aguzar el oído cada vez que paso por delante de la puerta de la habitación de invitados.

Eso es fisgonear, lo sé —no voy a negarlo—, pero no soy capaz de contenerme. Llevo un mes trabajando para los Garrick, y aún no he conocido de manera oficial a Wendy Garrick. Al menos en tres ocasiones, me he encontrado la puerta entreabierta. Pero, cada vez que intento entrar para presentarme, esta se cierra de golpe.

Decir que tengo la imaginación desbocada no sería una exageración. En todos los años que llevo limpiando casas he visto un montón de cosas raras. Y también muchas cosas malas. Durante una época me dediqué a arreglar algunas de ellas, pero lo dejé hace mucho.

Cuando Enzo se largó.

En este momento, mientras camino por el pasillo, oigo claramente un sonido que sale de la habitación de invitados. Por lo general todo está en silencio aquí, así que me llama la atención. Me paro en seco, aspiradora en mano, y aplico la oreja a la puerta. Ahora capto el sonido con mucha mayor nitidez.

Son sollozos.

Alguien está llorando ahí dentro.

Le prometí a Douglas que no llamaría a la puerta, pero, por alguna razón, me viene a la cabeza Kitty Genovese. Aunque Brock dice que su historia se ha inflado, sé muy bien que, cuando la gente normal se desentiende, ocurren cosas malas.

Así que golpeo la puerta con los nudillos.

El llanto cesa al instante.

—¿Hola? —digo en voz muy alta—. ¿Se encuentra usted bien, señora Garrick?

No hay respuesta.

—Señora Garrick —repito—. ¿Va todo bien?

Nada.

Cambio de táctica.

—No pienso marcharme hasta asegurarme de que se encuentra bien. Me quedaré aquí todo el día, si hace falta.

Y me quedó ahí, esperando.

Al cabo de unos segundos, oigo unas pisadas suaves al otro lado de la puerta. Doy un paso hacia atrás al tiempo que la puerta se abre unos pocos centímetros y veo ese ojo verde clavado en mí. En efecto, la parte blanca está surcada de venas rojas, y el párpado está hinchado.

—¿Qué… es… lo… que… quieres? —me bufa la propietaria del ojo.

—Soy Millie —digo, alzando la voz—. Su asistenta.

Ella no responde.

—La he oído llorar —añado.

—Estoy bien —asegura ella, tensa.

—¿Seguro? Porque podría…

—Sin duda mi marido te habrá explicado que no me encuentro bien —dice en tono cortante—. Solo quiero descansar.

—Ya, pero…

Sin dejarme pronunciar una palabra más, Wendy Garrick me cierra la puerta en las narices. Todo un éxito, mis esfuerzos por conectar con ella. Por lo menos lo he intentado.

Bajo con dificultad las escaleras, con la aspiradora a cuestas.

No debería interferir; es una pérdida de tiempo. Cada vez que lo comento con Brock últimamente, me aconseja que no me meta donde no me llaman.

Estoy ocupada guardando la aspiradora cuando oigo chirriar las puertas del ascensor. Douglas entra en el salón, silbando por lo bajo, y vestido con uno de sus trajes prohibitivos. Lleva un ramo de rosas en una mano, y una caja rectangular azul en la otra.

—Hola, Millie —me saluda con una jovialidad desconcertante, teniendo en cuenta que su esposa está sollozando en la planta superior—. ¿Cómo vas? ¿Ya te falta poco?

—Sí… —No estoy segura de si contarle lo que ha pasado arriba. Pero, si su mujer está llorando, él querrá saberlo, ¿no?—. Tu esposa parece un poco deprimida. La he oído llorar en su habitación.

Le aparecen manchas rojas en los pómulos.

—No habrás… hablado con ella, ¿verdad?

No quiero mentirle, pero, por otro lado, él me advirtió de forma explícita que no molestara a Wendy.

—No, claro que no.

—Mejor. —Relaja los hombros—. Solo tienes que dejarla tranquila. Como ya te he dicho, no está bien.

—Sí, es verdad que me lo has dicho…

—Además… —Sostiene en alto la caja azul—. Le he traído un regalo. —Deja las flores a un lado para abrir el estuche aterciopelado y me lo acerca a fin de que eche un vistazo dentro—. Creo que le va a encantar.

Bajo la vista hacia el contenido de la caja: la pulsera más bonita que he visto nunca, tachonada de diamantes impecables.

—Lleva una inscripción —dice, orgulloso.

—Seguro que le gustará mucho.

Douglas agarra las flores y sube las escaleras. Lo veo desaparecer por el pasillo, y oigo el sonido de una puerta al abrirse y cerrarse.

No acabo de entenderlo. Douglas parece un marido maravilloso y abnegado. Wendy, en cambio, se pasa el día encerrada en su cuarto. A lo mejor sale cuando yo no estoy, pero nunca le he visto la cara entera, salvo en fotografías.

Hay algo anormal en esta situación, y no sé de qué se trata.

Pero, como dice Brock, no es asunto mío. Debería olvidarme de ello.

10

¿Te pasarás esta noche?

Aunque ya había quedado con Douglas en ir al ático esta noche para llevar la compra y hacer la limpieza, siempre me pide que se lo confirme por mensaje de texto. Es ordenado en extremo. En atención a lo que me paga, me aseguro de responder enseguida.

¡Sí, ahí estaré!

Como hoy no tengo clase, dedicaré la tarde a comprar comestibles para los Garrick antes de ir a su casa para limpiar la suciedad invisible y preparar la cena. Llevo bastante más de un mes trabajando para ellos, así que conozco bien la rutina. Ya cuento con la lista de la compra, pero tengo que desplazarme hasta Manhattan para conseguir todo lo que quieren.

Brock me pidió que me quedara en su casa anoche, y he dormido muchas noches ahí porque está muy cerca del ático de los Garrick y no muy lejos de la universidad, razón de más para decirle que no. Si pasara más tiempo en su piso, prácticamente estaría viviendo con él. Y eso es algo que no puedo permitirme.

Al menos por el momento, hasta que le cuente la verdad. Es lo mínimo que merece.

Pero tengo miedo. Temo que Brock se acojone y me deje plantada en cuanto lo sepa todo sobre mí. Y me da aún más miedo que, cuando sus padres adinerados de clase alta se enteren, lo convenzan de que corte conmigo. Brock es perfecto, al igual que su familia, mientras que yo soy imperfecta hasta decir basta.

Mi relación anterior era lo contrario de perfecta. Y, en cierto modo, eso me parecía más apropiado. No sé si habla muy bien de mí que mi pareja ideal fuera un tipo como Enzo Accardi.

Enzo y yo empezamos siendo amigos hace cuatro años, después de que una experiencia laboral mía terminara de forma totalmente inesperada. Como yo no tenía muchos amigos, le estaba agradecida hasta un extremo bochornoso por el apoyo que me brindaba. Llegó un momento en que pasábamos casi todo nuestro tiempo libre juntos y, por si fuera poco, ayudamos a más de una decena de mujeres a escapar de una relación de abuso. A menudo, eso solo implicaba procurarles los recursos necesarios, pero de vez en cuando teníamos que desplegar nuestra creatividad. Enzo había establecido contactos que le ayudaban a conseguir documentos de identidad nuevos, teléfonos prepago imposibles de rastrear y billetes de avión a destinos lejanos. Rescatábamos a mujeres de sus relaciones tóxicas sin recurrir a la violencia.

Bueno, no, no es cierto. A decir verdad, hubo ocasiones en que las cosas se pusieron un poco… feas. Enzo y yo acordamos no volver a hablar de esas ocasiones. Hicimos lo que teníamos que hacer.

Fue él quien me convenció de que volviera a la universidad para obtener el título de trabajadora social. Poco sospechaba yo entonces que me estaba encauzando hacia una vida normal que nunca había creído posible. A pesar de mi historial carcelario, tenía la posibilidad de conseguir empleo en el sector del trabajo social. Podía dedicarme a lo que me gustaba sin necesidad de infringir la ley.

A Brock le gusta decir que él y yo formamos un buen equipo. A lo mejor es cierto, pero Enzo y yo formábamos un buen equipo de verdad: colaborábamos en una misión. Además, él era buena persona, apasionado y un pibón. Sobre todo esto último. Aunque me esforzaba por no ser más que su amiga, me resultaba difícil no fijarme en sus cualidades más superficiales. Por aquel entonces, muy a mi pesar, estaba perdiendo la cabeza por aquel hombre.

Y, entonces, una noche estábamos en su piso compartiendo una pizza de nuestro restaurante favorito (que casualmente era también el más barato). La habíamos pedido con nuestros ingredientes preferidos: pepperoni y extra de queso. Recuerdo que Enzo tomó un largo trago de su botellín de cerveza y me sonrió. «Esto es vida», dijo.

«Sí —convine—. Sí que lo es».

Posó el botellín sobre la mesa de centro con un pequeño golpe. Por deformación profesional como limpiadora de casas, sentía un poco de vértigo cada vez que veía que alguien no usaba un posavasos. «Me gusta estar contigo, Millie».

Aunque no tenía mucha experiencia con hombres, la mirada que me echó era inconfundible. Si me quedaban dudas, se disiparon del todo cuando se inclinó hacia mí y me dio un beso prolongado y profundo que supe que reviviría en sueños durante años. Cuando nuestros labios se separaron al fin, susurró: «¿Y si pasamos más tiempo juntos?».

¿Cómo no decirle que sí? Ninguna mujer rechazaría una oferta como esa de Enzo Accardi.

Tiene gracia porque siempre había creído que Enzo era un mujeriego, pero, después de su primer beso, no tenía ojos más que para mí. Nuestra relación iba muy deprisa, pero todo parecía de lo más natural. Al cabo de pocas semanas, ya dormía con él todas las noches y, no mucho después, decidimos vivir juntos. Encajábamos muy bien. Entre mis clases y mi relación con Enzo, estaba más feliz de lo que nunca había estado.

Recuerdo muy bien el día en que todo se fue a la mierda.

Estábamos sentados en el sofá que Enzo había subido a rastras a nuestro piso. Aunque lo había encontrado en la calle, era bastante bonito y aprovechable (salvo por una mancha de algo que no supimos identificar, pero le dimos la vuelta al cojín y problema arreglado). Uno de sus musculosos brazos me rodeaba los hombros y estábamos viendo *El padrino II* porque hacía poco que Enzo había descubierto, horrorizado, que yo no había visto la trilogía. «¡Es un clásico, Millie!». Recuerdo que estaba acurrucada contra él, pensando en lo contenta que me sentía, pero también en que mi novio estaba mucho más bueno que Robert DeNiro.

Y entonces le sonó el teléfono.

La conversación que siguió se desarrolló por completo en italiano, y yo agucé los oídos con la esperanza de pillar alguna que otra palabra. «*Malata*», repetía una y otra vez. Al final, la introduje en mi teléfono, que me la tradujo.

«Enferma».

Después de colgar, me explicó la situación con el marcado acento que le salía a veces cuando estaba estresado o enfadado. Su madre había sufrido un derrame cerebral. Estaba en el hospital. Enzo tenía que regresar a Sicilia para verla, sobre todo porque tanto su padre como su hermana habían fallecido y la mujer no tenía a nadie más. Me desconcertó, pues él siempre me había asegurado que no podía volver a casa. Antes de marcharse de ahí, casi había matado a puñetazos a un hombre muy poderoso, y ahora le habían puesto precio a su cabeza.

«Me dijiste que no podías regresar —le recordé—. Que había tipos chungos que te liquidarían si aparecías por ahí. ¿No fue eso lo que me dijiste?».

«Sí, sí —respondió—, pero eso ya no es problema. A esos tipos chungos ya se los han cargado… otros tipos chungos».

¿Qué podía decirle? No iba a prohibirle a mi novio que viera a su madre convaleciente de un derrame cerebral. Así que le di mi bendición, y él reservó asiento en un vuelo a Italia para el día siguiente. Lo acompañé al aeropuerto y, antes de pasar por el control de seguridad, me besó durante unos cinco minutos seguidos y me aseguró que volvería «muy pronto».

No me imaginaba que no volvería nunca.

Estoy segura de que tenía la intención de regresar; él no me habría mentido a sabiendas. Al principio, hablábamos por teléfono todas las noches, y a veces las cosas se ponían tórridas. Él susurraba al teléfono lo mucho que me echaba de menos y lo poco que faltaba para que volviéramos a estar juntos. Sin embargo, el estado de su madre no mejoraba, y resultaba cada vez más evidente que él no podía apartarse de su lado ni ella estaba en condiciones de viajar hasta aquí.

Cuando ya llevaba un año entero sin tocarlo o verle la cara, decidí preguntárselo sin rodeos: «Dime la verdad: ¿cuándo vas a volver?».

Exhaló un largo suspiro.

«No lo sé. No puedo dejarla así, Millie».

«Y yo no puedo esperar toda la vida», repuse.

«Lo sé —dijo con tristeza. Al cabo de unos instantes, añadió—: Haz lo que tengas que hacer. Lo entenderé».

Y ya está. Ese fue el fin. Sin más, lo nuestro había terminado. De modo que cuando, un par de meses después, Brock me pidió salir, no tenía motivos para decirle que no.

Con Enzo, mi vida fue una especie de aventura emocionante, pero sé que voy encaminada hacia la vida perfecta y normal que nunca había creído que estuviera a mi alcance. Brock no conoce a ningún tío capaz de pergeñar un pasaporte falso en veinticuatro horas. Supongo que, si le pidiera algo así, se quedaría mirándome horrorizado.

Enzo conocía a un tío para cada circunstancia. Cuando le pedía ayuda, respondía casi siempre con el mismo latiguillo: «Conozco a un tío».

Y ahora aquí estoy, realizando el recado más normal del mundo: hacer la compra. Aunque, a decir verdad, la lista que

Douglas me ha mandado por mensaje de texto esta mañana no tiene nada de normal. Cuando me fijo en los primeros artículos, me encojo de grima al ver la búsqueda del tesoro que me ha organizado.

Mano de Buda
Brotes de helecho
Cucamelón
Aguaymanto

Esos nombres no pueden ser reales. ¿«Cucamelón»? Eso no existe, ¿o sí? Suena totalmente a invento.

Aferrando la lista con fuerza, agarro mi anorak y me dirijo escaleras abajo. No tengo idea de cuánto tardaré en encontrar un cucamelón o incluso en averiguar qué es un cucamelón, así que más vale que vaya con tiempo.

Cuando llego a la planta baja, por poco me doy de morros con el hombre que vive en el piso inferior al mío. Justo debajo de donde vivo yo. El de la cicatriz encima de la ceja izquierda. Verlo me da dentera.

—Hola. —Me sonríe. Tiene un diente de oro que ocupa el lugar del incisivo lateral izquierdo y le da un aire al personaje de Joe Pesci en *Solo en casa*, mi película favorita cuando era niña—. ¿Tienes prisa?

—Sí. —Le dedico una sonrisa de disculpa—. Lo siento.

—Tranquila. —Su sonrisa se ensancha—. Soy Xavier, por cierto.

—Encantada —digo, evitando significativamente decirle cómo me llamo.

—Millie, ¿verdad?

Vaya, me ha fallado la estrategia. La inquietud me revuelve el estómago al comprender que ese hombre sabe dónde vivo y ha averiguado de alguna manera mi nombre de pila y, seguramente, también mi apellido. Claro que podría haberlo leído en el buzón.

Aún me embarga de forma intermitente la sensación de que alguien me observa. A veces pienso que todo está en mi cabeza, pero en este momento no estoy muy segura. Xavier sabe un poco más de lo que debería sobre mí. ¿Y si…?

Dios, no puedo obsesionarme con eso ahora. Bastante miedo da ya caminar por las calles de South Bronx como para encima preocuparme de que el tipo del piso de abajo me esté acosando. Tal vez debería aceptar la propuesta de Brock de irme a vivir con él. Xavier seguramente me dejará en paz si me mudo al Upper West Side. Y, si no, tendrá que vérselas con el portero de uniforme y gorra. Esos porteros no dejan pasar a nadie. Creo que usan la gorra como un bumerán cuando hace falta.

—¿Qué planes tienes para hoy? —me pregunta Xavier.

Avanzo hacia la salida.

—Nada, solo ir a hacer la compra.

—Ah, ¿sí? ¿Te acompaño?

—No, gracias.

Xavier parece querer agregar algo, pero no le doy la oportunidad. Lo aparto de mi camino con un empujoncito y salgo a la calle. Tanto si acabo viviendo con Brock como si no, quizá tenga que mudarme en un futuro próximo. No me siento cómoda cerca de este hombre. Tengo el mal presentimiento de que es el tipo de persona que no acepta un no por respuesta.

11

Cuando entro en el ático de los Garrick, voy cargada con cuatro bolsas de la compra rebosantes. Me las he apañado para hacer malabarismos con ellas hasta llegar a la última manzana, donde por poco se me resbalan de las manos. Gracias a Dios, ya estoy aquí, con el cucamelón y todo (sí que existe, y he conseguido encontrarlo en una tienda de productos latinos).

Por fortuna, no tengo que forcejear con el pomo de la puerta, pues las puertas del ascensor se abren directamente al recibidor. Esperaba alcanzar la cocina de un tirón, pero, a medio camino, me veo obligada a dejar las bolsas en el suelo para descansar. Si se me cayera el cucamelón y se rompiera, creo que me sentaría en el suelo a llorar.

Mientras estoy de pie en el salón intentando pensar la mejor estrategia para llevar la compra a la cocina, oigo algo.

Gritos.

Bueno, gritos amortiguados. No distingo las palabras, pero me da la impresión de que alguien en el dormitorio de arriba se está despachando a gusto. Sin recoger las bolsas, me acerco con sigilo a las escaleras para intentar captar mejor lo que está pasando. Es entonces cuando oigo un estrépito.

Es como el ruido de un vidrio al hacerse añicos.

Apoyo la mano en la barandilla de la escalera, lista para subir a asegurarme de que todo está bien. Sin embargo, antes de que pueda ascender un solo peldaño, suena un portazo arriba. Luego oigo pisadas que se acercan, así que retrocedo un paso.

—Millie. —Douglas se detiene antes de llegar al pie de la escalera. Lleva una camisa de vestir y tiene el rostro rosado, como si la corbata le apretara demasiado, aunque en realidad la tiene bastante floja. En la mano derecha sujeta una bolsa de regalo—. ¿Qué haces aquí?

—Pues… —Vuelvo la vista hacia las cuatro bolsas que he dejado en el salón—. He hecho la compra. Iba a guardarla ahora.

Entorna los párpados.

—Entonces ¿por qué no estás en la cocina?

Sonrío con timidez.

—He oído un estruendo y me preocupaba que…

Mientras hablo, advierto un desgarrón en su elegante camisa. ¿Cómo se lo habrá hecho? El tipo trabaja como director general, no en labores pesadas. ¿Se le habrá rasgado la camisa ahora, en la habitación de invitados?

—Por cierto… —Me tiende la bolsa de cartón con la mano derecha—. Te pido que vayas a devolver esto. Wendy no lo ha querido.

Cojo la pequeña bolsa rosa. Alcanzo a vislumbrar una tela sedosa en su interior.

—Claro, no hay problema. ¿El tíquet está aquí dentro?

—No, era un regalo.

—Pues… no creo que me dejen devolverlo sin el tíquet. ¿Dónde lo compraste?

Douglas rechina los dientes.

—No lo sé… Lo escogió mi ayudante. Te mandaré por correo electrónico una copia del tíquet.

—Si lo escogió tu ayudante, ¿no sería más fácil que lo devolviera ella?

Me mira, ladeando la cabeza.

—Disculpa, pero ¿tu trabajo no consiste en hacer recados para mí?

Echo la cabeza hacia atrás. En el tiempo que llevo trabajando aquí, Douglas nunca me había hablado de un modo tan poco respetuoso. Siempre me había parecido un hombre bastante agradable, aunque estresado y distraído. Ahora descubro que tiene otra faceta.

Ahora bien, ¿acaso no la tenemos todos?

Douglas Garrick clava los ojos en mí. Espera que me marche, pero todas las fibras de mi ser me piden a gritos que me quede. Que suba a cerciorarme de que todo está en orden.

Pero de repente Douglas se interpone entre la escalera y yo. Cruza los brazos sobre el pecho y arquea las pobladas cejas sin despegar la vista de mí. No podré salvar ese obstáculo y, aunque lo consiguiera, algo me dice que, si llamara a la puerta del cuarto de invitados, Wendy Garrick me aseguraría que se encuentra bien.

Así que no me queda otro remedio que irme.

12

Mientras camino las cinco manzanas que separan la estación de metro de mi edificio, me asalta de nuevo esa sensación de hormigueo en la nuca.

Cuando lo noto en Manhattan, en la zona exclusiva donde trabajo y donde vive mi novio, pienso que son paranoias mías. Pero ahora, en South Bronx, cuando el sol ha descendido en el cielo, la paranoia parece de sentido común. No me visto de forma llamativa. Llevo unos vaqueros que me quedan al menos una talla demasiado grandes, un par de zapatillas Nike grises que originalmente eran blancas y un anorak más abultado que elegante —de color oscuro para camuflarme en la noche—, pero a pesar de todo salta a la vista que soy mujer. Incluso con la boina de lana encasquetada sobre el cabello rubio y mi parka fea y voluminosa, la mayoría de la gente reconocería mi figura femenina desde una manzana de distancia.

Así que aprieto el paso. Además, llevo un espray de pimienta en el bolsillo. Tengo los dedos cerrados sobre él. Sin embargo, la sensación no desaparece hasta que entro en el edificio y cierro la puerta a mi espalda.

Esa es la cuestión: nunca me invade el hormigueo cuando estoy en mi apartamento, ni cuando estoy en el ático, limpiando.

Solo me ocurre en la calle, en momentos en que alguien podría estar observándome de verdad. Esto me lleva a pensar que la sensación es real.

O que me estoy volviendo loca. Es otra posibilidad.

Brock me ha preguntado por mensaje de texto si me apetecía pasarme por su casa esta noche, y le he respondido que no. Estoy demasiado cansada.

Aparto a Brock de mi mente mientras saco unas cartas de mi buzón…, todas ellas facturas. ¿Cómo puedo pagar tantas facturas? Siento que estoy viviendo del aire. Sea como fuere, estoy guardando los sobres en mi bolso cuando oigo que alguien abre la cerradura de la puerta principal. Al cabo de un instante, noto una racha de aire frío, y el hombre de la cicatriz sobre la ceja izquierda entra en el portal.

Xavier. Así me dijo que se llamaba.

—Hola, Millie —me dice en un tono demasiado animado—. ¿Cómo te va?

—Bien —contesto con rigidez.

Giro sobre los talones y me encamino hacia la escalera, con la esperanza de que él se quede atrás, revisando su correo. No tengo tanta suerte. Echa a andar tras de mí a paso veloz para intentar alcanzarme y avanzar a mi lado.

—¿Tienes planes para esta noche? —me pregunta.

—No —digo, subiendo a toda velocidad las escaleras hasta el primer piso. Allí es donde podré despedirme de Xavier.

—Vente a mi casa —dice—. Podemos ver una peli.

—Estoy ocupada.

—No es verdad. Acabas de decir que no tienes planes para esta noche.

Aprieto los dientes.

—Estoy cansada. Solo quiero darme una ducha e irme a la cama.

Xavier sonríe de modo que su diente de oro reluce bajo las tenues luces de techo de la escalera.

—¿Te acompaño?

Giro la cara.

—No, gracias.

Llegamos al rellano del primer piso, y espero que Xavier se vaya a su casa. En vez de eso, sigue ascendiendo a mi lado. Se me revuelve el estómago y me llevo la mano al bolsillo para palpar mi bote de espray de pimienta.

—¿Por qué no? —insiste—. Venga, no puede ser que te guste el niño pijo que siempre viene a visitarte. Necesitas un hombre de verdad.

Esta vez, paso de responder. Dentro de un minuto estaré en mi apartamento. Solo tengo que llegar hasta ahí.

—Millie...

Cinco escalones más. Solo cinco escalones, y me libraré de este gilipollas. Cuatro, tres, dos...

Pero entonces una mano me agarra con fuerza, clavándome los dedos en la carne.

No voy a llegar.

13

Oye. —Xavier me aprieta el brazo con la rechoncha mano—. ¡Oye!

Forcejeo, pero me tiene sujeta como un tornillo de banco. Es más fuerte de lo que parece. Cuando abro la boca para gritar, me la tapa con la palma antes de que pueda emitir el menor sonido. Me golpeo la nuca contra la pared con tal violencia que me castañetean los dientes.

—¿Así que ahora sí que tienes algo que decir? —Me dirige una sonrisita burlona—. Pero hace un momento te creías demasiado buena para mí, ¿a que sí?

Intento quitármelo de encima, pero aprieta el cuerpo contra mí de modo que noto el bulto en su pantalón. Se lame los labios agrietados.

—Vamos dentro a divertirnos un poco, ¿qué te parece?

Sin embargo, ha cometido el error de agarrarme el brazo equivocado. Saco el espray y, cerrando los ojos, se lo vacío en toda la cara. Pega un berrido y, en cuanto dejo de apretar el difusor, le propino un empujón con todas mis fuerzas.

Siempre me he quejado de lo empinadas que son las escaleras en este edificio, pero, por una vez, me alegro de que así sea mientras Xavier baja rodando por los peldaños. Al final, oigo un chasquido escalofriante seguido de un golpe seco cuando llega al final del tramo. Y, luego, el silencio.

Me quedo unos instantes contemplando desde arriba el cuerpo despatarrado en el descansillo. ¿Estará muerto? ¿Lo he matado?

Bajo corriendo y me detengo derrapando al pie de la escalera. Con el bote de espray aún en la mano derecha, me agacho para examinarlo. Me parece que el pecho le sube y le baja, y gime por lo bajo. Sigue vivo. Ni siquiera lo he dejado inconsciente del todo.

Lástima. Si alguien merece partirse el cuello, es este tío.

No. Creo que es mejor que no esté muerto.

De forma impulsiva, echo el pie hacia atrás y le pateo las costillas lo más fuerte que puedo. Ahora suelta un gemido más audible. No cabe duda de que sigue vivo. Le asesto otra patada, por si acaso, y una tercera de propina. Cada vez que mi zapatilla entra en contacto con sus costillas, me sonrío.

Bajo la vista hacia el siguiente tramo de la escalera. Ha sobrevivido a la primera caída. Me pregunto qué sucedería si sufriera una segunda. Y quizá una tercera. Ni siquiera parece tan pesado; seguro que no me costaría mucho empujarlo hasta el borde y…

No, por Dios, ¿cómo puedo pensar algo así?

No puedo hacerlo. Ya he pasado diez años en prisión. No pienso volver ahí dentro.

Saco mi teléfono y llamo a la policía. Voy a hacer justicia sin matar a este hombre.

14

Una hora después, la policía y una ambulancia están aparcadas frente a nuestro edificio. No es demasiado infrecuente ver coches patrulla parados en nuestra calle, pero este tiene las luces de emergencia encendidas.

Yo esperaba que se llevaran a Xavier directamente a la cárcel, pero tiene un brazo roto, una conmoción cerebral y tal vez algunas costillas fracturadas. Antes de que se presentara la policía, él ya había empezado a expresarse de forma más coherente e incluso a intentar ponerse de pie. Menos mal que han llegado, pues si no me habría visto obligada a encontrar algún otro objeto con el que dejarlo KO.

Me molesta que ninguno de mis vecinos acudiera en mi auxilio. Me da igual lo que diga Brock sobre el caso de Kitty Genovese: yo puedo afirmar con rotundidad que un hombre ha intentado violarme en el rellano de mi edificio, y ni una sola persona ha salido en mi defensa. Pero ¿qué le pasa a la gente? Hay que joderse.

Una agente me ha hecho algunas preguntas cuando han llegado, pero luego me han pedido que espere en mi apartamento mientras ellos se encargan de todo. Así que eso he estado haciendo. He llamado a Brock y le he contado que un vecino ha intentado agredirme, pero no le he dado muchos detalles sobre cómo lo he evitado. Viene hacia aquí, pero yo no iré a ninguna parte hasta que haya presentado una denuncia formal que garantice que encierren a Xavier en cuanto le hayan curado el brazo. Espero que el hijo de puta necesite pasar por quirófano.

Desde la ventana alcanzo a ver cómo se aleja la ambulancia. He estado observándolo todo desde que me han indicado que vuelva arriba. La policía ha hablado con algunos de mis vecinos ahí fuera, y han estado interrogando un buen rato a Xavier en la parte de atrás de la ambulancia antes de llevárselo. Un puñado de agentes continúa deliberando delante del edificio. Un hombre me ha agredido a unos segundos de distancia de mi propia puerta. Yo diría que la cosa está clara como el agua.

De pronto, uno de ellos señala mi ventana.

Acto seguido, otro poli entra en el edificio, así que me aparto de la ventana, limpiándome el sudor de las manos en los vaqueros. Aún tengo las marcas rojas que me han dejado los dedos de Xavier en el brazo, y noto un ligero dolor palpitante en la nuca por el porrazo que me he dado contra la pared, pero él ha salido bastante peor parado que yo.

Él se lo ha buscado.

Suenan unos golpes en la puerta, y la abro al cabo de un segundo. El agente que está al otro lado tiene treinta y tantos años, un mentón al que le vendría bien un afeitado y una expresión de aburrimiento, como si esta noche hubiera tenido que lidiar ya con cinco tipos que han intentado violar a una mujer en las escaleras, frente a la puerta de su piso.

—Buenas —dice—. ¿Es usted Wilhelmina Calloway?

Se me crispa el rostro al oír mi nombre completo.

—Sí.

—Soy el agente Scavo. ¿Puedo pasar?

Cuando estaba en la cárcel, todas mis compañeras decían que, si un policía te pedía permiso para entrar en tu casa, tenías derecho a negarte. «No hay que dejar entrar a esos cabrones». Por otro lado, él no ha venido a investigarme. Así que opto por una solución intermedia: lo dejo pasar, pero no lo invito a sentarse.

No es la misma persona con la que he hablado justo después del incidente. Esa era mujer y me ha abrazado. Dudo que este tío vaya a abrazarme. Tampoco quiero que me abrace.

—Bueno, tengo que repasar lo sucedido esta noche —dice Scavo— entre el señor Marin y usted.

—De acuerdo. —Me rodeo el torso con los brazos, presa de un frío repentino, aunque, para variar, la calefacción está funcionando—. ¿Qué quiere saber?

Scavo me mira de arriba abajo.

—¿Iba así vestida cuando se ha producido el incidente?

No entiendo la pregunta. Lo dice como si mi ropa le pareciera poco adecuada. Llevo una camiseta y los mismos vaqueros que hace un rato. La camiseta me queda un poco ajustada, pero no tanto como para llamar la atención. Como si eso importara.

—Sí, pero llevaba una parka encima.

—Ajá. —Scavo pone cara de que no se lo acaba de creer. Como si yo hubiera querido seducir a Xavier con mi camiseta supersexi y mis tejanos anchos—. Cuénteme exactamente qué ha pasado.

Repito la historia por tercera vez esta noche. Esta vez me resulta más fácil. No me tiembla la voz cuando describo cómo me ha agarrado Xavier. Le muestro la muñeca a Scavo para que vea las marcas rojas, pero no parecen impresionarle demasiado.

—¿Y eso es todo? —pregunta—. ¿Solo la ha tomado del brazo?

—No. —Aprieto los puños, frustrada—. Ya se lo he dicho. Me ha agarrado y se ha apretado contra mí.

—¿Apretado cómo?

—¡Pues arrimando el cuerpo al mío!

Frunce el ceño.

—¿No habrá malinterpretado usted la situación? A lo mejor solo estaba siendo amable.

Me quedo mirándolo.

—Porque, verá, señorita Calloway —dice Scavo, clavando los ojos en mí—: el señor Marin afirma que solo pretendía entablar una conversación amistosa y que usted se ha puesto como loca, lo ha rociado con espray de pimienta y lo ha tirado por las escaleras de un empujón.

—Es coña, ¿no? —En estos momentos me gustaría rociar al agente Scavo con espray de pimienta y tirarlo por las escaleras—. ¡Eso no es para nada lo que ha pasado! ¿De verdad se lo cree? ¿Se pone de su parte?

—Bueno, una vecina la ha visto pegándole varias patadas en el costado cuando estaba en el suelo. No se atrevía a salir.

Abro la boca, pero lo único que escapa de ella es un débil chillido como de ratón.

—Creemos que el señor Marin tiene un par de costillas rotas —prosigue el policía— y tenemos una testigo de que le ha pateado repetidamente las costillas cuando él yacía inconsciente. Así que dígame qué se supone que debemos pensar.

Me arrepiento un montón de haberle pateado las costillas a Xavier. Pero no he podido resistir la tentación. Y ahora sé lo dolorosas que pueden resultar las fracturas de costillas.

—Estaba muy alterada.

—¿Por qué estaba alterada? El señor Marin cree que es porque él no correspondía a sus coqueteos. Dice que por eso lo ha agredido usted.

Siento como si alguien me hubiera arreado un puñetazo a traición en el estómago. O en las costillas.

—¿Yo lo he agredido a él?

Scavo arquea una ceja.

—Usted tiene antecedentes penales, ¿no, señorita Calloway? Un historial de conductas violentas.

—Déjese de chorradas —jadeo—. Ese hombre me ha agredido. Si no me hubiera defendido…

—El caso es que se trata de su palabra contra la suya —dice—,

74

y una testigo la ha visto propinarle patadas cuando estaba en el suelo. Y el que ha acabado con huesos rotos es él.

Noto que me fallan las piernas. De pronto lamento no haberme sentado para mantener esta conversación.

—¿Van a detenerme?

—El señor Marin aún no ha decidido si va a presentar cargos esta vez. —Por su expresión, queda claro que cree sin asomo de duda que mi agresor debería presentar cargos. Que está deseando esposarme ahora mismo—. Así que, en lo que se decide, le recomiendo que no salga de la ciudad.

Odio a este hombre. ¿Qué ha pasado con la mujer policía, la que me ha abrazado y me ha asegurado que Xavier nunca volvería a hacerme daño? ¿Dónde se ha metido?

Dicho esto, acompaño al agente Scavo a la puerta. Cuando la abro, Brock está ahí, de pie, con su uniforme de oficina —camisa de vestir azul cielo y pantalón marrón claro— y con el puño listo para llamar. Aunque Scavo esboza una sonrisa de suficiencia cuando lo ve, se abstiene de hacer comentarios. Brock hace ademán de preguntarle algo, pero, por suerte, el policía parece tener prisa por marcharse.

Consigo mantener la calma hasta que arrastro a Brock al interior del apartamento y cierro la puerta con llave. Solo entonces se me arrasan los ojos en lágrimas. Pero no son lágrimas de tristeza, sino de rabia. ¿Cómo se atreve a hablarme así? ¿He sufrido una agresión en mi propio edificio y, por alguna razón, mi agresor es la víctima?

—Millie. —Brock me abraza—. Madre mía, ¿te encuentras bien? He venido lo más rápido posible.

Enmudecida, asiento con la cabeza y me aparto de él. Si hablo, no conseguiré contener el llanto. Y, por algún motivo, no quiero llorar delante de Brock.

—Espero que ese hijo de puta pase muchos años en la cárcel —dice.

Debería aclararle lo que ha ocurrido, lo que me ha dicho el policía. Pero, si lo hago, tendré que explicarle por qué, confesarle que tengo un historial de violencia, que estuve en la cárcel, todas las razones por las que nadie me cree.

Si Enzo estuviera aquí, las cosas serían distintas. Podría contárselo todo, y él lo entendería. Cabría la pequeña posibilidad de que le arrancara uno a uno todos los miembros a Xavier Marin, y no me parecería mal. Nada mal. Cuando miro a Brock y me lo imagino haciendo algo parecido, casi se me escapa una carcajada. La parte positiva es que, si al final Xavier me denuncia por agresión, Brock podría defenderme. Sí, eso le vendría de perlas a nuestra relación.

—Hoy no duermes aquí ni en broma —dice Brock. Por una vez, estoy totalmente de acuerdo con él—. Tengo el coche aparcado fuera. Deja que te lleve a mi casa.

Encorvo los hombros.

—De acuerdo.

—Y deberías quedarte conmigo —dice. Al ver la cara que pongo, se apresura a añadir—: No me refiero a que te instales en mi casa, sino a que te lleves ropa como para una semana. Y a lo mejor deberías empezar a buscar un lugar adonde mudarte.

Ahora mismo no tengo fuerzas para discutir, y además no le falta razón. Si Xavier regresa a este edificio, no puedo seguir viviendo aquí. Tendré que encontrar otro sitio, aunque a duras penas puedo permitirme el alquiler de este apartamento, a pesar de lo que me pagan los Garrick. ¿Tendré que irme a un barrio aún peor en el Bronx?

En fin, ya pensaré en ello más tarde. Ahora mismo, tengo que hacer las maletas.

15

El dormitorio principal en casa de los Garrick es tan grande que, si dijera algo, seguro que habría eco.

Estoy guardando la colada. Yo había imaginado que los dos llevaban casi toda su ropa a la tintorería, pero, como al parecer Wendy no sale nunca de la habitación, supongo que no suele ponerse prendas que requieran limpieza en seco. A juzgar por las lavadoras que pongo, diría que ella viste sobre todo camisones. Ahora mismo, estoy doblando uno muy delicado, con encaje en el cuello. Me da la impresión de que a Wendy debe de llegarle a los tobillos, si calculé bien su estatura durante la que ha sido prácticamente la única conversación que he mantenido con ella.

De pronto, lo veo.

En el cuello del camisón hay una mancha. De borde irregular, es marrón con una capa roja, y está muy incrustada en el tejido. Ya había visto manchas así al hacer la colada. Son inconfundibles.

Es sangre.

Y además, hay bastante. Justo en el escote, desde donde se ha filtrado a la tela de debajo. Cierro los ojos, intentando en vano no elucubrar sobre la causa de ese sangrado.

Abro los párpados de golpe al oír el timbre de mi teléfono. Cuando me lo saco del bolsillo de los vaqueros, se me cae el alma a los pies. La pantalla identifica la llamada como procedente de la comisaría de policía del Bronx. Me da la sensación de que no será por nada bueno.

En fin, dudo que me arresten por teléfono.

—¿Diga? —contesto mientras me siento en un lado de la cama de Garrick, que es aproximadamente del tamaño de un trasatlántico.

—¿Wilhelmina Calloway? Al habla el agente Scavo.

Al oír el nombre del policía, se me revuelve el estómago y se me eriza la piel.

—Sí, soy yo.

—Tengo una buena noticia para usted.

Si ese hombre sigue asignado al caso, la noticia no puede ser buena. Pero tal vez debería intentar ser optimista. A estas alturas, me merezco alguna alegría.

—¿Cuál?

—El señor Marin ha decidido no presentar cargos —dice.

¿Esa es la buena noticia? Aprieto el teléfono con tanta fuerza que siento un hormigueo en los dedos.

—¿Y yo qué? Yo sí que quiero presentar cargos.

—Señorita Calloway, tenemos una testigo que vio cómo usted lo atacaba. —Se aclara la garganta—. Puede darse con un canto en los dientes de que la cosa acabe aquí. Si aún estuviera en libertad condicional, volvería derechita a la cárcel. Claro que él todavía puede interponer una demanda por lo civil contra usted.

Trago en seco.

—¿Y dónde está en estos momentos?

—Ha salido esta mañana.

—¿Ya lo han puesto en libertad?

Scavo suspira.

—No, no ha estado detenido en ningún momento. Le han dado el alta en el hospital esta mañana.

Eso significa que esta misma noche volverá a estar en mi edificio. Lo que significa, a su vez, que no puedo regresar ahí.

—Oiga, señora —continúa Scavo—, ha tenido suerte esta vez, pero tiene que seguir viendo a un psiquiatra o lo que sea para resolver sus problemas de control de la ira, pues de lo contrario acabará otra vez entre rejas.

—Gracias por el consejo —digo con los dientes apretados.

Cuando cuelgo y alzo la vista, me percato de que no estoy sola en el dormitorio principal. En el otro extremo de la habitación, de pie en el vano de la puerta, está Douglas Garrick. Lleva un traje de Armani con una corbata de ejecutivo roja, y el cabello castaño oscuro alisado hacia atrás, como de costumbre.

Me pregunto qué porción de la conversación habrá oído. Por otro lado, lo grave de verdad sería que hubiera oído lo que decía Scavo.

—Hola, Millie —dice.

Me pongo de pie apresuradamente y me guardo el móvil en el bolsillo.

—Hola. Perdón, estaba… guardando la ropa.

No me desmiente señalando que estaba hablando por teléfono. En vez de ello, entra en la habitación con aire ausente, aflojándose el nudo de la corbata con el pulgar. Se quita la americana y la deja caer sobre el tocador.

—¿Y bien? —dice.

Me quedo mirándolo, sin comprender.

—¿Vas a dejar mi chaqueta ahí, tirada encima de la cómoda?

Tardo unos segundos en entender qué espera de mí. Su armario está como a dos metros de nosotros, y no le habría costado nada colgar él mismo su americana. Sin embargo, pretende que lo haga yo. Vale, es mi trabajo, pero hay algo en su tono de voz que me inquieta. Lo percibo cada vez más a menudo en mis interacciones con él.

—Lo siento mucho —balbuceo—. Enseguida te la cuelgo.

Douglas Garrick me observa con atención mientras manipulo su chaqueta. El otro día lo busqué en Google, pero no encontré gran cosa sobre él, ni siquiera una foto decente. Por lo visto, es una persona de lo más reservada. Lo único que conseguí averiguar es que trabaja como director general de una empresa muy grande llamada Coinstock, como ya me había dicho Brock. Es una especie de genio de la tecnología que desarrolló un programa informático que ahora utilizan prácticamente todos los bancos del país. Según Brock, le había parecido un buen tío, pero un puñado de reuniones de trabajo no basta para conocer bien a una persona. Me da la impresión de que Douglas es un hombre con la habilidad de desplegar su encanto cuando la situación lo requiere.

—¿Estás casada? —me pregunta.

Me quedo paralizada al oír la pregunta, con su americana a medio colocar en la percha.

—No...

Una comisura de la boca se le tuerce hacia arriba.

—¿Tienes novio?

—Sí —digo, tensa.

Aunque no comenta mi respuesta, sus ojos me recorren de arriba abajo hasta que empiezo a revolverme, nerviosa. Me da igual lo guapo que sea: no me gusta que me mire así. En nuestro primer encuentro, me impresionó la discreción de su mirada, pero supongo que solo estaba aparentando. Como siga repasándome así...

Bueno, supongo que no puedo hacer gran cosa al respecto, y menos aún después de que un policía me haya acusado de agredir a un hombre.

Estoy a punto de pedirle que me mire a la cara cuando por fin posa los ojos en el camisón blanco que sigue extendido sobre la cama extragrande. Está contemplando la mancha de sangre en el cuello. Tal vez sean imaginaciones mías, pero estoy casi segura de que lo oigo inspirar con brusquedad.

—Bueno. —Bajo la vista al camisón antes de fijarla de nuevo en Douglas—. Si me disculpas, tengo que investigar cómo se quitan las manchas de salsa de tomate de la ropa.

Continúa observándome unos instantes más, hasta que al fin asiente en señal de aprobación.

—Muy bien. Hazlo.

Pero no me hace falta buscar nada en Google. Ya sé cómo se quitan las manchas de sangre de la ropa.

16

Brock y yo estamos cenando juntos, pero soy incapaz de concentrarme en nada de lo que me dice.

Las temperaturas han subido, así que nos hemos sentado en la terraza de un pequeño y encantador restaurante de Oriente Medio en el East Village. Brock está arrebatador con su traje de la oficina, y yo llevo un vestido de tirantes nuevo. Mientras comemos el segundo plato, Brock me lo cuenta todo sobre sus clientes. Por lo general, me encanta pasar la tarde con mi estupendo novio. No deja de asombrarme un poco que alguien como Brock haya podido interesarse por alguien como yo y, en circunstancias normales, estaría pendiente de cada una de sus palabras (aunque está hablando del derecho de patentes, un tema más bien aburrido, si he de ser sincera). Sin embargo, hoy tengo la cabeza en otra parte.

Y es que vuelvo a notar ese hormigueo en la nuca, como si alguien me estuviera espiando.

Debería haberle dicho a Brock que prefería cenar dentro. Ya no me siento segura, sabiendo que Xavier anda suelto. No sé por qué me ha elegido a mí como presa, pero ya ha pasado una semana desde que me agredió, y siento a menudo sus ojos clavados en mí. Quisiera pensar que todo es fruto de mi imaginación, pero en el fondo no estoy segura. Aunque Xavier tenga el brazo roto —y viva en otro distrito—, podría estar siguiéndome por toda la ciudad.

—¿No estás de acuerdo, Millie? —pregunta Brock.

Me quedo mirándolo con cara de tonta. Tengo en la mano derecha el tenedor con el que he pinchado un trozo de cordero, pero creo que hace por lo menos diez minutos que no pruebo bocado.

—¿Eh? —digo con poca convicción.

Brock junta las cejas, y el pequeño espacio entre ellas se arruga de un modo que por lo general me parece cautivador, pero en estos momentos me irrita.

—¿Va todo bien?

—Sí —miento.

Acepta mi respuesta sin cuestionarla. He notado que, sobre todo para ser un abogado, Brock se fía mucho de los demás. Cualquier otro seguramente me habría interrogado sobre mi pasado, pero él no es así. Aunque no tener que contárselo todo supone un alivio para mí, a veces me gustaría que fuera un poco más insistente, porque estoy cansada de ocultarle todos mis secretos.

Brock y yo nos conocimos durante la breve época en la que me planteaba seguir una carrera en el ámbito jurídico, antes de que comprendiera que, dados mis antecedentes, me resultaría difícil, si no imposible. El centro de enseñanza superior me ofreció la oportunidad de acompañarlo durante su jornada para verlo trabajar, pero, durante el primer día, él reconoció, avergonzado: «Mi trabajo no es muy emocionante». Yo me había imaginado que iríamos a los juzgados, pero en realidad él se pasaba buena parte del día haciendo papeleo. Mientras yo lo miraba.

«Lo siento —me dijo al concluir nuestra semana juntos—. Seguro que te esperabas algo distinto».

«No pasa nada —contesté—. De todos modos, no quería ser abogada».

«Deja que te compense. Te invito a cenar».

Más tarde, me confesó que había estado toda la semana buscando alguna excusa para pedirme salir. La verdad es que estuve a punto de decirle que no. Aún estaba lamiéndome las heridas después de que Enzo me dijera que no tenía intención de regresar a Estados Unidos y no me apetecía que me partieran el corazón por segunda vez. Pero entonces me imaginé a las bellezas italianas tirándole los tejos a mi exnovio y me dije «qué demonios». ¿Acaso no tenía derecho a divertirme un poco yo también?

Brock ha sido un buen novio. Semana tras semana, intento descubrirle algún defecto garrafal, pero sigue siendo de una perfección desesperante. Cuando se enteró de que no habían denunciado a Xavier por agresión, reaccionó con el grado justo de enfado. Se ofreció a acompañarme a comisaría para hablar con el agente encargado del caso. Una oferta que tuve que rechazar por razones evidentes.

Y entonces él simplemente se olvidó del asunto. No he dejado de pensar en ello toda la semana, pero Brock ha pasado página, aunque ha repetido una y otra vez lo obvio: que tengo que encontrar otro sitio donde vivir.

—Te noto un poco pálida —señala Brock.

Me froto la parte de atrás del cuello y me vuelvo para mirar atrás. Estoy convencida de que voy a encontrarme cara a cara con Xavier, pero no hay nadie. O por lo menos no lo veo. Pero no cabe duda de que anda por ahí.

—Vivamos juntos —barboto.

Brock se interrumpe en medio de una frase, con una gotita de salsa tahini en la comisura de la boca.

—¿Qué?

—Creo que estamos preparados —digo. Es otra mentira. No creo estar preparada para mudarme con Brock, pero tampoco tengo la menor intención de regresar a mi apartamento en South Bronx mientras Xavier siga viviendo ahí, y no sé si me sentiré más segura en otra zona de ese barrio. Ni siquiera sé si me siento a salvo aquí, pero en el Bronx seguro que no.

Sea como fuere, he dado en la diana. Una enorme sonrisa se le dibuja en la cara a mi novio.

—Vale. Por mí, estupendo. —Alarga la mano sobre la mesa para posarla sobre la mía—. Te quiero, Millie.

Abro la boca, consciente de que ha llegado el momento crítico en que debo decirle que yo también lo quiero, pero, de pronto, la sensación de carne de gallina en la nuca se vuelve insoportable. Giro la cabeza con rapidez de nuevo, segura de que Xavier estará allí, a pocos metros de mí, mirándome.

Oteo la calle detrás de mí con los ojos entornados. ¿Dónde está ese cabrón?

Pero no veo a Xavier por ninguna parte. O se ha escondido detrás de un buzón, o no está. Sin embargo, sí que hay alguien a quien no esperaba ver.

Douglas Garrick.

17

Douglas Garrick está detrás de mí.

Más concretamente, al otro lado de la calle. Con el semáforo en rojo, cruza a toda prisa por el paso de peatones entre los bocinazos de un taxi amarillo. Lo observo por unos instantes con el corazón martilleándome el pecho. Aunque por algún motivo había dado por sentado que era Xavier quien me seguía, ya no estoy tan segura. ¿Y si había sido Douglas desde el principio?

—Discúlpame un momento —le digo a Brock—. Enseguida vuelvo.

—Pero ¿qué...?

Sin darle la oportunidad de completar su frase, echo a andar a toda prisa por la calle detrás de Douglas, obligando a un sedán azul a dar un frenazo. Sigo andando sin hacer caso de las imprecaciones del conductor.

¿Qué hace Douglas en el East Village? Vive en el Upper West Side y trabaja en Wall Street.

Si me estaba mirando hace un momento, ahora mismo no. Otro dato interesante es que no se encuentra solo. Al parecer, va caminando con una rubia que lleva un funcional bolso marrón colgado del hombro derecho.

¿Qué está pasando? ¿Por qué me vigilaba? ¿Y quién es esa mujer? Aunque no he podido echarle un buen vistazo a Wendy Garrick en persona, he visto fotos suyas, y sé que esa rubia no es ella.

Lo sigo a lo largo de otra manzana. A lo mejor me estoy engañando a mí misma, pero me da la impresión de que no sospecha que voy detrás de él mientras avanza por la Segunda Avenida con la mujer. Aunque ella alza la voz, no alcanzo a oír lo que dicen. Y, si me acerco más, tal vez me descubran.

No sé cuánto rato más podré seguirlos. Brock, que se ha quedado en el restaurante, debe de pensar que me he vuelto loca. Espero que no les mencione este pequeño incidente a sus padres en su llamada telefónica semanal.

Por fortuna, Douglas y la mujer se detienen delante de un pequeño bloque de pisos de piedra rojiza. Al igual que mi edificio, este no tiene portero. Tras rebuscar las llaves en su bolso, la mujer introduce una en la cerradura y abre la puerta. Consigo verla con claridad justo antes de que desaparezcan en el portal.

Lo que está pasando aquí es tan obvio que tira de espaldas. Douglas tiene una amante que vive en este edificio. Todavía es lo bastante temprano para que, al llegar a casa, pueda decirle a Wendy que ha tenido que quedarse un rato más en la oficina.

Pero ¿por qué discutían?

En realidad, no cuesta mucho imaginar la razón. Si la mujer es su querida y él está casado, tal vez ella está enfadada porque sigue con su esposa. Tiene por lo menos treinta y tantos años y no parece una pelandusca que solo busca un rollo pasajero. A lo mejor espera que Douglas deje a Wendy para casarse con ella.

Aún estoy contemplando los muros de piedra rojiza mientras intento decidir el siguiente paso cuando empieza a sonarme el teléfono en el bolsillo. Crispo el rostro al ver el nombre de Brock parpadeando en la pantalla. Ojalá me hubiera dejado el móvil en el bolso. El tío me ha dicho que podría irme a vivir con él, me ha dicho que me quiere, y yo me he levantado de un salto como una demente y he echado a correr en la dirección opuesta.

—Millie —dice en tono de perplejidad—. ¿Qué ha pasado? ¿Adónde has ido?

—He…, he visto a una vieja amiga —digo—. Hemos estado poniéndonos al día de nuestras cosas. Hacía años que no nos veíamos.

—Vale… —Parece que acepta a regañadientes mi ridícula explicación, como yo ya preveía—. ¿Vas a volver?

Le echo un último vistazo al edificio de piedra rojiza.

—Sí, llego en unos minutos.

—¿Minutos?

Sea lo que sea que Douglas Garrick esté haciendo ahí dentro, no lo averiguaré quedándome aquí mirando el bloque de pisos, así que emprendo el camino de regreso al restaurante, preparándome para el tercer grado al que me va a someter Brock. No se conformará con una sola respuesta a su pregunta de por qué me he largado corriendo. Pero, si le digo la verdad, quedaré como una loca.

—Ya voy para allá —digo—. Te lo prometo.

—¿Quieres que pida la cuenta? —pregunta—. ¿Va todo bien? ¿Qué ocurre?

—Nada. —Cruzo la calle para volver al restaurante y aprieto un poco el paso—. Como ya te he dicho, me he encontrado con una vieja amiga.

—Me ha parecido que te pasaba algo.

—Pues no —insisto—. No…

Interrumpo mi aseveración de que no me pasa nada de nada, porque veo algo que hace que se me caiga el alma a los pies.

Un Mazda negro con el faro derecho roto. Es el mismo que he visto aparcado cerca de mi edificio y a veces por los alrededores de donde viven los Garrick.

Bajo la vista para leer la matrícula. 58F321. Me estrujo la cabeza para intentar recordar si es la misma que vi la última vez.

¿Por qué no lo habré anotado? Estaba convencida de que lo retendría en la memoria.

Pero ese faro destrozado me resulta tan familiar...

—Millie —me reclama la voz de Brock a través de mi teléfono—. ¿Sigues ahí, Millie?

Fijo la mirada en el coche. Desde el primer momento, había dado por sentado que era Xavier quien me seguía, pero ahora me encuentro con este vehículo cerca del edificio de la amante de Douglas. Aunque no estoy segura al cien por cien de que se trata del mismo sedán que me ha estado siguiendo, me apostaría una pasta a que sí. Es una tartana bastante cutre para un multimillonario, aunque tal vez lo use para pasar inadvertido.

Pero ¿por qué habría de seguirme Douglas? Al fin y al cabo, ya había empezado a notar esta sensación antes de empezar a trabajar para los Garrick. Eso significaría que Douglas me acechaba ya antes de contratarme.

Un horrible escalofrío me baja por la espalda. ¿Qué está pasando aquí?

18

Hoy voy a recoger mis cosas para cambiarme de casa. En el fondo no me hace demasiada ilusión mudarme con Brock, pero, si Xavier Marin sigue viviendo en este edificio, prefiero largarme. Y tengo que reconocer que instalarme en el piso de dos habitaciones de Brock en el Upper West Side no será precisamente una tortura. No será un ático, pero es precioso. Incluso cuenta con un balcón que no forma parte de una escalera de incendios. Además, está equipado con aire acondicionado para los días calurosos del verano. ¡Aire acondicionado! Es el no va más del lujo.

Brock me lleva al Bronx en su Audi. No tiene un maletero muy grande, pero, por fortuna, no tengo muchas pertenencias. Una de las ventajas de este apartamento es que estaba semiamueblado, así que la mayor parte de los trastos que contiene no son míos. Si algo no cabe en el maletero ni en el asiento de atrás, no me lo llevaré.

—Cuánto me alegro de que te vengas a vivir conmigo —me dice Brock mientras recorremos por última vez las calles que conducen a mi piso—. Esto va a ser genial.

Despliego una sonrisa que se me antoja de plástico.

—Sí.

¿Cómo puedo estar haciendo esto? ¿Cómo puedo mudarme con Brock cuando aún no sabe la verdad sobre mi pasado? No es justo para él. Ni lo será para mí cuando se entere y me eche a la calle.

Sigo trabajando para la familia Garrick... por el momento. Cuanto más pensaba en ello, menos claro tenía que Douglas estuviera espiándome ese día. Después de todo, estaba hablando con su amante y no parecía pendiente de mí en absoluto. Saqué una conclusión precipitada. Por otro lado, descubrir que mi jefe tiene una aventura no es motivo para renunciar a un trabajo bien pagado, sobre todo considerando lo mucho que me costaría encontrar uno nuevo. Aunque he accedido a vivir con Brock, sería un error volverme dependiente de él. Necesito mantener mis ingresos, solo por si acaso acaba echándome a la consabida calle.

Cuando paramos en un semáforo, Brock alarga el brazo y me posa la mano sobre la rodilla. Me sonríe y está tan guapo —como una estrella de cine— que no puedo evitar pensar que esto es una pésima idea. Está cometiendo un grave error y ni siquiera lo sabe. Una parte de mí desearía que me quitara la puñetera mano de la rodilla.

No ha vuelto a declararme su amor desde aquel día en el restaurante. Me doy cuenta de que se muere de ganas de repetírmelo, pero ya me lo ha dicho dos veces, mientras que yo no se lo he dicho ninguna. Como vuelva a decirme que me quiere, tendré que responderle que yo también o... Bueno, si quiero que esta relación continúe, más vale que se lo diga.

—Vaya. —Brock aparta la mano cuando doblamos la esquina de mi calle—. Pero ¿qué pasa aquí?

Hay un coche patrulla con las luces de emergencia encendidas aparcado delante de mi edificio. Aprieto los labios para no decirle que siempre hay coches patrulla aparcados aquí. El estómago me da un vuelco cuando se me ocurre que tal vez estén aquí por mí. A lo mejor Xavier se ha pensado mejor lo de no presentar cargos.

Ay, madre, ¿y si se me llevan esposada?

—Brock —digo en tono apremiante—. A lo mejor deberíamos largarnos y volver en otro momento.

Arruga la nariz.

—No pienso conducir otra vez hasta el Bronx mañana. Tranquila, no pasa nada.

Cuando estoy a punto de sufrir un ataque de pánico, la puerta de mi edificio se abre de golpe, y un agente de policía sale a la calle custodiando a un hombre con las manos esposadas a la espalda. Parece que no han venido a por mí después de todo. Debe de tratarse de otra redada antidroga.

Y entonces diviso la cicatriz que el hombre de las esposas tiene sobre la ceja izquierda. Es Xavier.

Bajo la ventanilla justo a tiempo para oírlo gritar al agente que lo conduce hacia el coche de policía.

—¡Tiene que creerme! Esas drogas… No las había visto en la vida. ¡No son mías!

Incluso desde donde estamos parados, veo la cara de hastío del policía.

—Ya, es lo que dicen todos cuando encontramos heroína a punta pala en su casa.

Un segundo antes de que suban al coche de policía, los ojos de Xavier se llenan de pavor. Aunque sin duda sabe que está cometiendo una estupidez, se zafa del poli y arranca a correr calle abajo. Con las manos sujetas a la espalda, no llegará muy lejos, claro. El poli lo alcanza al cabo de unos segundos y lo tira al suelo.

Es el mejor espectáculo que he visto en meses.

Brock contempla la escena que se desarrolla ante nosotros con los ojos desorbitados.

—Madre mía. Menos mal que te largas de aquí.

—Es él —jadeo—. Ese es el hombre que me agredió.

—Caray. ¿Así que encima iba drogado? No me sorprende.

No me dio la impresión de que Xavier estuviera colocado durante nuestras interacciones. Siempre me pareció que iba com-

92

pletamente sereno. Pero si han encontrado droga en su piso… o, mejor aún, un alijo lo bastante grande para señalarlo como traficante, no volverá a aparecer por aquí en una buena temporada.

—Ya no tengo que mudarme —barboteo.

Brock se queda boquiabierto.

—¿Qué?

—Él ya no vivirá en el edificio —le explico—. Así que no hay motivo para que me vaya.

Brock saca el labio inferior.

—No lo entiendo. ¿No quieres vivir conmigo?

No es fácil responder a esta pregunta. Sí, me gustaría disfrutar de un piso amplio con aire acondicionado y un portero que mantenga a raya a los ladrones, pero esa no es razón suficiente para que alguien se mude con su novio.

—Claro que sí —contesto—. Algún día. Pero… todavía no.

—Entiendo —dice en tono gélido.

—Lo siento mucho. —Extiendo el brazo para apretarle la mano, pero él no me devuelve el apretón—. Soy una de esas personas que necesitan su propio espacio, eso es todo.

Posa los azules ojos en los míos.

—¿De verdad que es solo por eso?

Me imagino que los padres de Brock son de esos que indagan en el pasado de las mujeres con las que sus hijos deciden juntarse. Incluso es posible que ya lo hayan hecho. Lo único que puede salvarme es que hayan investigado los antecedentes de Millie Calloway. Solo es cuestión de tiempo que descubran que mi nombre de pila es Wilhelmina. Entonces Brock se enterará de todo.

Tengo que sincerarme con él antes de que eso ocurra.

Pero el hecho de que hayan detenido al cabronazo de Xavier me da una pequeña tregua.

19

Todo parece estar tranquilo en el ático de los Garrick hoy. He oído un ruido procedente de la habitación de invitados, pero no era un sollozo, un grito ni otro sonido sospechoso. No fue más que una señal de que había alguien ahí dentro: una mujer a la que se supone que no debo molestar.

Después de descubrir los restos de sangre en el camisón, creí de verdad que Douglas se buscaría una excusa para despedirme, pero por el momento no lo ha hecho. Menos mal, porque necesito el dinero. (Brock sigue lanzándome indirectas para que me vaya a vivir con él, pero hasta el momento he conseguido esquivarlas).

Y ahora que he tenido unos días para reflexionar, no estoy tan convencida de que la mancha carmesí en la tela sea tan siniestra como me pareció en un primer momento. No me cabe duda de que era sangre, pero hay muchas posibles razones para que una prenda acabe ensangrentada. He lidiado con suficientes niños víctimas de aparatosas hemorragias nasales para saber que no conviene sacar conclusiones precipitadas. Así que he conseguido dejar de pensar en el asunto.

Bueno, casi.

Cuando dejo listas las otras habitaciones, enfilo el pasillo de la planta superior en dirección al cuarto de baño principal. En general, los baños no están muy sucios. No es de extrañar, ya que aquí solo viven dos personas y no parecen necesitar que alguien aspire y friegue la casa con tanta frecuencia, pero no seré yo quien se lo discuta. Me pagan para limpiar, y si me piden que limpie algo que está casi limpio, no tengo inconveniente en hacerlo.

Sin embargo, cuando entro en el baño, reparo en algo que no había visto antes y que me hace sentir como si me hubieran pegado un puñetazo en el estómago.

La huella sangrienta de una mano en el lavabo.

Bueno, para ser más exactos, es solo media huella, como si alguien se hubiera agarrado a la pila con la mano cubierta de sangre.

Bajo los ojos al suelo. No me había fijado antes, pero hay gotitas de sangre en las baldosas de linóleo. Parecen formar un pequeño rastro.

Salgo del baño, siguiendo el reguero de motas de color carmesí. Como las luces del pasillo están apagadas, las había pasado por alto, pero ahora advierto que las manchas de sangre trazan un camino en la moqueta que termina en la puerta de la habitación de invitados.

Tengo prohibido llamar a la puerta. Douglas me lo dejó muy claro cuando entré a trabajar aquí. Y la única vez que he desobedecido esa regla Wendy Garrick no se alegró mucho de verme.

Pero me vuelve a la memoria la historia de Kitty Genovese. ¿Cómo no voy a investigar qué sucede cuando hay literalmente un rastro de sangre que conduce hasta la puerta?

Así que alzo la mano y doy unos golpecitos con los nudillos.

Aunque antes he oído un ruido, de pronto se hace el silencio al otro lado de la puerta. Nadie me pide que pase o que me vaya. Así que golpeo de nuevo.

—Señora Garrick —llamo en voz alta—. Wendy.

Nadie contesta.

Aprieto los dientes, frustrada. No sé qué estará pasando ahí dentro, pero no pienso marcharme hasta asegurarme de que no esté desangrándose. Tengo por norma no limpiar casas donde haya un cadáver.

Aunque no debería, llevo la mano al pomo. Intento girarlo, pero no se mueve. Está cerrado con llave.

—Señora Garrick —digo—, hay sangre por todo el baño.

Sigue sin responder.

—Oiga, como no abra la puerta, tendré que llamar a la policía.

Mis palabras por fin provocan una reacción. Oigo movimientos apresurados tras la puerta y luego una voz ligeramente entrecortada.

—Estoy aquí. No me pasa nada. No llames a la policía.

—¿Seguro?

—Sí. Por favor…, vete. Estoy intentando dormir.

Podría marcharme, pero, en realidad, no soy capaz de moverme después de haber visto toda aquella sangre en el cuarto de baño. Más que las manchas en sí, lo que me impresiona es que la persona que las ha dejado estaba demasiado malherida para limpiarlas.

—Quiero verla —digo—. Abra la puerta, por favor.

—Te repito que estoy bien. Solo me ha sangrado un poco un diente roto.

—Ábrame la puerta dos segundos y la dejaré en paz. Le aseguro que no me iré hasta que abra.

Se produce otro largo silencio tras la puerta. Mientras espero, se me va la vista hacia el rastro de gotitas de sangre que lleva hasta el baño. Se me ocurren varias explicaciones inocentes. A lo mejor estaba depilándose y se ha cortado. O a lo mejor es cierto que tiene un diente roto.

Por otro lado, también se me ocurren explicaciones menos inocentes.

Finalmente, suena un chasquido. Ha quitado el pestillo. Y entonces entreabre la puerta muy despacio.

Tengo que taparme la boca con la mano para no gritar.

20

Dios mío, Wendy —jadeo.

—Ya te lo he dicho —contesta—. Estoy bien. Es menos grave de lo que parece.

He visto muchas cosas terribles en mi vida, pero la imagen del rostro de Wendy Garrick me perseguirá durante años. La han golpeado de forma brutal y, a juzgar por su aspecto, no ha sido cosa de una vez. Los cardenales que le cubren la cara están en diversos estados de curación. Uno en el pómulo izquierdo parece reciente, mientras que otros presentan un aspecto amarillento, como si la lesión fuera bastante más antigua.

Wendy ha dicho que la sangre procedía de un diente roto, y no me cabe la menor duda de que un golpe como los que le han magullado el rostro podría saltarle perfectamente una muela.

—Es por mi medicación —me asegura—. Me he caído y, como tomo anticoagulantes, me salen moretones a la mínima.

Pero ¿esta mujer se ha visto en el espejo? ¿De verdad pretende convencerme de que esto es consecuencia de una caída?

Lleva un camisón rosa de flores cuya parte delantera está manchada de sangre, como el baño. Y ni siquiera es el primer camisón ensangrentado que veo desde que trabajo aquí.

—Tiene que ir al hospital —consigo decir.

—¿Al hospital? —Se estremece—. ¿Para que me hagan qué, exactamente?

—Comprobar si tiene algún hueso roto.

—No tengo huesos rotos. Estoy bien.

—Y luego puede presentar una denuncia —añado.

Wendy Garrick clava en mí los ojos bordeados de contusiones. Al inspirar, se le crispan las facciones. Me pregunto si tendrá una costilla fracturada. No me extrañaría.

—Escúchame, Millie —dice por lo bajo—. No tienes idea de dónde te estás metiendo. Más vale que no te involucres en esta situación. Vete y déjame en paz.

—Wendy…

—Lo digo en serio. —Abre mucho los amoratados ojos y, por primera vez, veo auténtico miedo en ellos—. Si sabes lo que te conviene, cerrarás esa puerta y te largarás de aquí.

—Pero…

—Tienes que irte, Millie. —Ahora percibo una urgencia extrema en su voz—. No tienes ni idea. No discutas más y márchate.

Abro la boca para protestar, pero, antes de que pueda decir nada, ella me cierra la puerta en las narices.

El mensaje me ha quedado más que claro. No sé qué pasa en esta casa, pero Wendy se niega a aceptar mi ayuda. Quiere que me mantenga al margen. Que me ocupe de mis asuntos.

Por desgracia, eso es algo que nunca se me ha dado muy bien.

21

En 2007, un insigne violinista llamado Josh Bell, que había agotado las entradas para un concierto cuyo precio promedio era de cien dólares, se hizo pasar por músico callejero. En una estación de metro de Washington D. C., vestido con vaqueros y una gorra de béisbol, tocó exactamente las mismas piezas que en su concierto, con un violín hecho a mano que valía más de tres millones y medio de dólares.

—Casi nadie se detuvo a escuchar —explica el doctor Kindred en el aula repleta de estudiantes—. De hecho, cuando de vez en cuando se paraba algún niño, sus padres lo agarraban para que siguiera andando. Aquel hombre había llenado un auditorio en Boston, pero ese día solo unas cincuenta personas se quedaron escuchando durante el tiempo suficiente para tirar un dólar en el estuche de su violín. ¿Cómo explicaríais esto?

Tras vacilar unos instantes, una chica de la primera fila alza la mano. Esa siempre está ansiosa por responder a las preguntas del profesor.

—Creo que en parte es porque cuesta más apreciar la belleza en un entorno modesto.

Tomo el metro todos los días para ir del Bronx a Manhattan y a menudo, mientras espero a que llegue el tren, veo a personas que están ahí, tocando un instrumento. La estación más cercana a mi casa apesta a orina por razones sobre las que prefiero no elucubrar, pero, con música en directo, la espera resulta más llevadera.

Yo me habría parado a escuchar a Josh Bell. A lo mejor incluso le habría dejado un dólar en la funda de su violín, pese a que no me sobra ni un céntimo.

—Muy bien —dice el doctor Kindred—. ¿Se os ocurren otros posibles factores?

Titubeo un momento antes de levantar la mano. No participo mucho en clase porque le saco cerca de una década a la persona con más años del aula (aparte del profesor), pero parece que los demás no van a responder.

—Nadie quería ayudarlo —digo.

El doctor Kindred asiente, acariciándose el mentón con barba de pocos días.

—¿Qué quieres decir?

—Bueno —digo—, tenía un estuche de violín con monedas y billetes. La gente daba por sentado que estaba pidiendo ayuda en forma de dinero. Y, como no querían ayudarlo, pasaban de él. Tenían la sensación de que, si se detenían, estarían obligados a darle algo.

—Ah. —Asiente de nuevo—. No habla muy bien de la humanidad que nadie estuviera dispuesto a disfrutar de una música preciosa porque eso implicaría tener que ayudar a un necesitado.

El profesor no aparta la vista de mí, así que me siento forzada a decir algo.

—Por lo menos cincuenta personas se pararon. Peor es nada.

—Muy cierto —dice—. Peor es nada.

Pero yo habría ayudado. Siempre lo hago. Soy totalmente incapaz de darle la espalda a nadie, incluso cuando debería.

Al finalizar la clase, cuando salgo del edificio, vislumbro un rostro conocido que se acerca por la calle. Sorprendida, identifico a Amber Degraw, la mujer que me despidió porque su hija pequeña no paraba de llamarme mamá. Más que toparme con ella, lo que me sorprende es verla empujando un cochecito en el que va la pequeña Olive, que se está metiendo una especie de sonajero en la boca hasta la campanilla. Tiene los deditos pringados de babas.

Cuando trabajaba para Amber, ella nunca mostró el menor interés por llevarse a pasear a Olive. Así que me alegro por ambas.

Me planteo la posibilidad de esconderme tras la esquina para evitar un encuentro incómodo, pero entonces Amber repara en mí y me dedica un saludo entusiasta con la mano. Al parecer, se le ha olvidado por completo la manera en que me puso de patitas en la calle.

—¡Millie! —exclama—. ¡Madre mía, qué gusto verte!

¿En serio? No dijo lo mismo la última vez que nos vimos.

—Hola, Amber —saludo, resignada a seguirle la conversación por cortesía.

Se detiene derrapando junto a mí y suelta el mango del cochecito un momento para alisarse el lustroso cabello rubio rojizo. Hoy, Amber va toda vestida de cuero. Lleva un pantalón de cuero embutido en unas botas de cuero que le llegan hasta la rodilla, y un abrigo de cuero marrón cremoso.

—¿Cómo te va? —Ladea la cabeza como si yo fuera una amiga suya que está sufriendo una racha de mala suerte en vez de una empleada a la que despidió—. ¿Todo bien?

—Claro —digo entre dientes—. Todo genial.

—¿Dónde trabajas ahora?

No creo que sea buena idea hablarle de mi empleo actual. Ya me dio la patada por una idiotez, así que la considero capaz de cualquier cosa.

—Ahora mismo estoy buscando trabajo.

—Te vi en la calle el otro día —dice—. Estabas entrando en ese edificio antiguo que hay en la calle Ochenta y seis. Douglas Garrick vive ahí, ¿verdad?

Me deja helada que esté enterada de eso. Por otra parte, en los círculos adinerados, todos parecen conocerse entre sí.

—Sí, ahora trabajo para los Garrick.

—Ah, ¿por eso estabas ahí?

La sonrisa que le curva los labios me pone nerviosa. ¿Qué está insinuando?

—Sí...

Me guiña el ojo.

—Seguro que lo estás aprovechando al máximo.

No me gusta su tono, pero entonces me recuerdo a mí misma que no tengo obligación de quedarme aquí charlando con Amber, una de las ventajas de no estar ya a sus órdenes. No obstante, sí que debo saludar a la pequeña Olive, que tiene el mentón reluciente de saliva. Hacía bastante que no la veía, y a esa edad los niños cambian con rapidez. Seguro que apenas se acuerda de mí.

—¡Hola, Olive! —gorjeo.

La chiquilla se saca el sonajero de la garganta y alza sus enormes ojos azules hacia mí.

—¡Mamá! —chilla alborozada.

Amber se pone muy pálida.

—¡No! ¡Ella no es tu mamá! ¡Soy yo!

—¡Mamá! —Olive extiende hacia mí sus brazos rechonchos—. ¡Mamá!

Como no la aúpo, la niña estalla en sollozos. Amber me lanza una mirada asesina.

—¡Mira cómo se ha alterado por tu culpa!

Con este comentario, Amber da media vuelta y echa a andar a toda prisa por la calle para alejarse de mí, mientras Olive gime «¡mamá!» sin parar. A pesar de todo, este encuentro me ha puesto una sonrisa en la cara. Al final ha resultado que sí que se acordaba de mí.

Mientras contemplo cómo Amber desaparece a lo lejos, me empieza a sonar el teléfono, y mi buen humor se evapora al instante. Lo más probable es que se trate de una de dos personas: o

Douglas, para anunciarme que me despide por molestar a su esposa, o Brock, lo que sería aún peor.

Las cosas entre mi novio y yo se han enfriado considerablemente desde que le dije a bocajarro que no quería vivir con él. Le he explicado una y otra vez que necesito mi espacio y que me siento más segura ahora que Xavier va a pasarse una temporada entre rejas, pero sigue sin entenderlo. Tengo el presentimiento de que, como no demos un paso adelante en nuestra relación muy muy pronto, no durará mucho.

Sin embargo, cuando miro la pantalla del móvil, no veo el nombre de Douglas ni el de Brock, sino un número que no reconozco.

—¿Diga? —contesto.

—¿Hablo con Wilhelmina Calloway?

Guardo silencio, preguntándome si la voz al otro lado de la línea va a comunicarme que la garantía de mi coche está a punto de caducar o a soltarme una parrafada en algún idioma extranjero.

—Sí...

—¿Qué tal? ¡Soy Lisa, de Jobmatch!

Relajo los hombros. Jobmatch es el portal al que envié mi anuncio ofreciendo mis servicios como empleada doméstica.

—Hola, Lisa.

—Señorita Calloway —dice Lisa en su tono animado—, como no hemos recibido respuesta a nuestros mensajes de correo electrónico, la llamo por segunda vez para comentarle el problema con su tarjeta de crédito.

—¿Mi tarjeta de crédito?

—Sí —dice Lisa—. Su American Express ha sido rechazada.

Sacudo la cabeza ante mi propia estupidez.

—Lo siento mucho. He cancelado esa tarjeta. Iba a pagar con la MasterCard. Pero ya no necesito el anuncio.

—Bueno —dice Lisa—. Pero comprende usted que el anuncio no llegó a publicarse porque no recibimos ningún pago, ¿verdad?

Me detengo en medio de la Quinta Avenida.

—Un momento —digo—. ¿No han subido a la red mi anuncio para trabajar como asistenta?

—Me temo que no, pues no hemos podido cobrarle. Como le decía, hemos estado intentando contactar con usted…

Pero no la estoy escuchando. No entiendo cómo es posible que mi anuncio no haya aparecido en el portal.

—¿Está segura? —barboto—. ¿Me está diciendo que mi anuncio no estuvo visible en su servicio ni un solo día?

—Ni siquiera un día —me confirma Lisa.

Pienso en la época en la que buscaba trabajo, un par de meses atrás. Casi todas las entrevistas habían sido con clientes potenciales con los que me había puesto en contacto a través de sus anuncios. De hecho, solo una persona se había comunicado conmigo por iniciativa propia.

Douglas Garrick.

22

Solo sé que voy a llegar al fondo de esto.

Fue Douglas quien me llamó a mí. Lo recuerdo con claridad. Cogí el teléfono y me dijo que buscaba una empleada que se encargara de la limpieza, la colada, la preparación de platos sencillos y recados diversos. No mencionó el anuncio, o al menos eso creo, pero en aquel momento simplemente di por sentado que me había telefoneado porque lo había leído. Al fin y al cabo, no había otra razón posible.

¿De dónde sacó mi número si no fue del anuncio?

Pensar en todo esto me produce náuseas. Me sigue asaltando la sensación de que alguien me observa, aunque se supone que Xavier está en la cárcel. Y ese Mazda negro estaba aparcado frente al edificio en el que entraron Douglas y su amante. Él consiguió mi número pese a que el anuncio nunca se publicó.

Sabía quién era yo.

Me quedo parada en medio de la acera, delante de una pizzería. El tentador aroma a salsa de tomate, grasa y queso fundido me inunda la nariz, pero solo consigue revolverme el estómago. Escruto la calle frente a mí en busca de cualquier indicio sospechoso.

No veo a Douglas. Tampoco a Xavier.

Pero alguien anda ahí, acechándome. Tengo la absoluta certeza de ello.

Saco el teléfono de nuevo. Tengo un mensaje de Douglas pidiéndome que vaya esta tarde a limpiar, aunque estuve ahí hace solo dos días y no me cabe duda de que la casa sigue casi impecable. Por lo general, le respondo con un mensaje, pero ahora me quedo mirando la pantalla. Antes de que pueda cambiar de idea, pulso en su número para llamarlo.

Cuando empieza a sonar la señal de llamada, oigo el timbre de un móvil justo detrás de mí. Se me encoge el estómago.

Giro en redondo, pero al parecer el móvil que está sonando es el de una adolescente. Contesta y la oigo chillar «¡No te creo!» al auricular mientras me pasa de largo. Pues sí que estoy nerviosa.

—¿Hola? ¿Millie?

Es la voz de Douglas, al otro lado de la línea. No se encuentra a medio metro de mí. Esté donde esté, su voz suena mucho más baja que el barullo de la calle en la que me encuentro.

—Ah, hola.

—¿Va todo bien? ¿Vendrás esta tarde a limpiar?

—Sí… —Me maldigo a mí misma por no haberme preparado una excusa antes de telefonear. He sido demasiado impulsiva—. Es que estaba redactando mi currículum y quería hacerte una consulta rápida.

—No irás a dejarnos, ¿verdad? —Hay un deje de humor en su voz, pero también algo oscuro que se intuye bajo la superficie—. Espero de verdad que no.

—No, claro que no. Solo estoy buscando un trabajillo extra y quería saber cómo supiste de mí. Es decir, ¿de dónde sacaste mi número?

Medita unos instantes.

—De hecho, fue Wendy quien me dio tu número.

—¿Wendy? ¿Tu esposa?

—¿A cuántas Wendys conoces? —Suelta una risita—. Me dijo

que una amiga le había dado tus datos de contacto y le había asegurado que eras muy buena.

—¿Mencionó el nombre de la amiga?

—No. —Adopta un tono un poco defensivo—. Ya te hemos proporcionado información suficiente. Por favor no importunes a Wendy con esto.

—Descuida —digo—. Muchas gracias por la información. Y por supuesto que me pasaré esta tarde.

Sí que me pasaré esta tarde. Pero, si cree que no voy a preguntarle a Wendy por esto, se equivoca de medio a medio.

23

Por la tarde, me presento en el ático cargada con la ropa que he recogido en la tintorería. Pertenece en su totalidad a Douglas Garrick. Se trata de cuatro trajes, cada uno de los cuales debe de valer más de lo que yo gano en un año. Si me desmelenara e intentara venderlos por mi cuenta, seguramente sacaría una pasta. Pero no vale la pena. Ya le tengo un miedo terrible a Douglas, y lo que menos me interesa ahora mismo es que se enfade conmigo.

Aunque lo que estoy a punto de hacer tal vez tenga justo ese efecto.

Cuando entro en el salón con la ropa limpia colgada del brazo, reina el silencio en la casa. Wendy probablemente está en el piso de arriba, y es de suponer que Douglas va a trabajar hasta tarde… o está con su amante. Mientras subo a la planta superior, las pisadas de mis deportivas en cada escalón resuenan por todo el dúplex. He limpiado casas mucho más grandes, pero nunca había estado en una con tanto eco. Me pregunto si tendrá algo que ver con la edad del edificio.

No me sorprende encontrarme cerrada la puerta de la habitación de invitados. Llevo la ropa limpia al dormitorio principal. Mientras cuelgo los trajes de Douglas, no dejo de pensar en la mujer encerrada en el otro cuarto. Estoy decidida a hablar hoy con ella.

Después de guardar los trajes, camino con sigilo por el pasillo hacia la habitación de invitados.

Por alguna razón, las luces del pasillo no se encienden. Un día se lo comenté a Douglas, que lo atribuyó a algún problema con la instalación eléctrica. Murmuró que ya llamaría a alguien para que fuera a arreglarla, pero esas luces llevan sin funcionar desde que entré a trabajar aquí. Junto con el estilo arquitectónico antiguo, la falta de iluminación en la planta superior le confiere un aire tétrico.

Me detengo frente a la puerta de la habitación de invitados. La moqueta está limpia bajo mis pies; he fregado a fondo el baño y quitado las manchas de la moqueta con agua oxigenada. No ha quedado el menor rastro de la sangre derramada por Wendy en el suelo. Y Douglas no sabe que yo lo sé.

Cuando levanto la mano para llamar a la puerta, un escalofrío me recorre el cuerpo. No puedo evitar recordar la advertencia de Wendy la última vez que hablé con ella.

«Si sabes lo que te conviene, cerrarás esa puerta y te largarás de aquí».

Dejo a un lado las dudas. No, nunca le doy la espalda a nadie. Con renovada determinación, golpeo la puerta con los nudillos.

Estoy totalmente dispuesta a suplicarle que me abra de nuevo, pero esta vez oigo pasos al otro lado. Al cabo de un momento, la puerta se abre unos centímetros, y vuelvo a tener ante mí el rostro magullado de Wendy, aunque la verdad es que tiene mejor aspecto que hace unos días.

—¿Qué pasa? —Percibo un tono de resignación en su voz—. Estaba intentando dormir.

Bajo la vista hacia su camisón amarillo pálido, que, por fortuna, no parece estar manchado de sangre esta vez.

—Bonito camisón. Yo siempre duermo con mi camiseta de los Mets.

Cruza los brazos sobre el pecho.

—¿Me has despertado para decirme eso?

—No…, no ha sido por eso. La verdad es que necesito preguntarte algo.

Wendy cambia su peso de una zapatilla a otra. No me había fijado en lo delgada que está. Está esquelética. Supongo que podría deberse a su enfermedad, pero creo que no había visto nunca una mujer tan flaca. Las clavículas se le marcan tanto que duele solo de verlas y, cuando se tira del camisón, alcanzo a distinguir todos los huesos de su mano surcada de venas azules. Sus ojos parecen enormes en medio de aquella cara tan chupada.

—¿Qué quieres?

—Quiero saber cómo conseguiste mi número.

Juguetea con un mechón de su cabello castaño rojizo, y reconozco la pulsera que le cuelga de la muñeca. Es la que Douglas le regaló hace poco.

—¿De qué hablas?

—Douglas me dijo que le diste mi número para que me llamara por lo del trabajo como asistenta. Pero ¿de dónde lo sacaste tú?

—Publicaste un anuncio, ¿no? Lo habré sacado de ahí. —Exhala un suspiro prolongado—. Y ahora, si no te importa, me vuelvo a la cama. Ha sido un largo día.

—De hecho, me he enterado de que el anuncio nunca apareció en las redes. Así que repito: ¿de dónde sacaste mi número?

Casi puedo ver los engranajes girando en el cerebro de Wendy. Sin darle tiempo a inventarse otra mentira, la interrumpo:

—Dime la verdad.

Wendy baja la mirada.

—Por favor, no quiero hacer esto. Mejor olvídalo.

—Dímelo —mascullo.

—¿Por qué nunca haces lo que te pido? —Alza las manos, desesperada—. Está bien. Ginger Howell me dio tu número.

Y ahora me siento como si alguien me hubiera pegado un puñetazo a traición. Sé quién es Ginger Howell, pero hace años que no la veo. Dos, para ser exactos. Fue una de las últimas mujeres para las que trabajé antes de que Enzo se marchara a Italia. Le encontramos un abogado a comisión para ayudarla a divorciarse del monstruo de su marido. Este luchó con uñas y dientes, y estuvimos a punto de intentar conseguirle un pasaporte y un carnet de identidad nuevos, pero al final el hombre le concedió el divorcio.

Espero que le vayan bien las cosas. Ginger parecía una buena persona. No se merecía lo que le hacía su esposo.

Pero, si Wendy había sabido de mí a través de Ginger, eso significaba que…

—¿Por qué le pediste a Douglas que me contactara, Wendy? —pregunto. Cuando empieza a abrir la boca, añado—: Necesito que me digas la verdadera razón.

Ella sigue resistiéndose a mirarme y mantiene los ojos fijos en la moqueta.

—Creo que ya lo sabes.

Noto un zumbido en lo más profundo de mi cabeza. Desde el momento en que puse un pie aquí me asaltó la sospecha de que había algo extraño en esta casa. Pero cada vez que he intentado tenderle la mano a Wendy, ella no ha mostrado el menor interés en hablar conmigo.

—Me rompí la muñeca —dice con amargura—. Me tiró al suelo de un empujón y me la rompí, pero, cuando me llevó al médico, no quiso dejarme a solas con él en ningún momento. Tuve que decirle que había sufrido un resbalón en el hielo. Esa fue la única razón por la que me dejó contratar a alguien para que limpiara. Por lo demás, nunca deja entrar a nadie.

Aprieto los puños.

—¿Por qué no me lo habías dicho?

—Porque hacerte venir fue una idea estúpida. —Los ojos, inyectados en sangre, se le arrasan en lágrimas—. Estaba desesperada, pero, en cuanto te vi, supe que esto te venía demasiado grande. No conoces a Douglas. No sabes cómo es. Escapar de sus garras es totalmente imposible.

—Te equivocas —le digo.

Echa la cabeza hacia atrás y suelta una carcajada agria.

—No tienes idea de lo que dices. Douglas está por todas partes. Lo ve todo.

Me vienen a la memoria todos los momentos en los que me sentí observada por la calle.

—¿Nos está viendo ahora mismo? ¿Está escuchando nuestra conversación?

—Pues… no lo sé. —Desplaza rápidamente la vista por el pasillo—. No he encontrado cámaras por casa, pero eso no significa que no las haya. Douglas tiene acceso a una tecnología que no somos capaces ni de imaginar. Es un genio, ¿sabes? —Esta vez se ríe con tristeza—. Es un rasgo suyo que antes me parecía atractivo.

—Aun así, vale la pena intentarlo.

Sus amoratadas mejillas se ruborizan ligeramente.

—No lo entiendes. Se gastaría hasta el último centavo en localizarme.

No le falta razón…, y Douglas tiene muchos centavos que gastar. Con un marido como él, huir resultaría complicado. En efecto, no tengo idea de lo que es capaz. Y no sé si podré ayudarla, sobre todo porque carezco de los recursos que tenía Enzo… No conozco a «un tío» para cada circunstancia. Por eso juré que renunciaría a esa vida y me centraría en obtener mi título para poder ayudar a otras mujeres sin torcer la ley. Pero cada molécula de mi cuerpo me pide a gritos que ayude a esta mujer… sin perder más tiempo.

Nunca le daría la espalda a un hombre que necesitara ayuda en el metro, ni a una mujer a la que estuvieran apuñalando frente a mi ventana. Tampoco puedo permitir que siga ocurriendo esto delante de mis narices.

—¿Tienes dinero? —pregunto—. En efectivo, quiero decir.

Asiente con aire vacilante.

—He estado vendiendo poco a poco algunas de mis joyas. Tengo tantas… Cada vez que me pega, me compra algo nuevo y caro. Guardo algo de dinero en un lugar donde creo que no lo encontrará. No da para mucho, pero tal vez sea suficiente.

La mente me va a mil por hora.

—¿Tienes amistades que puedan ayudarte, personas que tal vez él no conozca? Del instituto, de la universidad, o…

—Por favor, no sigas —me interrumpe con voz débil—. Me parece que no acabas de entender lo que intento decirte. Douglas es extremadamente peligroso. Subestimarlo sería un error. Si intentas ayudarme, la cosa saldrá mal… y lo lamentarás. Créeme.

—Pero, Wendy…

—No puedo, ¿vale?

Cuando baja la mirada hacia la pulsera que lleva en la muñeca izquierda, me acuerdo de lo orgulloso que estaba Douglas cuando me la enseñó. Con los ojos desorbitados, forcejea con el cierre hasta que consigue quitársela del escuálido brazo.

—Odio los regalos que me hace. —Su voz rezuma veneno—. Me cuesta hasta mirarlos, pero él espera que me los ponga.

Cerrando el puño con fuerza sobre la pulsera, lo extiende hacia mí y me aferra la mano para obligarme a coger la joya.

—Llévatela de mi vista. No quiero volver a verla en la vida. Si me pregunta, le…, le diré que la he perdido.

Abro la mano para contemplar la pequeña pulsera. Me pregunto si tendrá manchas de su sangre.

—No puedo quedarme con esto, Wendy.

—Pues entonces tíralo —espeta—. No la quiero en mi casa, y menos después de lo que mandó grabar en ella.

Me acerco la pulsera a la cara para examinar la inscripción, escrita con letras diminutas:

Para W. Eres mía para siempre. Con cariño, D.

—Suya para siempre —dice con amargura—. Soy de su propiedad.

El mensaje no deja lugar a dudas.

—Por favor, deja que te ayude. —La agarro de la muñeca, sin pensar que tal vez sea la que se ha roto. Al ver su mueca de dolor, la suelto—. Haré lo que sea necesario. Tu marido no me da miedo. Buscaremos una salida a esta situación.

Y entonces percibo algo en sus ojos; un atisbo de vacilación. De esperanza. Solo dura una fracción de segundo, pero lo noto. Esta mujer está desesperada.

—No —dice con rotundidad—. Y, ahora, será mejor que te vayas.

Antes de que pueda decir una palabra más, me cierra la puerta en las narices.

Wendy Garrick le tiene un pavor terrible a su esposo… y a mí también me da miedo. Pero después de todos estos años he aprendido a no dejar que el miedo me controle. Le bajé los humos a Xavier. Les he bajado los humos a hombres tan poderosos como Douglas. Me da igual lo que diga Wendy. Puedo encargarme de él.

24

Si me dieran cinco centavos por cada vez que he estado a punto de ser arrollada en el carril bici al cruzar la calle, no tendría que trabajar para la familia Garrick. Estoy atravesando la calzada en dirección al edificio donde viven cuando un ciclista sin casco y con el móvil pegado a la oreja pasa zumbando a unos milímetros de mandarme al hospital. ¿Por qué los ciclistas que van hablando por teléfono son siempre los mismos que no llevan casco? Parece una regla no escrita.

Cuando estoy a punto de llegar al portal, mi móvil empieza a sonar dentro del bolso. Vacilo por unos instantes, pensando en dejar que salte el buzón de voz. Pero entonces hurgo en el bolso y saco el teléfono. El nombre de Brock aparece en la pantalla. Ahora tengo aún menos ganas de contestar. No quiero embarcarme en otra conversación sobre por qué no podemos vivir juntos. O, como diría él, sobre por qué *no quiero* que vivamos juntos.

Al final, con un suspiro, pulso el botón verde de mi teléfono para aceptar la llamada.

—Buenas —digo.

—Hola, Millie —dice—. ¿Te apetece cenar esta noche?

—Seguramente trabajaré hasta tarde en casa de los Garrick —le respondo, lo que no es del todo mentira.

—Ah.

Me pregunto cuántos rechazos más soportará antes de dejar de invitarme. Y no quiero que eso pase. Brock me gusta mucho, aunque tal vez aún no lo ame con locura. No quiero perderlo.

—Oye —digo—. Douglas estará fuera unos días a partir de mañana, así que no necesitarán que les cocine. ¿Qué te parece si vamos a cenar mañana?

—Vale. —Noto algo extraño en su voz—. Por cierto, durante la cena creo que tenemos que hablar.

Se me escapa una carcajada ahogada.

—Qué mal rollo.

—Es solo que… —Se aclara la garganta—. Me gustas mucho, Millie, pero necesito saber en qué punto estamos.

—En uno bueno.

—¿Seguro?

No sé qué responder a eso, pero no le falta razón. Tenemos que hablar, y mejor pronto que tarde. Tengo que sincerarme con él respecto a mi pasado, para que él pueda decidir si seguir adelante o no. Me gusta pensar que es un tipo lo bastante decente para no asustarse cuando le diga que pasé una década en prisión, pero no dejo de imaginarme la cara que pondrá. No es precisamente una cara de felicidad.

—Está bien —digo—. Podemos tener una charla.

—¿Nos vemos en mi casa a las siete?

—Vale.

Se hace un silencio al otro lado de la línea, y casi temo que vaya a decirme otra vez que me quiere.

—Hasta mañana —dice en cambio.

Después de colgar, me quedo un momento mirando la pantalla de mi teléfono. ¿Y si lo llamo ahora mismo y se lo confieso todo? Sería como arrancar la tirita de una vez, y de ese modo no tendría que aguantar esta sensación de náuseas un día más.

No, no puedo. Tendrá que esperar a mañana.

Sigo andando hacia el edificio, con una opresión en la boca del estómago. El portero se acerca a toda prisa para sujetarme la puerta y me guiña el ojo al pasar.

Esto me descoloca un poco. El tipo me saca por lo menos treinta años. ¿Me está tirando los tejos? Por unos instantes, intento recordar si lo he visto guiñarme el ojo antes, pero lo dejo correr enseguida. Un portero baboso es la menor de mis preocupaciones.

Cuando los engranajes dejan de girar en la vigésima planta y las puertas se abren al ático, casi me muero del susto. En todos los meses que llevo trabajando aquí, nunca me había encontrado con esta escena, que me deja boquiabierta.

Wendy está de pie, frente a la puerta del ascensor. Ha salido de la habitación. Y me mira fijamente con sus grandes ojos verdes.

—Tenemos que hablar —anuncia.

25

Wendy me agarra del brazo y me lleva hasta el sofá. Tiene mucha fuerza para lo delgada que está. Por alguna razón, esto me sorprende menos de lo que cabría esperar.

Me acomodo en el sofá y ella se sienta a mi lado, alisándose el camisón sobre las huesudas rodillas. Aunque las magulladuras en su rostro presentan mucho mejor aspecto, tiene los ojos tan inyectados en sangre como la última vez que la vi.

—Dijiste que estabas dispuesta a ayudarme —declara—. ¿Hablabas en serio?

—¡Claro que hablaba en serio!

Una sonrisa apenas perceptible le asoma a los labios. En ese momento descubro lo guapa que es. Entre lo consumido que tiene el cuerpo y los moretones, no me había dado cuenta antes.

—He seguido tu consejo.

—¿Mi consejo?

—Cuando te marchaste, pensé en suicidarme —dice.

Se me corta la respiración.

—No fue eso lo que te aconsejé.

—Lo sé —se apresura a contestar—, pero estaba desesperada. Cuando le pedí a Douglas que te contratara, fue como echar al agua el último bote salvavidas que me quedaba para salir de esta terrible situación. Y, cuando te dije que te marcharas, sentí que todas mis posibilidades de escapar de él se desvanecían. Así que fui al cuarto de baño con la idea de cortarme las venas.

—Dios mío, Wendy…

—Pero no lo hice. —Aprieta la mandíbula con determinación—. Porque, por una vez, no me sentía totalmente sola. Entonces me vino a la cabeza lo que me dijiste acerca de contactar con alguien a quien Douglas no conozca, una persona de mi pasado con la que él nunca haya coincidido. Y me acordé de Fiona, una vieja amistad de la universidad. Era una de mis mejores amigas, hace siglos que no hablamos, y no he tenido contacto con ella a través de las redes sociales.

Arqueo las cejas.

—¿Así que vas a intentar localizarla?

—Ya la he localizado. —Sus mejillas, habitualmente pálidas, se tiñen de rosa—. Llamé a una amiga común de la universidad que me dio su número (y le hice jurar que no comentaría el tema con nadie, claro). Esta mañana, me he pasado horas hablando con Fiona. Tiene una granja a las afueras de Potsdam, en el norte del estado de Nueva York. Se lo he contado todo sobre mi situación, y me ha dicho que puedo quedarme con ella todo el tiempo que necesite.

Aplaudo su iniciativa, pero sé que esto no resolverá su problema. Aunque Douglas no consiga rastrearla hasta ese lugar, ella no podrá permanecer oculta para siempre en el norte del estado. Ni siquiera tendrá manera de conseguir trabajo sin una identificación o un número de la seguridad social. Ese era el tipo de problemas que Enzo ayudaba a solventar. Con los recursos de que dispone Douglas, la encontrará en cuanto ella empiece a usar su nombre verdadero. Además, sé por experiencia que es inútil acudir a la policía para denunciar a hombres inmensamente ricos y poderosos; ellos saben qué manos untar.

—Sé que no será una solución permanente —reconoce—, pero no pasa nada. Puedo quedarme un tiempo ahí mientras decido qué paso dar a continuación. A lo mejor encuentro un abogado que me ayude con los temas burocráticos mientras me oculto de Douglas. O a alguien que me ayude a empezar de cero. —Deja escapar un suspiro trémulo—. Lo importante es que ya no estaré con él, y no podrá localizarme.

—Eso es estupendo, Wendy —comento con sinceridad, aunque estoy a punto de perder un empleo muy bien remunerado. Por otro lado, tengo guardada la pulsera que me obligó a aceptar el otro día, y seguramente podría empeñarla para pagar un mes de alquiler. Además, me da la sensación de que, después de mi conversación de mañana con Brock, tal vez acabemos viviendo juntos (o rompiendo de forma definitiva; una de dos).

—La cosa es que necesito tu ayuda —dice Wendy.

—¡Faltaría más! Pídeme lo que quieras.

—Se trata de algo bastante gordo —continúa—, pero te lo compensaré.

—Lo que sea.

—Necesito que me lleves en coche. —Se tira del cuello de la blusa con una mano un poco temblorosa—. Mi plan es aprovechar que Douglas se va de viaje mañana para largarme. Estará en la otra punta del país, así que, aunque sospeche que me he marchado, no podrá hacer nada al respecto, al menos no de inmediato.

—Vale…

—Fiona dice que puede ir a buscarme si consigo llegar hasta Albany —prosigue—. No puede abandonar la granja todo el día, así que necesito que me lleves a Albany. Podría alquilar un coche, pero me pedirían alguna identificación, y…

—Yo me encargo —la interrumpo—. Alquilaré el coche y te llevaré a Albany, sin problema.

—Gracias, Millie. —Me toma de las manos—. Te prometo que te daré el dinero en metálico. No te imaginas cuánto te lo agradezco.

—No te preocupes por el dinero —digo, aunque yo sí que estoy muy preocupada por el dinero en general—. Lo necesitas más que yo.

Wendy me abraza de golpe, y solo entonces me percato de lo frágil que es su cuerpo en realidad. Podría aplastarla si la apretara un poco más de la cuenta.

Cuando se aparta de mí, tiene lágrimas en los ojos.

—Ten en cuenta que, si me ayudas, te estarás poniendo en peligro.

—Soy consciente de ello.

—No, no lo eres. —Se pasa la lengua por los labios ligeramente agrietados—. Douglas es un hombre extremadamente peligroso, y te aseguro que no se detendrá ante nada hasta encontrarme y obligarme a volver con él. Ante nada.

—No me asusta —le digo.

Pero, en un rincón de mi mente, una vocecilla me dice que tal vez debería estar asustada. Que sería un grave error subestimar a Douglas Garrick.

26

A la mañana siguiente, alquilo un coche.

Aunque le dije que no hacía falta, Wendy me facilitó efectivo para ello, pero pagaré con mi tarjeta de crédito. No quiero que el alquiler del vehículo esté relacionado de ninguna manera con ella.

Por supuesto, existe una posibilidad razonable de que Douglas Garrick sospeche que tengo algo que ver con la desaparición de su esposa, pero por nada del mundo la delataré. Ni siquiera si él me tortura, cosa que lo creo muy capaz de hacer, a decir verdad.

—Hola, bienvenida a Happy Car Rental —gorjea la chica tras el mostrador, que no parece tener edad ni para alquilar un coche—. ¿En qué puedo ayudarla?

—Vengo por un Ford Focus gris —le digo—. Lo he reservado por internet.

La joven introduce mis datos en el ordenador mientras yo tabaleo con los dedos sobre el mostrador. Estando ahí, de pie, no puedo evitar notar un hormigueo en la nuca, como si alguien me observara. Otra vez.

Me vuelvo. La fachada de la tienda situada delante de la agencia de alquiler de coches es toda ventanales, así que alguien bien podría estar espiando desde ahí. Casi espero sorprender a un hombre con la cara apretada contra el cristal, mirándome. Pero no hay nadie.

Me estremezco sin querer. Según la señora Randall, Xavier Marin está entre rejas. No le han concedido la libertad bajo fianza; ella lo ha desalojado del piso. Así que ¿por qué sigue asaltándome la sensación de que alguien me mira? Además, no es la primera vez. He sentido lo mismo al menos media docena de veces desde que detuvieron a Xavier.

La verdad es que no tengo idea de quién ha estado acechándome todo este tiempo. ¿Y si realmente fuera Douglas Garrick quien me ha seguido por toda la ciudad? No tendría mucho sentido, porque ya notaba esa mirada clavada en mí incluso antes de empezar a trabajar para él. Pero no puedo descartar esa posibilidad. Fue a él a quien vi desde la terraza de aquel restaurante.

¿Y si Douglas sabe exactamente lo que nos traemos entre manos? ¿Y si anda por aquí, al acecho?

—Vale, tengo aquí su coche —dice la chica—. Es el Hyundai rojo.

—No —digo con impaciencia—. He reservado un Ford Focus gris. —Es esencial mantener el anonimato y pasar desapercibidas. Eso me lo enseñó Enzo.

—Pues no sé qué decirle. Aquí pone que es un Hyundai rojo. En estos momentos no tenemos un Ford Focus disponible.

—Esto es increíble. ¿Hago una reserva y ustedes no tienen el modelo que he reservado?

Se encoge de hombros en un gesto de impotencia. Ni siquiera es la primera vez que me pasa esto. ¿De qué sirve reservar un vehículo si luego se lo alquilan al primero que pasa?

—No quiero un coche rojo —digo con tirantez—. ¿No tendrán un Hyundai gris?

Ella niega con la cabeza.

—Andamos escasos de sedanes. Puedo ofrecerle un Honda CRV gris.

Después de cavilar un momento si un SUV llamaría más la atención que un sedán rojo, me decanto por el Hyundai rojo. A decir verdad, solo quiero largarme de aquí. Aunque el objetivo de este viaje es ayudar a Wendy a escapar de la ciudad, creo que no me vendrá mal evadirme yo también.

27

El trayecto hasta nuestro destino durará unas cinco horas, teniendo en cuenta el tráfico. Por lo menos, eso dice mi GPS.

Hemos acordado buscar un motel barato junto a la carretera cuando estemos cerca de Albany. Dejaré a Wendy allí para que pase la noche, y luego Fiona irá a recogerla al día siguiente por la mañana. Llevará consigo ropa para un par de semanas, y metálico suficiente para varios meses.

Douglas no la encontrará.

Aparco mi llamativo Hyundai rojo a una manzana del edificio, para que el portero que siempre me guiña el ojo no se chive a Douglas de que su esposa se ha subido a un sedán colorado con su asistenta. Es de un rojo tan chillón que me siento como si estuviera al volante de un puñetero coche de bomberos. Pero eso ya no tiene remedio.

Mientras espero sentada dentro a que aparezca Wendy, me llega un mensaje de texto al teléfono:

¿Vendrás esta tarde?

Douglas me ha pedido que vaya a su casa a limpiar durante su ausencia. Yo he accedido, y no me sorprende que siga controlándome y pidiéndome confirmación, pese a que se va de viaje. Me pone un poco nerviosa, más que nada porque cuando vuelva no encontrará a su esposa en casa, pero, para aparentar la mayor normalidad posible, le contesto:

Ahí estaré.

Es mentira, claro. Estaré transportando a su mujer a un lugar seguro.

A pesar de mi irritación por el lío que se han hecho en la agencia de alquiler de coches y el largo trayecto que me espera, no puedo por menos de sonreírme. Wendy va a dejar a Douglas, por fin. Esto era lo que me resultaba tan gratificante, y el motivo por el que decidí cursar los estudios de trabajo social. Quiero dedicar el resto de mi vida a ayudar a personas en estas situaciones.

Veo por el retrovisor que Wendy se acerca por la calle con dos maletas. Lleva el cabello recogido hacia atrás en una sencilla cola de caballo, gafas de sol y ropa confortable: una sudadera con capucha y unos vaqueros.

Me apeo para ayudarla a meter el equipaje en el maletero. Me dirige una sonrisa radiante.

—Había olvidado lo cómodos que son los tejanos —comenta.

—¿Nunca te los pones?

—A Douglas no le gustan nada. —Arruga la nariz—. ¡Por eso solo llevo tejanos en las maletas!

Me río mientras las dejo caer en el portaequipaje. Ambas subimos al coche, activo el GPS y nos ponemos en marcha. Hacía un par de años que no conducía, y ahora lo estoy disfrutando. Circular por la ciudad resulta de lo más estresante, claro, pero pronto saldré a la carretera y todo irá viento en popa…, al menos hasta que topemos con el tráfico de la hora punta.

—Entonces ¿Douglas no se ha olido nada? —le pregunto a Wendy.

Se sube las gafas sobre la chata nariz.

—Creo que no. Ha ido a mi habitación a despedirse de mí antes de marcharse, y yo he fingido que dormía. —Baja la vista hacia su reloj—. En estos momentos debe de estar embarcando en un avión con destino a Los Ángeles.

—Mejor.

Se levanta las gafas para escudriñarme el rostro.

—No le habrás hablado de esto a nadie, ¿verdad?

—Claro que no. Absolutamente a nadie.

Mi respuesta parece tranquilizarla.

—Estoy deseando largarme de aquí. Apenas pegué ojo anoche.

—No te preocupes. Soy un as del volante. Llegaremos al motel en un momento.

En cuanto digo eso, doy un frenazo frente a un semáforo en rojo justo a tiempo para no atropellar a un peatón, que me muestra el dedo medio con elegancia. Vale, tenemos que llegar cuanto antes, pero, ante todo, debemos llegar enteras.

Mientras espero a que el semáforo se ponga verde, echo un vistazo al retrovisor y me fijo en el coche que tenemos detrás. Un sedán negro.

Tiene roto el faro delantero derecho.

¿O es el izquierdo? Estiro el cuello para mirar hacia atrás, porque siempre confundo izquierda y derecha en los espejos. No, no hay duda de que el faro roto es el derecho.

Estiro aún más el cuello para examinar la parrilla delantera, en la que se aprecia un circulito con el logo de Mazda. Se me encoge el corazón. Es un Mazda negro con el faro derecho destrozado, el mismo coche que he visto varias veces en el último par de meses.

Intento fijarme en la matrícula, pero, antes de que alcance a distinguir algún número, suena un bocinazo detrás de mí. Bueno, será mejor que arranque antes de que alguien saque una pistola y me pegue un tiro.

—¿Va todo bien? —pregunta Wendy, con la frente arrugada por encima de las gafas de sol—. ¿Qué ocurre?

Me debato sobre cuánta información revelarle. Es imposible que pueda echarle una buena ojeada a la matrícula mientras conduzco, pero, por otro lado, ella ya está atacada de los nervios. No quiero acojonarla confesándole que creo que alguien nos sigue.

Sobre todo si ese alguien es su marido.

No tiene por qué tratarse de Douglas. A pesar de lo que me dijo la señora Randall, es perfectamente posible que Xavier Marin haya salido de la cárcel y ahora se dedique a atormentarme.

Pero eso no tiene mucho sentido. Tanto si está en prisión como fuera, sin duda Xavier tendrá bastantes problemas como para perder el tiempo siguiéndome hasta Manhattan y menos aún hasta Albany.

A medida que me aproximo a la carretera, intento conducir de forma creativa. Procuro no perder de vista el Mazda mientras cambio de carril para comprobar si él también cambia. No lo hace siempre, pero, cada vez que poso la mirada en el retrovisor, lo veo detrás de mí. En cierto momento consigo leer los tres primeros caracteres de la matrícula: 58F.

Son los mismos del vehículo que he estado encontrándome por todas partes.

—¡Millie! —exclama Wendy conteniendo la respiración cuando casi choco de refilón con un SUV verde—. ¡Más despacio, por favor! No quiero sufrir un accidente.

—Perdona —mascullo—. Es que llevaba un tiempo sin sentarme al volante.

Cuando por fin llegamos a la autovía FDR, no aparto los ojos del espejo. El Mazda negro no se ha despegado de mi culo, y le va a resultar mucho más fácil seguirme cuando vaya por la carretera. Aún no es hora punta, así que seguramente estará despejada.

Por otra parte, eso significa que puedo ir tan rápido como necesite para librarme de él.

En cuanto me incorporo a la autovía, pongo el pie en el acelerador, preparada para pisar a fondo. «Ahora veremos si ese

Mazda destartalado es capaz de alcanzar los ciento treinta». Pero entonces miro el retrovisor.

El Mazda se ha esfumado. No ha tomado la salida a la autovía detrás de mí.

Suelto el aire, aliviada y confundida a la vez. Estaba convencida de que me seguía. Me habría apostado el pellejo. Pero resulta que no ha sido más que una casualidad. Nadie me sigue.

Todo irá bien.

28

Paremos en el McDonald's —propone Wendy.

La idea de engullir comida rápida la llena de un entusiasmo obsceno. Como el cincuenta por ciento de mi dieta consiste en comida rápida, la idea no me emociona tanto. Por otro lado, Douglas controla de manera estricta lo que Wendy puede y no puede comer. Pero está tan delgada y tan poco acostumbrada a ingerir grasas que temo que una sola patata frita del McDonald's resulte letal para ella.

Por fortuna, pasamos junto a una señal a un lado de la carretera con el logo de McDonald's bien a la vista, así que tomo la siguiente salida. De todos modos, no me vendrá mal repostar.

Entro en el aparcamiento del McDonald's, y a Wendy le brillan los ojos. Cuando abre su puerta, el olor a comida frita me invade la nariz. Me dispongo a bajar del coche cuando me suena el teléfono. Lo cojo y se me forma un nudo en el estómago cuando el nombre de Brock aparece en la pantalla.

Ay, madre: estaba tan centrada en rescatar a Wendy que se me ha olvidado por completo anular la cena con él. ¿Cómo he podido hacerle esto otra vez? Estoy loca por él. ¿Por qué me empeño en sabotear nuestra relación?

A veces me pregunto si lo hago aposta para que él me deje

ahora, antes de que me vea obligada a contarle la verdad sobre mi pasado y me deje por un motivo aún más doloroso.

—Adelántate tú —le digo a Wendy con voz ronca—. Te veo dentro.

No va a ser una conversación breve. O a lo mejor va a ser *muy* breve.

En cuanto Wendy se apea, acepto la llamada. Brock parece casi furioso, lo que no me sorprende.

—¿Dónde estás? Creía que te pasarías por aquí a las siete.

—Pues… ha habido un cambio de planes —digo.

—Está bien, ¿y a qué hora vienes, entonces?

Ojalá pudiera decir que estoy a la vuelta de la esquina, pero la verdad es que me encuentro a varias horas de distancia. No hay una forma fácil de decírselo.

—Me temo que no podremos vernos hoy.

—¿Por qué no?

Nada me gustaría más que poder explicárselo. Compartir esto con alguien supondría un alivio, pero Wendy me ha hecho prometerle que lo guardaré en secreto, y por una buena razón.

—Estoy liada. Estudiando.

—¿Lo dices en serio? —Brock ha pasado de casi furioso a decididamente cabreado—. Millie, teníamos planes para esta noche. Ni siquiera te has dignado avisarme de que no ibas a venir, ¿y ahora me sales con esa excusa de mierda de que tienes que estudiar?

No entiendo por qué no le parece una excusa válida. Podría tener perfectamente un examen mañana.

—Escucha, Brock…

—No, escúchame tú —gruñe—. He sido muy paciente, pero se me está agotando la paciencia. Necesito que me aclares lo que sientes por mí y hacia dónde va esta relación, porque estoy preparado para dar un paso más, y, si estoy perdiendo el tiempo, quiero saberlo.

Brock está deseando sentar cabeza. Sé que esto se debe en parte a sus problemas cardiacos, y tal vez también a ese anhelo indescriptible de dar un paso más que se apodera de tantos treintañeros. No está para tonterías. Tengo que tomármelo en serio o cortar por lo sano. Eso es lo correcto.

—No estás perdiendo el tiempo —digo por lo bajo—. Te lo aseguro. Estoy en un momento bastante loco, pero te juro que me importas mucho.

—¿De verdad? No siempre me da esa impresión.

Sé qué es lo que busca, y sé que tengo dos posibilidades: o decirle lo que quiere oír o romper con él.

Y no quiero romper. Voy a decir algo que tal vez no siento, pero Brock es muy muy buen tío. La vida que imagino con él es lo que siempre he querido. Y no quiero perderlo.

—Claro que me importas. —Respiro hondo—. Te..., te quiero.

Casi oigo cómo se evaporan las ganas de discutir de mi novio.

—Yo también te quiero, Millie. Mucho.

—Y es verdad que tenemos que hablar. —Quiero sincerarme del todo de una vez. Necesito poner las cartas boca arriba y asegurarme de que él siga queriendo estar conmigo—. Cuando pase la tormenta, ¿de acuerdo? La semana que viene.

—Está bien —dice Brock, aunque estoy casi segura de que en este momento cualquier cosa le parecería bien—. Si terminas de estudiar, a lo mejor podríamos cenar mañana, ¿no? Y pasar la noche en mi casa.

Siempre pasamos la noche en su casa. Ni siquiera sé por qué se ha molestado en dejar una muda y un frasco de su medicación en mi apartamento. Pero he de reconocer que su piso es bastante más agradable y mucho más cómodo.

—Claro.

—Te quiero, Millie.

Ah. Por lo visto, así es como van a finalizar nuestras conversaciones a partir de ahora.

—Yo también te quiero.

Cuelgo el teléfono, no muy satisfecha con cómo ha ido la cosa. Aún conservo a mi novio, pero ¿hasta cuándo? Dice que me quiere, pero a veces tengo la sensación de que apenas sabe quién soy.

Pero tal vez todo salga bien. A lo mejor me sigue queriendo después de descubrir la verdad sobre mí y podremos continuar siendo una pareja, mudarnos a aquella casa en las afueras y llenarla de hijos. Podemos llevar una vida normal y perfecta juntos.

El problema es que sospecho que ese sueño nunca se hará realidad para mí. Jamás he sido normal ni perfecta, y eso es algo que solo un hombre en mi vida ha comprendido.

29

En circunstancias ideales, el trayecto en coche habría durado entre tres y cuatro horas. Por culpa del tráfico, nos hemos pasado casi cinco horas en la carretera, a lo que hay que sumar la parada de media hora en McDonald's, aunque ha valido la pena ver a Wendy zamparse un cuarto de libra y unas patatas medianas. Aún me espera el viaje de vuelta, pero son más de las nueve de la noche, así que me imagino que la autovía estará despejada. Estoy segura de que lo completaré en menos de tres horas.

Cuando nos aproximamos a Albany, salgo de la carretera en un área de descanso en la que según el anuncio hay un motel. Resulta ser justo lo que buscábamos: un sitio barato con una señal luminosa que indica que hay habitaciones libres. Todas dan al exterior, de modo que Wendy no tendrá que atravesar un vestíbulo para acceder a la suya. Paro el coche en el aparcamiento casi vacío.

—Bueno —digo—. Pues aquí estamos.

—Sí… —Wendy y yo apenas hemos hablado durante el recorrido, pues más bien hemos estado escuchando música, y ahora el pánico le asoma a los ojos—. Millie, tal vez esté cometiendo un error.

—Qué va. Estás haciendo lo correcto, ni más ni menos.

—Él es más listo que yo. —Se retuerce las manos—. Douglas es un genio y tiene una fortuna a su disposición. Me encontrará. Llamará a todos los moteles, y el recepcionista seguro que se irá de la lengua.

—De eso, nada —digo con firmeza—, porque yo pediré la habitación, ¿recuerdas? Nadie te verá.

Wendy aún parece estar al borde de un ataque de pánico, pero, tras respirar hondo un par de veces, asiente por fin.

—Vale, tal vez tengas razón.

Wendy me pasa algo de dinero que se saca del bolso, y yo bajo del coche y me encamino hacia la recepción del motel. El recepcionista, un tipo de veintipocos años con una barba poblada y un teléfono en la mano derecha, no parece encantado de tener que trabajar en el turno de noche.

—Hola —digo—. Quisiera una habitación, por favor.

—Una identificación con foto, por favor —dice sin alzar la vista de su móvil.

Ya me imaginaba que la pedirían, y por eso no dejé que Wendy se encargara de la reserva. De todos modos, no me pongo nerviosa al alargarle mi carnet de conducir. Seguramente no introducirá los datos en el sistema, sino solo en el disco duro de su ordenador. Además, en principio Douglas no tiene por qué buscarme a mí, aunque nunca se sabe. Si es tan listo como Wendy cree, tal vez ate cabos.

Y, si esto ocurre, tal vez me encuentre en un grave peligro.

Por fortuna, el hombre acepta la pasta sin discutir ni pedirme la tarjeta de crédito. Yo se la habría dado si no hubiera habido más remedio, pero al parecer podemos despachar el trámite sin dejar un rastro electrónico.

—Habitación 207. —El tipo descuelga una llave del anticuado tablero que tiene a su espalda—. Está en la parte de atrás.

—Estupendo —digo.

Me guiña el ojo.

—Ya me imaginaba que eso era lo que querías.

Refunfuño para mis adentros. Por supuesto, sabía que era impepinable que el tipo se quedara con mi cara —al fin y al cabo, soy una mujer sola registrándose en plena noche—, pero espero que no le dé demasiada importancia. A lo mejor se cree que soy prostituta y voy a recibir clientes en el cuarto. Eso es lo que quiero que crea.

Salgo al aparcamiento con la llave de la habitación. Cuando Wendy se apea, advierto que se ha bajado la gorra de béisbol de modo que le tape bien la frente. Supongo que en un futuro cercano se cortará y se teñirá el cabello, seguramente con unas tijeras de cocina y un tinte de farmacia barato. Pero, por el momento, la gorra de béisbol le valdrá.

—Muchas gracias por todo —me dice Wendy, llorosa—. Me has salvado la vida, Millie.

—Es lo menos que podía hacer.

Clava los ojos en mí.

—Creo que ambas sabemos que eso no es cierto.

La ayudo a sacar su equipaje del maletero, y permanecemos un momento ahí, en el aparcamiento desierto, mirándonos. No sé si volveré a verla algún día. Espero que no, porque eso significaría que la misión ha fracasado.

—Gracias —dice una vez más. Y, de improviso, me echa los brazos al cuello. La aparente fragilidad de su cuerpo vuelve a asombrarme. Espero que coma mucho en McDonald's en los años venideros.

—Buena suerte —le digo.

—Ten cuidado —responde con la voz ronca—. Te lo ruego. Douglas vendrá a buscarme, y no dejará piedra sin mover.

—Puedo lidiar con él. Te lo aseguro.

Me da la impresión de que no me cree, pero saca sus maletas del coche. La veo alejarse en dirección a la habitación 207. Para llegar, tendrá que rodear todo el motel hasta su parte posterior. No le quito ojo hasta que la pierdo de vista. Luego subo al coche y emprendo el trayecto de vuelta a casa.

30

Llego a la ciudad poco antes de la medianoche.

En contraste con el tráfico denso que había cuando salimos, las calles están desiertas, y, si tardo un poco en arrancar cuando un semáforo se pone verde, nadie me pita. No hay ni un alma a estas horas de un miércoles.

Los de Happy Car Rental me cobrarán un día adicional si devuelvo el coche después de medianoche, así que más vale que llegue a la agencia a tiempo. Entro en su aparcamiento a las doce menos cinco. Espero que no me pongan pegas.

Tras el mostrador de la agencia hay un chico que parece igual de despierto y entusiasta que el que me ha atendido en el motel hace tres horas. Dejo las llaves del Hyundai sobre el mostrador y las empujo hacia él.

—Todavía no son las doce —le informo—, así que solo tengo que pagar por un día.

Me preparo para una bronca, pero el chico se limita a aceptar las llaves, encogiéndose de hombros.

—Bueno —dice.

Se me escapa un bostezo. He estado conduciendo durante casi ocho horas seguidas, pero no me había percatado de lo baldada que estoy hasta este momento. Estoy deseando meterme en la cama. Por suerte, no tengo clase mañana, así que podré dormir hasta tarde. Y mi trabajo de asistenta ya no existe.

Sin embargo, en cuanto pongo de nuevo un pie en la calle, me asalta la duda de si he hecho bien al devolver el coche a medianoche. Ahora tengo que regresar a South Bronx, y no tengo vehículo. Aunque creo que sabría defenderme en caso necesario, no estoy segura de que coger el metro a esta hora sea una buena idea. Tal vez si fuera fin de semana no habría problema, pero hoy estaría sola con los chorizos y violadores.

Por otra parte, no puedo permitirme pagar un Uber ahora. Ya ni siquiera tengo empleo.

Estoy de pie en la esquina de la manzana donde se encuentra el Happy Car Rental, sopesando mis opciones, cuando unos faros iluminan la calle. Al volver la cabeza, veo que un coche se acerca. Un sedán negro con el logo de Mazda en la parrilla delantera.

Y el faro derecho roto.

Incluso antes de ver la matrícula con claridad, sé que se trata del automóvil que lleva un par de meses siguiéndome. El mismo que iba detrás de mí esta tarde, cuando llevaba a Wendy hacia Albany. Y ahora me ha pillado sola, en una esquina desierta, en plena noche.

El Mazda se detiene junto al bordillo. Alcanzo a distinguir a duras penas la silueta de un hombre en el asiento del conductor. El motor se apaga, pero los faros, orientados hacia mí, siguen brillando con tal intensidad que me veo obligada a desviar la mirada.

Y entonces la puerta del coche se abre.

31

No pienso rendirme sin luchar.

Desesperada, hurgo en mi bolso en busca de mi espray de defensa personal. El bote no quedó del todo vacío cuando rocié a Xavier aquel día. Si se trata de Douglas, no permitiré que me saque información. Y, si se trata de Xavier, puedo darle su merecido, como ya hice una vez. No tengo miedo.

Aun así, el corazón se me acelera cuando él baja del coche.

Mis dedos entran en contacto con el bote de espray. Lo extraigo del bolso, con el dedo en el difusor.

—¡No des un paso más! —le siseo a la silueta oscura.

Lentamente, la figura levanta las manos.

—No dispares, Millie —dice una voz que me resulta familiar.

Tardo una fracción de segundo en reconocerla. Al instante, me invade una sensación cálida, y mis labios se curvan en una sonrisa espontánea. Bajo el aerosol y me abalanzo hacia el hombre que sigue con las manos en alto.

—¡Enzo! —exclamo, echándole los brazos al cuello—. ¡Qué sorpresa!

Él me estrecha contra sí y, por un momento, me embarga la alegría, reconfortada por el abrazo calentito de mi exnovio. Siempre me sentía muy a salvo entre sus brazos, y creía que nunca volvería a experimentar esa sensación. Y, sin embargo, aquí está, con sus anchos hombros, su abundante cabello negro, sus ojos penetrantes y lo que más me gusta de él: esa sonrisa que me transmite que me considera la persona más increíble que ha conocido.

—Millie —susurra contra mi pelo—. Cuánto me alegro de estar aquí.

—¿Cuándo has vuelto?

Titubea unos instantes antes de responder.

—Hace poco más de tres meses.

Si hubiera estado sonando una hermosa melodía de reencuentro, en aquel momento el disco se habría parado con un chirrido de la aguja. Me aparto de Enzo, boquiabierta.

—¡¿Hace tres meses?!

Su expresión avergonzada me dice todo lo que necesito saber y, por desgracia, todo parece encajar de un modo perfecto y terrible. Durante los últimos meses, la sensación de que alguien me seguía... y me observaba. Yo culpaba a Xavier o a Douglas, pero ninguno de ellos tenía nada que ver. Era Enzo desde el primer momento. Enzo es el propietario del Mazda negro con el faro derecho roto. Estaba tan emocionada de verlo que estaba pasando por alto algo que tengo delante de las narices.

—¡Me has estado acechando! —Le pego un manotazo en el brazo—. ¡No me lo puedo creer! Pero ¿por qué?

—Acechando, no. —Tensa la mandíbula. Ay, madre, no me acordaba de lo bueno que está. Eso me distrae, y no puedo dejarme distraer, porque estoy furiosa con este hombre, y con toda la razón del mundo—. Acechando, no. Soy guardaespaldas.

—¿Guardaespaldas? —Cruzo los brazos sobre el pecho—. Qué excusa más pobre. ¿Qué te costaba acercarte a saludar en vez de seguirme a todas partes durante tres meses?

—Es que... —Baja los negros, negros ojos—. Creía que estabas enfadada conmigo por no haber regresado cuando querías.

—Pues sí, estaba enfadada. Te pregunté cuándo volverías, y ni siquiera te dignaste responder.

—Es que no podía, Millie. Mi madre… Solo me tenía a mí, y estaba muy enferma. ¿Cómo iba a dejarla?

—Bien que la has dejado ahora —señalo.

—Sí. —Frunce el ceño—. Porque ha muerto.

Pues vaya. Ahora me siento como una cretina integral.

—Lo siento mucho, Enzo.

Se queda callado un momento.

—Ya.

—Yo te habría… —Trago para deshacer el pequeño nudo que se me ha formado en la garganta—. Si me lo hubieras dicho, yo te habría dado todo mi apoyo. Pero simplemente pasaste de mí… Y lo sabes.

—No podía volver. —Aprieta los dientes—. Fue lo único que te dije. No te dije que ya no te quisiera. —Me lanza una mirada intensa—. Tú eres la que querías acabar con lo nuestro. Fuiste tú quien empezó a salir con el tal Brócoli.

Pongo los ojos en blanco.

—Se llama Brock.

—Solo digo que tú eres la que quería pasar página, no yo. Yo sigo… Nunca he dejado de sentir amor por ti.

Se me escapa un resoplido.

—Sí, claro. Esperas que me crea que no ha habido otras mujeres después de mí.

—No. No ha habido otras.

Me mira a los ojos. Está siendo sincero. Algo que Enzo no acostumbra a hacer es mentir. Al menos a mí. Por otro lado, podría equivocarme. Tampoco habría pensado que era un acosador.

—No deberías haberme seguido de ese modo —digo con severidad—. Me ha dado muy mal rollo. Deberías haberme avisado de que habías vuelto.

—¿Para que me mandaras a hacer puñetas? —Arquea las negras cejas—. En fin, como ya te he dicho, soy guardaespaldas. Y tú necesitas uno.

—La verdad es que no. Puedo cuidarme sola.

Ahora es él quien suelta un resoplido.

—¿De veras? Vives en un barrio chungo de South Bronx. ¿Crees que no necesitas que yo te cuide? Te aseguro que hubo por lo menos un día en que no habrías llegado de la estación de metro a tu casa si no hubiera estado siguiéndote como guardaespaldas.

Se me eriza todo el vello de la nuca. ¿Estará diciendo la verdad? ¿Me había salvado de peligros agazapados en las sombras detrás de mí sin que yo me enterara?

—Muchas gracias, pero, como bien dices, tengo novio —contesto en voz baja—. Y, en caso necesario, él puede protegerme.

—¿De la misma manera que te protegió de Xavier Marin?

Oír ese nombre en labios de Enzo me sienta como un puñetazo en la cara.

—¿Qué quieres decir?

Incluso en la oscuridad, advierto que Enzo cierra los puños.

—Ese hombre… te atacó. No pude hacer nada para evitarlo, porque estabais en tu edificio. Y luego lo soltaron sin más. Y el tal Brócoli…

—Brock —digo con el rostro encendido.

—Perdón, Brock —se corrige con un deje de rabia—. Él no hace nada. No mueve ni un dedo. Le da igual que el hombre que atacó a su novia ande suelto. ¡Sin castigo! ¡Se ha ido de rositas! Pero…, pero a mí sí me importa. —Se golpea el pecho con el puño—. Así que me he asegurado de que reciba su merecido y no vuelva a molestarte jamás.

De pronto, todo me da vueltas. Me viene a la memoria la imagen de Xavier saliendo de mi edificio esposado, proclamando a gritos que las drogas encontradas en su piso no eran suyas. La señora Randall dijo que a todos les sorprendió que trapicheara con drogas.

—Así que fuiste tú quien…

Levanta un hombro.

—Conozco a un tío.

Xavier está en la cárcel gracias a Enzo. De no ser por él, ese hombre estaría en la calle. Enzo tiene razón: Brock no movió ni un dedo.

De repente, ya no sé qué pensar.

—Ven. —Agita la mano en dirección a su Mazda—. Te llevo a casa. Por el camino puedes ir pensando si me odias o no.

Me parece justo.

Subo al coche junto a Enzo, que se sienta al volante. El interior huele a él, a esa fragancia silvestre que él despide siempre. Cierro los ojos, perdida en el pasado. ¿Por qué tuvo que marcharse? Ahora la situación es demasiado complicada. Ha hecho demasiadas cosas mal. No puedo perdonarlo sin más.

¿O sí?

—Bueno —dice mientras nos dirigimos hacia el norte—. ¿Adónde ibas conduciendo con tanta prisa hoy?

Tiro de una hilacha de mis tejanos.

—Como si no lo supieras.

—No lo sé todo, Millie. —Me mira, con el rostro oculto a medias por las sombras—. Cuéntame.

Así que se lo cuento.

32

Se lo cuento todo, hasta el último detalle, sobre los malos tratos de Douglas y la huida de Wendy.

Aunque le prometí a ella que no lo comentaría con ninguna otra persona, Enzo no es una persona cualquiera. Él entiende estas situaciones. Colaboró conmigo para ayudar a otras mujeres como Wendy. Si existe en el mundo un ser humano en quien confío lo suficiente para revelarle este secreto, es él.

No finalizo el relato sino hasta que estamos a punto de llegar a mi edificio. Enzo apenas ha abierto la boca, aunque eso es bastante habitual en él. No he conocido a nadie que sepa escuchar tan bien. Por lo general, agradezco la sensación de que me está prestando toda su atención. Pero, al mismo tiempo, es algo que me saca de quicio cuando no sé qué está pensando.

—En fin —concluyo después de describir cómo dejé a Wendy en el motel y conduje de vuelta a la ciudad—. Eso es todo. Ahora está a salvo.

Enzo continúa callado.

—Tal vez —dice al cabo.

—De «tal vez», nada. Está a salvo.

—Ese tal Douglas Garrick —dice— es un hombre poderoso y peligroso. No creo que resulte tan sencillo.

—Lo dices solo porque lo he hecho sin tu ayuda. No me crees capaz de conseguirlo por mí misma.

Paro el coche delante de mi edificio. La calle está oscura y desierta salvo por un hombre que está en la esquina, fumando algo que probablemente no es un cigarrillo. Al echar un vistazo alrededor, entiendo que Enzo se sintiera impulsado a protegerme, aunque sigo pensando que no era necesario.

Se vuelve para mirarme a la cara.

—Te creo capaz de conseguir cualquier cosa —dice en voz baja—. Pero, Millie, solo te pido… prudencia.

—Wendy es muy prudente.

—No. —Sus ojos negros se clavan en los míos—. Eres tú la que debes ser prudente. Ella se ha ido, pero tú sigues aquí.

Entiendo a qué se refiere. Si Douglas se huele que estoy implicada en la desaparición de su esposa, podría hacerme la vida muy difícil. Pero estoy preparada para plantarle cara. Con tipos peores he lidiado, y siempre he salido airosa.

—Seré prudente —le digo—. Ya no es responsabilidad tuya velar por mí. Así que no hace falta que me protejas.

—Entonces ¿quién te protegerá? ¿Brócoli?

Me arde el rostro.

—De hecho, no necesito que nadie me proteja. Cuando ese capullo me atacó en mi edificio, me ocupé de él sin problemas. Así que no te preocupes por mí. Si tienes que preocuparte por algo, que sea por que Douglas Garrick no sufra algún daño… en mis manos.

—Bueno, eso también —dice.

Nos quedamos mirándonos un momento. Ojalá no me hubiera dejado para volver a Italia. Si no se hubiera marchado, habría podido echarme una mano con Wendy. Si me hubiera expresado sus reservas antes, habríamos podido afrontarlas. Él podría haberla ayudado a conseguir un nuevo carnet de identidad para que dispusiera de más opciones.

Y yo pasaría esta noche con él, en vez de con Brócoli. Digo, con Brock.

—Tengo que irme —digo.

Asiente despacio.

—Vale.

Me desabrocho el cinturón, aunque en el fondo no quiero apearme.

—Tienes que dejar de seguirme.

—Vale.

—Lo digo en serio. —Le lanzo una mirada severa—. Ahora estoy saliendo con alguien, y tú me estás acosando. Es algo siniestro e innecesario. Déjalo. Si no…, tendré que llamar a la policía o algo.

—He dicho que vale. —Se lleva la mano al pecho. Lleva una camiseta bajo su chaqueta ligera, y constato con tristeza cómo se le marcan todos los músculos—. Te doy mi palabra. No te vigilaré más.

—Mejor.

Ya no volverá a asaltarme esa inquietante sensación de que alguien me observa. He resuelto oficialmente el misterio del Mazda negro con el faro roto, y ese coche no volverá a molestarme jamás. Debería sentirme aliviada, pero no es así. Por el contrario, me he quedado más intranquila. Tenía un ángel de la guarda y ni siquiera me había dado cuenta.

—En fin… —Abro la puerta del lado del acompañante—. Supongo que esto es una despedida.

Empiezo a bajar del coche, pero entonces la mano de Enzo me sujeta el antebrazo. Me vuelvo hacia él, y veo que junta las oscuras cejas.

—Tengo el mismo número de siempre —me dice—. Si necesitas cualquier cosa, llámame y acudiré enseguida.

Intento forzar una sonrisa, pero no lo consigo.

—No va a hacer falta. Deberías…, no sé, buscarte otra novia. Lo digo en serio.

Me suelta el brazo, pero continúa con los labios fruncidos.

—Esperaré tu llamada.

Me toca las narices lo convencido que está de que lo llamaré. Si hay algo que tendría que saber de mí es que sé cuidar de mí misma. A veces demasiado bien.

Sin embargo, mientras subo las escaleras hacia el segundo piso de mi edificio, noto una terrible desazón que me nace en la boca del estómago. ¿Y si Enzo está en lo cierto? ¿Y si he infravalorado a Douglas Garrick? Después de todo, a juzgar por lo que he visto, es un tipo nefasto. Y, para colmo, es asquerosamente rico.

Tal vez Wendy no lo tenga tan fácil para escapar de sus garras. Cuando Enzo y yo ayudábamos a mujeres a alejarse de sus maridos maltratadores, lo planificábamos todo al milímetro, y, aun así, a veces nos pillaban. Algo me dice que Douglas es más espabilado que muchos de los otros hombres con los que hemos lidiado. Aunque ahora sé que no era él quien me seguía en coche, es posible que tenga otros medios de vigilar a su esposa.

¿Y si sabía lo que planeábamos hacer esta noche?

Este pensamiento me golpea como una tonelada de ladrillos cuando llego al rellano del segundo piso. Reina un silencio absoluto, más o menos como en la calle. Y aunque Enzo estuviera montando guardia fuera —pese a que le he arrancado la promesa de no hacerlo— no puede ayudarme aquí dentro.

Me quedo mirando la puerta cerrada de mi apartamento. Tiene un cerrojo por dentro, pero no puedo echarlo cuando salgo de casa. La cerradura es tan fácil de forzar que casi da pena. Seguramente hasta yo podría forzarla. Pero nadie se ha tomado la molestia, porque no tengo nada que valga la pena robar.

Si alguien quisiera colarse en mi piso, le resultaría de lo más sencillo.

Tengo la llave en la mano derecha, pero vacilo antes de introducirla en la cerradura. ¿Y si Douglas se me ha adelantado y me espera dentro, dispuesto a sacarme como sea la información sobre el paradero de Wendy?

Esté donde esté Enzo, no puede haber llegado muy lejos. Tengo su número guardado en el teléfono. Nunca llegué a borrarlo.

147

Podría llamarlo y pedirle que entre en el piso conmigo, solo hasta asegurarnos de que no haya nadie más dentro.

Después del rollo que le he soltado sobre que no lo necesito, eso implicaría tragarme el orgullo, claro. Pero me lo he tragado muchas veces en mi vida. ¿Qué más da una más?

Aprieto las llaves en la mano. Necesito tomar una decisión.

Dejando a un lado las dudas que me corroen, meto la llave en la cerradura. Cuando le doy la vuelta, el corazón me martillea en el pecho, pero aun así abro la puerta.

Por unos instantes, temo que algo se abalance sobre mí. Me maldigo por no tener el espray de pimienta preparado. Pero, cuando entro, todo permanece en calma. Nadie me espera. Nadie se abalanza sobre mí. Aquí no hay nadie.

—¿Hola? —digo, como si el intruso estuviera sentado en alguna parte, aguardando a que lo salude como es debido.

No obtengo respuesta. Estoy sola en el apartamento. Tal vez Douglas ate cabos, pero eso no ha ocurrido aún.

Así que cierro la puerta a mi espalda y echo el cerrojo.

33

Sabes qué? —me dice Brock, llevándose a la boca un tenedor cargado con fideos Pad Thai—. En mi bufete hay disponible una plaza de recepcionista a tiempo parcial. ¿Te interesa?

Estamos cenando los dos en el diminuto comedor del piso de Brock. Aunque los Garrick tienen un comedor como Dios manda, en Nueva York la mayor parte de los apartamentos cuentan solo con un espacio reducido contiguo al salón con una mesa que puede extenderse de forma manual para dar cabida a más de cuatro comensales. Y eso que el piso de Brock se considera grande para lo que es habitual en Manhattan. En los apartamentos pequeños ni siquiera hay comedor, y la cocina, el salón, el dormitorio y el baño conforman un solo ambiente, como en mi casa.

Dicho esto, él podría permitirse algo mejor, si quisiera. Aunque sus padres son ricos —no están podridos de pasta como Douglas Garrick, pero sí son claramente de clase acomodada—, no quiere aceptar su dinero, por más que ellos insisten en ofrecérselo. «Me enseñaron a pescar», le gusta decir. Cree que bastante hicieron con pagarle los estudios de licenciatura en una universidad de la Ivy League, y que ahora es su responsabilidad buscarse la vida, es decir, pescar.

Respeto mucho esa actitud. Es un tipo estupendo de verdad. Y le agradezco que no me haya presionado para fijar otra fecha en la que hablar del Tema, y ahora tengo la sensación de poder aplazarla indefinidamente…, aunque sé que no debería.

Mezclo un poco de curri rojo con el arroz blanco. Me encanta la comida de este restaurante, porque sirven un curri superpicante.

—¿Un curro de secretaria?

Brock asiente.

—Estás buscando, ¿no?

Hace tres días que llevé a Wendy a Albany. Le conté a Brock alguna vaguedad respecto a que ya no requieren mis servicios, y no ha tenido motivos para sospechar que estuviera ocurriendo algo más. Se supone que Douglas Garrick regresa mañana de su viaje de negocios y, cada vez que me acuerdo, se me revuelve el estómago. A pesar de todo, sigo pensando que todo saldrá bien.

Sea como sea, tendré que encontrar la manera de dejar ese puesto de asistenta. A lo mejor le mando un mensaje a Douglas en el transcurso de la semana para comunicarle que me ha salido mucho trabajo y no puedo seguir encargándome de la limpieza de su casa. Eso me dejaría en la calle, y la idea de un empleo con un horario regular y unas prestaciones de la leche me parece fantástica.

—Suena muy bien —digo—. Pero ¿podría compaginar el trabajo de recepcionista con mis clases?

—Como te digo, sería a tiempo parcial —me recuerda—. De hecho, buscan a alguien que pueda trabajar los fines de semana, y eso a ti te vendría muy bien.

Me vendría muy bien. De perlas. Y, según Brock, todos los empleados de su empresa están bien pagados. Eso me ahorraría el engorro de seguir trabajando para parejas neuróticas de Manhattan.

Por otro lado, si el bufete de Brock se plantea contratarme, investigará mis antecedentes. Y, cuando descubran mi pasado, él también lo descubrirá. Me imagino a algún compañero de trabajo chinchándolo: «Oye, Brock, me he enterado de que tu novia tiene un historial carcelario».

Casi puedo ver su reacción, su habitual sonrisa relajada borrándose de su rostro. «¿Qué? ¿De qué hablas?». Y luego la conversación cuando regrese a casa de la oficina. Ay, Dios…

La cosa se está saliendo de madre. Le he ocultado la verdad durante demasiado tiempo. Y, si le he dicho a Enzo que este es el bueno, eso significa que voy en serio con él. Y que debo sincerarme del todo con él.

—Por cierto —añade—, el mes que viene mis padres vendrán a la ciudad para asistir a una boda. Y, bueno… —Me dedica una sonrisa torcida—. Me gustaría que cenáramos todos juntos.

—¿Tus padres? —Trago en seco.

—Quiero presentártelos. —Tiende el brazo por encima de la minúscula mesa del comedor y posa la mano sobre la mía—. Quiero que conozcan a la mujer que quiero.

Si esto fuera una competición de «te quieros», Brock me estaría ganando por una goleada de diez a uno.

La situación se me está yendo de las manos. No puedo seguir aplazando la charla sobre el Tema. Tengo que contárselo todo. Ahora mismo.

—Oye, Brock. —Dejo el tenedor en el plato—. Hay algo de lo que tengo que hablar contigo.

Arquea una ceja.

—Ah, ¿sí?

—Sí…

—Eso me da mala espina.

—No, a ver… —Intento tragar, pero tengo la garganta demasiado seca. Alargo la mano hacia mi vaso, pero lo he vaciado mientras me comía el curri picante—. Espera, que me pongo más agua.

Brock me mira con fijeza mientras agarro mi vaso y me dirijo a toda prisa a la cocina. Lo coloco bajo el filtro de agua, deseando por primera vez que el chorro fuera un poco más flojo para que tardara más en llenarse. Mientras estoy en ello, el teléfono empieza a zumbarme en el bolsillo. Alguien me llama.

El nombre de Wendy aparece en la pantalla. Guardé su número por si nuestro plan de fuga se torcía y ella necesitaba mi ayuda. Pero ella dejó ese teléfono en su casa. ¿Por qué me está llamando ahora?

Contesto en voz baja para que Brock no me oiga. Estoy segura de que no le daría su aprobación a nada de esto, y es importante no decirle una palabra sobre el asunto, más que nada porque, al parecer, conoce a Douglas Garrick y lo considera un buen tipo.

—Wendy —susurro—, ¿qué pasa?

Al principio, no oigo más que el silencio al otro lado de la línea. Luego unos sollozos débiles.

—He vuelto. Él me ha traído de vuelta.

—Hostia...

—Millie —dice con la voz entrecortada—, ¿podrías venir, por favor?

El piso de Brock está a solo un cuarto de hora a pie del ático de Douglas. Podría plantarme ahí en veinte minutos. Pero ¿cómo? Acabo de iniciar una conversación seria con mi novio que seguramente se alargará toda la noche.

Por otro lado, él no me necesita con tanta urgencia como Wendy.

—Enseguida voy —le prometo.

Dejo mi vaso de agua en la cocina y salgo de nuevo al comedor con paso decidido. Brock apenas parece haber tocado sus fideos Pad Thai desde que me he ido a la cocina.

—¿Y bien? —pregunta.

—Oye —digo—. Ha surgido una emergencia. Me..., me tengo que marchar.

—¿Justo ahora?

—Lo siento mucho —digo—. Mañana por la noche hablamos..., te lo prometo.

Brock saca el labio inferior.

—Millie...

—Te lo prometo —repito con mirada suplicante—. Y... estoy deseando conocer a tus padres. Creo que será genial.

Esta última afirmación parece apaciguarlo.

—Sé que la idea de conocerlos te pone nerviosa —dice—, pero mi madre te caerá genial. Ella también es de Brooklyn. Estudió en Brooklyn College, y habla con el mismo acento que tú.

—¡Yo no tengo acento!

—Sí que lo tienes. —Despliega una gran sonrisa—. Apenas se te nota. Es adorable.

—Sí, ya...

Se levanta de la mesa y se me acerca abriendo los brazos. Aunque estoy ansiosa por echar a correr hacia el ático de los Garrick, dejo que me estreche contra sí.

—Solo quiero que sepas —dice— que, por muy terrible que sea lo que sientes la necesidad de contarme sobre ti, eso no cambiará nada. Te seguiré queriendo pase lo que pase.

Al contemplar sus ojos azules, me doy cuenta de que habla en serio.

—Hablaremos de esto muy pronto —le aseguro—. Y... yo también te quiero.

Cada vez me cuesta menos decirlo.

Me da un profundo beso en los labios y, por un momento, desearía de verdad no tener que irme. Pero no me queda otro remedio.

34

Los engranajes del ascensor chirrían más de lo habitual.
Me pregunto qué antigüedad tendrá. Leí en algún sitio que los primeros ascensores en las casas se instalaron a finales de la década de 1920. Así que, aunque este fuera uno de los más antiguos, tendría menos de cien años, lo que resulta tranquilizador. Supongo.

Aun así, estoy convencida de que uno de estos días el vetusto mecanismo oxidado se atascará mientras esté en marcha, y me quedaré atrapada en esta cabina para el resto de mi vida.

Consulto mi reloj. Hace menos de veinte minutos que me ha telefoneado Wendy. He intentado devolverle la llamada para avisarla de que ya venía hacia aquí, pero no me ha contestado. Me asusta lo que voy a encontrar cuando llegue a la planta veinte.

Madre mía, ¿no podría ir más lento este trasto?

Al fin, el ascensor se detiene con un rechinido, y las puertas se abren. El sol ha descendido en el cielo, y el dúplex está a oscuras. ¿Por qué nadie ha encendido las luces? ¿Qué pasa aquí?

—¿Hola? —digo en alto.

Y entonces me asalta un pensamiento terrible.

¿Y si Douglas está en casa? ¿Y si ha obligado a Wendy a llamarme y pedirme que viniera para que él pueda castigarme por ayudarla? Lo imagino capaz de algo así.

Rebusco el bote de espray en mi bolso. Lo encuentro junto a la polvera y lo saco, bien sujeto en la mano derecha.

—Wendy —digo con un hilillo de voz.

Me llevo la mano izquierda al bolsillo de los vaqueros en el que llevo el móvil. No quiero llamar a la policía pero, al mismo tiempo, tengo un muy mal presentimiento sobre lo que me voy a encontrar en este lugar.

Cuando entro en el salón, mis pasos resuenan como disparos en el piso silencioso y vacío. Se me para el corazón al ver una mancha roja en la moqueta. Y luego el cuerpo que yace en el sofá modular.

—¡Wendy! —exclamo.

Es mucho peor de lo que imaginaba. Douglas no está buscando a su esposa ni intentando obtener venganza. Ya la ha encontrado, y ahora ella está tendida en el sofá, muerta. Corro hacia ella, preparándome para descubrir una enorme puñalada en su pecho y salpicaduras carmesí en la parte delantera de su vestido azul oscuro. Sin embargo, no veo nada de eso.

De pronto, abre los ojos.

—¡Wendy! —Me siento como si estuviera a punto de desplomarme, víctima de un ataque cardiaco. Es una lástima que no tenga a mano la medicación de Brock, porque el corazón me está latiendo a un ritmo desenfrenado—. ¡La madre de Dios! Creía que estabas…

—¿Muerta? —Se incorpora en el sofá, y es entonces cuando me percato de que la mancha roja de la moqueta es vino que se ha derramado de una copa volcada sobre la mesa de centro. Douglas se pondrá hecho una furia como no la limpie. Ella ríe con amargura—. Qué más quisiera.

Estaba tan concentrada examinando su cuerpo en busca de heridas o sangre que no me había fijado en el moretón reciente que se le está extendiendo por la mejilla izquierda, donde el anterior casi había desaparecido. Al verlo, me estremezco solo de imaginar qué puede haberlo causado.

—Tu cara —digo conteniendo el aliento.

—Eso no es lo peor. —Wendy se endereza apoyándose en el sofá y se abraza el tórax con un gesto de dolor—. Estoy segura de que me ha roto las costillas.

—¡Hay que llevarte al hospital!

—Ni en broma. —Clava los ojos en mí—. Pero no me vendría mal una compresa fría.

Voy corriendo a la cocina y encuentro una compresa fría en el congelador. La envuelvo en un paño antes de llevársela a Wendy, que la coge agradecida y, tras debatirse un momento en la duda sobre dónde aplicársela, se la pone finalmente en el pecho.

—Él me estaba esperando —dice en una voz apenas más audible que un susurro—. Cuando llegamos a la granja de Fiona en Potsdam, él ya estaba allí. Estaba al tanto de todo.

Sacudo la cabeza. No entiendo cómo ha podido ocurrir. Suponía que Douglas acabaría por encontrarla, pero no tan pronto.

—No sé cómo ha dado conmigo tan deprisa. —Cierra los ojos como para intentar ahuyentar el dolor de cabeza—. Pensaba que era posible que me localizara a la larga, pero no con tanta rapidez. Creía que disponía de más tiempo…

—Lo sé…

—Millie. —Cuando cambia de posición, la compresa fría se le mueve de lugar—. ¿Le dijiste a alguien adónde íbamos?

—¡Claro que no!

Bueno, eso no es del todo cierto. Se lo dije a una persona: a Enzo.

Pero eso equivale a no decírselo a nadie. Enzo jamás se iría de la lengua sobre algo así. En todo caso, intentaría protegerla.

—Fui una estúpida al pensar que podría escapar de él. —Se recoloca la compresa—. Estoy condenada a llevar esta vida. Todo será más fácil si simplemente… lo asumo.

—No tienes por qué asumirlo. —Alargo el brazo para darle un apretón en la mano—. Wendy, yo te voy a ayudar. No estás condenada a soportarlo durante el resto de tu vida.

—Sé que tus intenciones son buenas...

—No. —Se me contraen los músculos de la mandíbula—. Escúchame. Voy a ayudarte. Te lo prometo.

Wendy se queda callada. Ya no me cree, pero arreglaré las cosas de un modo u otro.

No permitiré que Douglas Garrick siga haciéndole daño impunemente.

35

Sigo trabajando para los Garrick.

No le he revelado a Brock la verdadera razón por la que he decidido seguir con ellos y rechazar la entrevista de trabajo en su bufete; solo le he dicho que ellos han cambiado de parecer tras concluir que me necesitan. No me ha hecho más preguntas, más que nada porque lo he estado evitando.

La próxima vez que lo vea, tendré que confesarle la verdad sobre mi pasado. Ya va siendo hora. Pero eso no significa que tenga ganas de pasar ese mal trago, así que el último par de días me las he arreglado para estar muy «ocupada». Aunque le prometí que se lo explicaría todo «pronto», no ha surgido una ocasión propicia. Tal vez nunca surja.

Pero tendré que decírselo. Qué menos que se entere de la verdad antes de que siga adelante con su plan de presentarme a sus padres, por Dios santo.

Esta noche estoy preparándoles la cena a los Garrick. Tengo unas pechugas de pollo asándose en el horno y unas patatas cociéndose en los fogones. Luego las pasaré por el procesador de alimentos para elaborar un puré de una cremosidad perfecta, tal como le gusta a Douglas. Estaría tentada de tirarle un escupitajo de no ser porque sé que Wendy también comerá de él.

Cuando estoy echando un vistazo al horno, Wendy se asoma a la puerta de la cocina. Ya casi no se le notan las magulladuras del rostro ni hace gestos de dolor al caminar, así que supongo que se está recuperando.

—La cena está casi lista —le informo.

Se queda unos instantes en el vano de la puerta, vacilante.

—Necesito hablar contigo un momento, Millie —dice al fin—. ¿Puedes venir al salón?

Todavía le quedan unos minutos a la comida, así que sigo de inmediato a Wendy a la sala de estar, hasta un escritorio situado en un rincón. Noto una punzada de inquietud al reparar en su extraña expresión. Hace un par de días, le prometí que encontraría la manera de sacarla de su situación y aún no he cumplido esa promesa. Pero la cumpliré.

Solo me falta discurrir el modo de conseguirlo sin recurrir a Enzo.

—El otro día descubrí algo en la librería de Douglas —me dice—. Algo que quiero que veas.

Con una mezcla de curiosidad y nerviosismo, voy tras ella mientras sube cojeando las escaleras hasta una estantería que está en el pasillo. Saca lo que parece un diccionario y lo coloca sobre un estante vacío. Cuando lo abre, advierto que está hueco por dentro.

Y en el interior hay una pistola.

Me llevo la mano a la boca.

—Madre mía. ¿Eso es de Douglas?

Ella asiente.

—Sabía que guardaba un arma en algún lugar de la casa, pero no tenía idea de dónde.

—¿Ni siquiera la tiene bajo llave?

—Supongo que quiere poder acceder a ella con rapidez en caso necesario. —Wendy extrae el arma del libro vaciado. La coge como alguien que nunca antes ha empuñado una pistola—. Esta es una vía de salida.

—No. NO. —Reprimo la oleada de pánico que me inunda el pecho—. Créeme, por muy desesperada que estés, no te conviene llegar a este extremo.

No tengo mucha experiencia con las armas de fuego, pero sí con las medidas drásticas tomadas por desesperación. Nunca, jamás, volveré a adentrarme por esa senda. Y Wendy tampoco debería.

Pero no me está escuchando. Sujetando la pistola con las dos manos, apunta con ella al fondo de la habitación. Aunque no tiene el dedo en el gatillo, su intención es inequívoca.

—Por favor, no lo hagas —le suplico.

—Y además está cargada —dice—. He mirado en internet cómo comprobarlo. Lleva cinco balas.

No puedo parar de mover la cabeza de un lado a otro.

—Wendy, no te interesa seguir adelante con esto. Te lo aseguro.

Se vuelve hacia mí, con el pómulo izquierdo aún amoratado por el puñetazo que le propinó su marido, aunque empieza a amarillear.

—¿Qué alternativa me queda?

—¿Quieres pasarte el resto de tu vida encerrada?

—Ya vivo encerrada.

—Escúchame. —Con la mayor delicadeza posible, le quito la pistola de las manos y la deposito sobre el escritorio—. Olvídate de esto. Hay otra solución.

—Ya no te creo.

Me imagino a Wendy encañonándole la cara a Douglas. Dada la manera en que sujetaba el arma, con el pulso tembloroso, seguramente erraría el tiro, incluso a quemarropa.

—¿Al menos tienes idea de cómo disparar con este trasto?

Se encoge de hombros.

—Apuntas a quien quieres matar y luego aprietas el gatillo. No hace falta mucha ciencia.

—Es un poco más complicado que eso.

Abre mucho los ojos.

—¿Has disparado un arma alguna vez, Millie?

Tardo un poco más de la cuenta en responder. Sí, algo de experiencia tengo en ese terreno. Enzo estaba convencido de que era una habilidad útil, así que los dos fuimos varias veces al campo de tiro. Ambos tomamos un curso de seguridad de armas y nos sacamos el certificado. Sin embargo, nunca he disparado una fuera del campo de tiro. No soy precisamente una experta.

—En cierto modo.

Me lanza una mirada significativa.

—Millie...

—No. —Cojo la pistola, la guardo de nuevo en el diccionario de mentirijillas y lo cierro de golpe—. Eso ni lo sueñes.

—Pero...

La interrumpe el chirrido de las puertas del ascensor al abrirse. Me apresuro a agarrar el diccionario y devolverlo al estante donde estaba, mientras Wendy regresa a la habitación de invitados con una rapidez pasmosa. Bajo a la planta inferior a paso veloz para que Douglas no se huela lo que estaba haciendo.

El hombre entra con lentitud en el salón y se muestra un poco desconcertado al verme aparecer en la escalera. Las pobladas cejas negras se elevan en su frente.

—¿No deberías estar preparando la cena?

—La estoy preparando —le aseguro—. Ya está en el horno.

—Entiendo... —Sus hundidos ojos me escudriñan el rostro con tanto detenimiento que me da grima—. Bueno, ¿y qué hay para cenar?

—Pechuga de pollo asada, puré de patatas y zanahorias confitadas —contesto, a pesar de que fue el propio Douglas quien eligió meticulosamente el menú de esta noche.

Se queda un momento pensativo.

—No le sirvas patatas a mi mujer. No le sientan bien.

—Vale...

—Y ponle solo media ración de pollo —añade—. Ha estado algo indispuesta, así que dudo que pueda comer mucho.

Mientras cuelo el puré que Wendy no podrá probar, empiezo a comprender el porqué de su extrema delgadez. Douglas es quien le sube la cena todas las noches. Controla cada bocado que toma.

O sea que, para colmo, la está matando de hambre de forma sistemática. Es otra manera de dominarla, de mantenerla débil y quebrantar su espíritu.

Wendy tiene razón. Esto tiene que acabar.

La parte positiva es que ahora puedo escupir en el puré de patatas sin contemplaciones.

36

Al meterme en la cama, me viene de nuevo a la cabeza la pistola oculta en el diccionario.

La expresión en los ojos de Wendy cuando me la mostró era inconfundible. Va en serio. Ha llegado a tal punto de desesperación que está pensando: «O él o yo». Y eso no es bueno. Ese estado mental te lleva a cometer errores estúpidos.

Tengo que llamar a Enzo, mejor pronto que tarde. Podrá serle de más ayuda a Wendy que yo. Pero ahora no puedo hablar con él. Es casi medianoche, y, si ve que lo telefoneo a estas horas, seguro que cree que es porque quiero acostarme con él. No quiero que se forme una idea equivocada.

Aunque una parte de mí no ha dejado de pensar en él desde la noche en que conduje hasta Albany.

Sigo enfadada con él por el modo en que desapareció de mi vida, pero no puedo negar la alegría que se apoderó de mí cuando lo vi bajar de ese coche. En este momento caigo en la cuenta de que nunca he sentido lo mismo por Brock, y no sé si algún día lo sentiré.

Pero eso es injusto. Mi novio posee muchas cualidades. Ante todo, es un tipo íntegro que nunca me abandonaría en una situación apurada. De eso no me cabe la menor duda.

Por otro lado, no he podido contarle nada de aquello por lo que está pasando Wendy. Su reacción sería llamar a la policía de inmediato y mantenerse al margen. Es la típica mentalidad de abogado.

Como si le pitaran los oídos en el distrito vecino, Brock me envía un mensaje de texto.

Te quiero.

Me rechinan los dientes. Madre mía, ¿cuántas veces tiene que repetirme este hombre que me quiere? Espera que le responda que yo también, pero ahora mismo no tengo ningunas ganas. Me coacciona con sus «te quiero». Así que, por toda respuesta, me hago un selfi poniendo morritos y se la mando. Eso equivale más o menos a un «te quiero», ¿no? Me responde de inmediato con otro mensaje.

Qué mona. Ojalá estuvieras aquí.

Cielo santo, ¿es que literalmente todo lo que me dice tiene que encerrar un chantaje emocional por el hecho de que no me he ido a vivir con él?

Llena de frustración, tiro el móvil a un lado. Me dispongo a levantarme para lavarme los dientes cuando el teléfono empieza a sonar. Debe de ser Brock, porque no he respondido a su mensaje. Seguro que me pide que vaya a su casa. Y yo tendré que decirle con delicadeza que no.

Sin embargo, cuando bajo la vista a la pantalla del móvil, veo que no se trata de él. Es Douglas.

¿Qué hace llamándome a medianoche?

Me quedo un buen rato contemplando el aparato, con el corazón desbocado. No se me ocurre una sola buena razón para que mi jefe me telefonee a estas horas. Aunque estoy tentada de dejar que salte el buzón de voz, deslizo el dedo por la pantalla para aceptar la llamada.

—Millie —dice con la voz ligeramente entrecortada—. No te habré despertado, ¿verdad?

—No...

—Me alegro —dice—. Siento llamarte tan tarde, pero he pensado que era mejor comunicártelo ahora. A partir de la semana que viene, vamos a prescindir de tus servicios.

—¿Me..., me estás despidiendo?

—Bueno —dice—. Tanto como despidiendo, no. Más bien, estoy poniendo fin a nuestra relación laboral. Wendy parece encontrarse mejor, y le gustaría volver a disfrutar de un poco de privacidad en nuestro hogar.

—Ah...

—No es que estemos descontentos con tu trabajo. —Caray, gracias—. Es solo que, como matrimonio, necesitamos algo de intimidad. Lo entiendes, ¿verdad?

Capto el mensaje perfectamente. No quiere que hable con Wendy ni que intente ayudarla.

—¿Te ha quedado claro, Millie? —me presiona.

—Sí —digo con los dientes apretados—. Clarísimo.

—Me alegro. —En un tono más relajado, añade—: Y en agradecimiento por todo lo que has hecho por nosotros, quiero regalarte un par de entradas para un partido de los Mets. Eso te gustaría, ¿verdad?

—Sí —digo de forma pausada—. Me gustan los Mets...

—¡Genial! Pues todo arreglado.

—Ajá.

—Buenas noches, Millie. Que duermas bien.

Al colgar el teléfono, me invade cierta desazón. Hay algo en esta conversación que me da mal rollo, pero no acierto a identificar qué. Me tumbo de nuevo en la cama, y en ese momento bajo la vista hacia la camiseta extragrande que llevo para dormir.

Es una camiseta de los Mets.

Alzo los ojos hacia la ventana que tengo enfrente. La persiana está cerrada, como siempre. Corro hacia ella y separo dos listones con los dedos para echar un vistazo a la calle. Está completamente a oscuras. No veo a ningún hombre de aspecto siniestro de pie en la acera. Nadie espía mi ventana con unos prismáticos.

A lo mejor solo ha sido una coincidencia. A ver, soy de Nueva York. ¿A qué neoyorquino no le gustan los Mets?

Pero no creo que sea casualidad. He notado algo raro en su tono cuando ha comentado lo de las entradas para el partido. «Quiero regalarte un par de entradas para un partido de los Mets. Eso te gustaría, ¿verdad?».

Dios santo, ¿y si puede verme aquí dentro?

Por otro lado, tampoco es un gran secreto que duermo con una camiseta de los Mets. A lo mejor he abierto la puerta en alguna ocasión con ella puesta. Todos mis exnovios la han visto, aunque esa lista solo incluya a Brock y Enzo.

Con las manos temblorosas, cojo mi teléfono y le mando un mensaje a Brock:

¿Te apetece venir?

Como siempre, responde enseguida:

Ahora mismo salgo para allá.

37

En cuanto termine de doblar la ropa, iré a reunirme con Brock para cenar con él.

Douglas me ha mandado un mensaje en el que especificaba la hora de mi última sesión de limpieza. Después de esto, tendré que buscarme otro trabajo, así que espero que me dé una propina generosa. Aunque no tengo demasiada fe en ello.

Me alegro de que sea el último día que trabajo para los Garrick. No pienso abandonar a Wendy, pero no quiero volver a entrar en esa casa. Douglas Garrick me pone los pelos de punta, así que, cuanto más lejos esté de él, mejor. Haré lo posible por ayudar a Wendy desde fuera.

Hay otra preocupación que me tiene agobiada: cuando acabe mis tareas de hoy, Brock y yo hablaremos del Tema. En nuestros últimos encuentros nos hemos guardado mucho de entablar conversaciones serias, pero esto ya está durando demasiado. He quedado en verlo en su piso. Entonces se lo contaré todo. La Biografía Completa de Millie. Y tal vez lo nuestro se acabe, o tal vez le parezca bien todo. Solo hay un modo de averiguarlo.

Como casi toda la ropa de los Garrick se lleva a la tintorería, solo estoy doblando camisetas interiores, calzoncillos y calcetines, que en su mayor parte apenas parecían sucios cuando los he metido en la lavadora. Los ordeno y los guardo en los cajones correspondientes sin dejar de pensar en el arma oculta en la librería.

Aunque le pedí a Wendy que me jurara que no haría ninguna tontería y ella así me lo prometió, no sé si creerle. Ha llegado al límite de su aguante. Vi la desesperación en su magullado rostro cuando empuñó la pistola. La próxima vez que Douglas la cabree, es muy posible que ella lo mate.

No tengo ningún inconveniente en que ese capullo reciba su merecido, pero, si ella se lo carga, acabará en la cárcel. Nunca ha acudido al médico o al hospital para que quede constancia de los malos tratos a los que él la somete y, aunque yo podría declarar lo que sé en el juzgado, tal vez no baste con eso.

He tomado la decisión definitiva de llamar a Enzo mañana. Tal vez lo mejor sea que me haga a un lado en este asunto —sobre todo teniendo en cuenta que no trabajaré más aquí— y deje que él se ocupe de todo. Al fin y al cabo, él es quien conoce a todos esos «tíos». Tenía sentido que formáramos un equipo cuando salíamos juntos, pero la verdad es que ahora me cuesta estar con él.

Enzo ayudará a Wendy. No me cabe la menor duda.

Cuando estoy terminando de plegar la ropa, me llega un estrépito del pasillo. No es la primera vez que oigo un ruido así. La diferencia reside en que ahora sé que es una señal de que le están haciendo daño a Wendy.

Salgo del dormitorio principal para ver qué pasa. Como siempre, la puerta de la habitación de invitados está cerrada a cal y canto, pero suena la voz de Douglas, procedente del interior.

—¡Acabo de ver el cargo en la tarjeta de crédito! —atruena desde el otro extremo del pasillo—. ¿Qué es esto? ¿Ochenta dólares por un almuerzo en La Cipolla?

Nunca lo había oído hablarle en ese tono. Supongo que no es consciente de que estoy en la casa. Como me ha pedido que me marche temprano, debe de creer que ya me he ido y puede decirle lo que le dé la gana sin testigos.

—Lo…, lo siento. —Wendy parece desesperada—. Comí con mi amiga Gisele y, como ahora está sin trabajo, la invité.

—¿Quién te dio permiso para salir de la casa?

—¿Qué?

—¿Quién te dio permiso para salir de la casa, Wendy?

—Yo…, yo solo… Lo siento, es que es muy duro para mí pasar todo el día aquí metida y…

—¡Alguien podría haberte visto! —vocifera él—. ¿Qué habrán pensado de mí si se han fijado en tu cara?

—Lo…, lo siento, me…

—Seguro que lo sientes mucho. ¿Por qué siempre haces las cosas sin pensar? ¡Quieres que la gente crea que soy un monstruo!

—No. Eso no es verdad. Te lo juro.

Se quedan callados durante un buen rato. ¿Habrá llegado a su fin la discusión? ¿O quizá debería irrumpir en la habitación o llamar a la policía? Pero no, esto último no puedo hacerlo…, Wendy me ha dicho que ni se me ocurra.

Lo que daría por tener algún amigo en la policía de Nueva York…

Me acerco de puntillas a la puerta y me quedo a una distancia prudente, aguzando el oído. Cuando me dispongo a llamar, Douglas vuelve a hablar, esta vez con un deje aún más airado.

—Es un restaurante demasiado romántico para ir ahí con una amiga, ¿no? —dice.

—¿Qué? ¡No! No es… romántico…

—Siempre me doy cuenta cuando mientes, Wendy. ¿Con quién comiste en ese sitio tan pijo?

—¡Ya te lo he dicho! Con Gisele.

—Sí, claro. Ahora dime la verdad. ¿Fuiste con el mismo tío que te llevó en coche al norte del estado?

Doy unos pasos más hacia la habitación, con sigilo. Wendy está sollozando.

—Era Gisele —gimotea.

—Y una mierda —sisea él—. ¡No pienso permitir que la pelandusca de mi mujer se pasee por la ciudad con otro hombre! Es humillante.

En ese instante, suena otro estrépito dentro del cuarto, seguido de un grito de Wendy.

No puedo permitir que él le pegue. Tengo que hacer algo. Pero, de repente, se instaura un silencio absoluto al otro lado de la puerta.

Y entonces oigo un gorgoteo.

Como de una mujer a la que están estrangulando.

No puedo perder ni un segundo más. Sea lo que sea lo que está pasando ahí dentro, tengo que intervenir.

En ese momento me viene a la memoria la pistola.

38

Recuerdo perfectamente dónde está la pistola. Corro hacia la estantería y saco el diccionario. El arma se encuentra en el mismo hueco del interior que hace dos días, cuando Wendy me la enseñó. Tal como esperaba. La empuño con solo un ligero temblor en las manos.

Mientras contemplo el revólver, me pregunto si no estaré cometiendo un grave error. Aunque en aquella habitación está sucediendo algo espantoso, no sé si introducir una pistola en la ecuación mejorará las cosas. Cuando existe la posibilidad de que le peguen un tiro a alguien, las cosas pueden torcerse rápidamente.

Pero no voy a dispararle a Douglas. Eso queda descartado. Mi intención es solo asustarlo. Después de todo, nada da más miedo que una pistola. Cuento con el factor sorpresa para pararle los pies.

Sujetando el revólver con firmeza, regreso a paso veloz por el oscuro pasillo hasta la habitación de invitados. La pelea ha cesado, y reina el silencio en el cuarto. En cierto modo, eso resulta aún más aterrador.

Me planteo llamar con los nudillos, pero decido probar suerte con el pomo, que gira con facilidad. Mientras empujo la puerta, una voz me habla desde el fondo de mi mente:

«Deja el arma, Millie. Afronta la situación sin ella. La estás pifiando de mala manera».

Pero es demasiado tarde.

La puerta se abre al cuarto de invitados. La escena que se desarrolla ante mis ojos me deja sin aliento. Douglas tiene a Wendy contra la pared, apretándole el cuello con los dedos, y ella se está poniendo lívida. Abre la boca para gritar, pero no consigue emitir sonido alguno.

Madre de Dios, está intentando asesinarla.

No sé si pretende ahogarla o romperle el cuello con sus propias manos, pero tengo que hacer algo cuanto antes. No puedo quedarme cruzada de brazos mientras la agrede. Pero he aprendido de mis errores del pasado. Voy armada, pero no tengo la menor intención de matarlo. Debería bastar con amenazarlo. Luego le contaré a la policía lo que he visto.

«Puedes, Millie. No le hagas daño. Solo asegúrate de que la deje en paz».

—¡Douglas! —bramo—. ¡Suéltala!

Espero que el hombre se aparte de ella, deshaciéndose en falsas disculpas y explicaciones. Pero, por alguna razón, sus dedos permanecen donde están. Wendy consigue soltar otro borboteo.

Así que le apunto al pecho con el revólver.

—Lo digo en serio —aseguro con voz trémula—. Déjala o disparo.

Sin embargo, Douglas no me está escuchando. Tiene la mirada enloquecida y parece decidido a acabar con esto aquí y ahora. Wendy ya no forcejea, y el cuerpo se le ha quedado laxo. El momento de negociar ha pasado. Si no actúo en los próximos segundos, morirá.

No lo pienso permitir.

—¡Te juro por Dios —digo con la voz ronca— que, como no la sueltes, te pego un tiro!

Pero, lejos de soltarla, él continúa estrujándole el cuello.

No me queda alternativa. Solo puedo hacer una cosa en esta situación.

Aprieto el gatillo.

39

Douglas se queda inerte unos segundos después de que el disparo retumbe por toda la casa. Ha sonado más fuerte de lo que esperaba, tanto que, con seguridad, los vecinos lo han oído. Bueno, tal vez no. Las paredes y el techo suelen estar insonorizados en los pisos como este, y la planta de abajo sin duda ha amortiguado el sonido también.

La parte positiva es que los dedos de Douglas resbalan del cuello de Wendy.

Ella cae de rodillas, tosiendo, llorando y llevándose las manos a la garganta, mientras su marido yace a su lado, inmóvil. En cuestión de segundos, un charco carmesí se extiende debajo de su cuerpo sobre la afelpada moqueta.

Mierda.

Otra vez no.

La pistola se me escurre de los dedos y va a parar al suelo, junto a mí, con un golpe seco. Me siento paralizada de pies a cabeza. Douglas Garrick está totalmente quieto, y la mancha de sangre que tiene debajo sigue creciendo. Mi objetivo era causarle una herida en el hombro lo bastante grave para obligarlo a quitarle las manos de encima a Wendy, pero no tanto como para acabar con él.

Al parecer me ha fallado la puntería.

Wendy se frota los ojos llorosos. Milagrosamente, sigue consciente. Arrodillada junto a su esposo, le posa la mano en el cuello, sobre la arteria carótida. Después de mantenerla ahí unos segundos, alza la vista hacia mí.

—No tiene pulso. —Ay, Dios—. Está muerto —añade en un susurro áspero—. Está realmente muerto.

—Yo no pretendía matarlo —farfullo—. Solo…, solo quería que te soltara. No era mi intención…

—Gracias —dice Wendy—. Gracias por salvarme la vida. Sabía que podía contar contigo.

Nos quedamos mirándonos unos momentos. Es verdad que le he salvado la vida. Debo tenerlo bien presente a la hora de explicárselo a la policía cuando llegue.

—Tienes que irte. —Wendy se levanta, aunque le tiemblan las piernas—. Podemos…, podemos limpiar las huellas del arma. Es una buena medida, ¿verdad? Sí, seguro que sí. No avisaré a la policía hasta dentro de un par de horas… ¡Ah! Puedo decirles que he tomado a Douglas por un intruso y le he disparado por error. Ha sido un malentendido, ¿saben? Se lo creerán. Seguro que sí.

Habla de manera atropellada; está presa del pánico. Aunque me encantaría quitarme el muerto de encima, su historia tiene una laguna gigantesca.

—Pero el portero sabe a qué hora ha entrado Douglas en el edificio.

Ella niega con la cabeza.

—Qué va. Algunos vecinos tienen acceso a la puerta de atrás, así que él entra siempre por ahí.

—¿No hay una cámara de seguridad ahí?

—No.

—¿Y las cámaras en los ascensores?

—¿Esas? —Suelta un resoplido—. Son solo de adorno. Una se rompió hace cinco años, y la otra lleva por lo menos dos fuera de servicio.

¿De verdad puede salir bien esto? Acabo de dispararle a Douglas Garrick a sangre fría. ¿Hay alguna posibilidad de que salga impune de esto? Por otro lado, no sería la primera vez.

—Corre, vete. —Pasa por encima del cuerpo de Douglas, con cuidado de no pisar el charco de sangre—. Yo asumiré la responsabilidad de lo ocurrido. Es problema mío. Yo te he metido en esto y no pienso arrastrarte conmigo. Márchate mientras estás a tiempo.

—Wendy…

—¡Que te vayas! —Tiene los ojos tan desorbitados como Douglas cuando la estaba estrangulando—. Por favor, Millie. Es la única salida.

—Está bien —digo por lo bajo—. Pero… si me necesitas…

Alarga la mano para darme un apretón en el brazo.

—Te aseguro que ya has hecho bastante. —Después de vacilar unos instantes, añade—: Deberías borrar todos nuestros mensajes de texto. Los que te he enviado yo, y también los de Douglas. Por si acaso.

Me parece una idea estupenda. Wendy y yo nos hemos escrito cosas que no me conviene que la policía lea si comienza a investigar el asesinato. Y tal vez tampoco sea buena idea que vean los mensajes que he intercambiado con Douglas respecto a que este sería el último día que iría a limpiar su casa. Cojo mi bolso y, a pesar del incontrolable temblor de mis manos, consigo borrar de mi teléfono las conversaciones con cada uno de los Garrick.

—No intentes contactarme —me dice—. Yo me encargo de esto, Millie. No te preocupes.

Abro la boca para protestar, pero vuelvo a cerrarla enseguida. No serviría de nada. Además, si Wendy ha decidido que quiere cargar con las consecuencias, no seré yo quien se lo impida. Me despido del ático, sabiendo que nunca volveré a poner un pie en este lugar. Lo último que veo antes de salir de la habitación es a Wendy, de pie junto al cadáver de Douglas.

Y está sonriendo.

40

No dejo de temblar mientras vuelvo a casa en metro.

Los demás pasajeros deben de creer que estoy chiflada, porque ni uno solo se sienta a mi lado durante el trayecto de regreso al Bronx. Me paso todo el viaje meciéndome adelante y atrás, abrazándome el torso.

No puedo creer que lo haya matado. No era mi intención.

No, eso no es justo. Le he pegado un tiro en el pecho. Decir que no quería cargármelo sería mentir. Sin embargo, no era ni mucho menos el desenlace que esperaba después de ver esa pistola dentro del diccionario.

Pero todo saldrá bien. Ya he pasado por esto. Wendy se ceñirá a su versión de los hechos, y la policía no sabrá nada acerca de mi implicación en el asunto.

Así que solo tengo que afrontar el hecho de que he matado a un hombre. Otra vez.

En cuanto salgo de la estación de metro, mi teléfono emite un zumbido. Una llamada perdida. Lo saco de mi bolso, pensando que tal vez ha sido Wendy, pero me encuentro la pantalla llena de notificaciones de llamadas perdidas y mensajes de voz de Brock.

Oh, no. Habíamos quedado para cenar hoy. Se suponía que

esta era la noche en que íbamos a tener esa famosa conversación. Pues va a ser que no.

Me quedo un momento mirando el nombre de Brock en el móvil, consciente de que debo llamarlo, aunque no me apetece nada. Al final, pulso su nombre. Responde casi al instante.

—Millie —dice en un tono entre enfadado y preocupado—. ¿Dónde estás?

—Pues… —Desearía haber discurrido una excusa creíble antes de telefonearlo—. No me encuentro bien.

—¿En serio? —dice con escepticismo—. ¿Qué tienes?

—Es… un virus intestinal. —Como se queda callado, decido adornar la mentira con más detalles—. Me ha dado de repente. Me encuentro fatal. No paro de…, ya sabes, de vomitar. Además…, bueno, no es solo por arriba, sino también por abajo. Más vale que me quede en casa esta noche.

Me mentalizo para que me eche en cara mi embuste, pero, en vez de ello, suaviza la voz.

—Se te oye pachucha.

—Ya…

—Podría acercarme a tu casa —se ofrece—. ¿Quieres que te lleve un caldo de pollo? ¿Te hago un masaje en la espalda?

Tengo el novio más tierno del mundo. No se puede ser mejor persona. En cuanto todo esto pase, me dedicaré en cuerpo y alma a compensárselo. Lo quiero mucho. Creo.

—No, pero te lo agradezco —contesto conteniendo el aliento—. Solo necesito estar sola y recuperarme. ¿Lo dejamos para otro día?

—Claro —dice—. Tú preocúpate de mejorarte.

Cuando cuelgo, me asalta la culpa por tratar así a Brock, como si no me sintiera ya bastante mal. Pero no quiero involucrarlo en este follón. La única persona con la que podría hablar de esto es Enzo, pero sería mala idea por muchas razones. Solo necesito irme a casa e intentar no pensar en ello. Pronto podré olvidarme de todo.

41

Al despertar, me siento como si me hubiera atropellado un camión, y me palpita la sien derecha.

Anoche no podía pegar ojo. Daba vueltas y vueltas en la cama, y, cada vez que empezaba a adormecerme, veía el cuerpo sin vida de Douglas tumbado en el suelo del ático. Al final, me fui al baño dando traspiés, saqué una pastilla para dormir del alijo que guardo ahí y me la tomé. Luego me sumí en un sueño plagado de pesadillas en las que veía los ojos de mi exjefe clavados en mí.

Me giro en la cama y me atuso el cabello, enmarañado como nido de pájaro. La palpitación en la sien se intensifica, y tardo unos segundos en caer en la cuenta de que el aporreo también procede de la puerta principal.

Alguien está llamando a la puerta.

Consigo levantarme y envolverme en una bata.

—¡Ya voy! —digo con voz ronca, con la esperanza de que cesen los golpes, pero la persona que está en el rellano, sea quien sea, es muy insistente.

Echo un vistazo por la mirilla. Veo a un hombre con una camisa blanca recién planchada, corbata negra y gabardina.

—¿Quién es? —digo en voz muy alta.

—Soy el inspector Ramírez, del departamento de policía de Nueva York —responde la voz amortiguada del hombre.

Lo que faltaba.

Bueno, no hay motivos para entrar en pánico. Mi jefe ha muerto, así que es lógico que quieran hacerme algunas preguntas. No tengo por qué preocuparme.

Quito el cerrojo y abro la puerta unos centímetros. No puede entrar sin mi consentimiento explícito, y no tengo la menor intención de concedérselo. No tengo nada que ocultar, pero nunca se sabe.

—Señorita Calloway —dice con una voz sorprendentemente profunda. Le echo unos cincuenta y pocos años a juzgar por sus ojeras y la proporción de gris y negro en su cabello cortado al rape.

—Hola —digo con inseguridad.

—Quería saber si tiene un momento para hablar conmigo —dice.

Me esfuerzo por mantener una expresión imperturbable.

—¿Sobre qué?

Vacila unos instantes, escudriñándome el rostro.

—¿Conoce a un hombre llamado Douglas Garrick?

—Sí… —No pierdo nada con reconocerlo. De todos modos, sería muy fácil demostrar que he trabajado para los Garrick.

—Lo asesinaron anoche.

—¡Qué me dice! —Me llevo la mano a la boca, intentando parecer sorprendida—. Qué horror.

—Le agradecería que se acercara usted a comisaría para responder algunas preguntas.

El semblante del inspector Ramírez es impenetrable como una máscara. Sus labios forman una línea recta que no revela nada. Pero lo de pedirme que me pase por comisaría me da mala espina. Por otro lado, no ha sacado unas esposas ni me está leyendo mis derechos. Seguramente se están tomando el caso más en serio de lo habitual porque Douglas era rico e importante.

—¿Cuándo quiere que vaya?

—Ahora —dice sin titubear—. Puedo llevarla en coche.

—¿Tengo… que ir?

No estoy obligada a acompañarlo mientras no me detenga; conozco de sobra mis derechos, pero me interesa oír su respuesta.

—No tiene que ir —contesta finalmente—, pero se lo recomendaría. Más tarde o más temprano, usted y yo tendremos que hablar.

Se me revuelve el estómago. Da la impresión de que quiere algo más que hacerme alguna que otra pregunta sobre mi empleador.

—Me gustaría llamar a mi abogado —digo.

Ramírez no despega los ojos de mí.

—No creo que sea necesario, pero está en su derecho.

No sé a qué clase de interrogatorio me someterán, pero no me gusta la idea de estar en comisaría sin un abogado presente, diga lo que diga Ramírez. Por desgracia, solo hay un abogado al que conozco lo bastante bien como para llamarlo en este momento. Y va a ser una conversación complicada.

Ramírez espera mientras saco mi móvil y selecciono el número de Brock. A estas horas ya debe de estar en la oficina, pero contesta después de solo un par de tonos. Se pasa casi todo el día sentado a su escritorio y solo rara vez acude al juzgado.

—Hola, Millie —dice—. ¿Todo bien?

—Pues… —digo— la verdad es que no.

—¿Estás peor del virus intestinal?

—¿Qué?

Brock guarda silencio por unos instantes al otro lado de la línea.

—Anoche me dijiste que habías pillado un virus intestinal.

Ah, sí. Casi se me había olvidado la mentira que le conté para no ir a su casa.

—Sí, estoy mejor de eso, pero necesito tu ayuda con otra cosa. Es importante.

—Claro. ¿Qué necesitas?

—Verás, esto… —Bajo la voz para que Ramírez no me oiga—. ¿Te acuerdas de mi exjefe, Douglas Garrick? Pues resulta que… lo mataron anoche.

—Ostras —exclama Brock conteniendo el aliento—. Qué barbaridad, Millie. ¿Saben quién fue?

—No, pero… —Me vuelvo hacia Ramírez, que me está observando—. Quieren interrogarme en comisaría.

—Ahí va. ¿Creen que sabes algo relevante?

—Supongo…, aunque la verdad es que no. El caso es que… me sentiría más tranquila en presencia de un abogado. —Me aclaro la garganta—. Así que, bueno, por eso te llamo.

—Claro, no faltaba más. —Me entran ganas de colarme por el teléfono para abrazarlo—. En cuanto termine unas cosas, me reuniré contigo. Estoy seguro de que todo irá bien, pero será un placer para mí estar ahí para apoyarte.

Mientras apunto la dirección de la comisaría donde el inspector Ramírez me interrogará, no puedo evitar pensar que Brock y yo pronto acabaremos manteniendo la conversación que yo había planeado abordar anoche.

42

Cuando llego a la comisaría en Manhattan, estoy al borde de la histeria. El inspector Ramírez ha intentado darme palique durante el trayecto en coche, pero yo prácticamente solo le he respondido con monosílabos y gruñidos. Incluso cuando él hablaba del tiempo, me daba la sensación de que quería sonsacarme información, y yo no quería soltar prenda.

Sin embargo, cuando paso al interior del edificio, me encuentro a Brock esperándome. Lleva su traje gris y la corbata azul que le resalta el color de los ojos. Sonríe al verme entrar con el inspector. No se le ve en absoluto preocupado. Probablemente eso va a cambiar muy pronto.

—Ese de ahí es mi abogado —le señalo a Ramírez—. Me gustaría hablar con él en privado antes del interrogatorio.

El inspector asiente con sequedad.

—La llevaremos a un cuarto donde puedan hablar y, cuando esté usted lista, le haré algunas preguntas.

Me guía hasta una habitación reducida y cuadrada con una mesa de plástico rodeada de sillas del mismo material. Hacía años que no entraba en una sala de interrogatorios, así que solo de verla noto una opresión en el pecho, sobre todo cuando me pide que me siente en una de las sillas y me deja allí sola, con la puerta cerrada. Creía que Brock entraría conmigo, pero al parecer sigue liado ahí fuera.

Me pregunto qué le estarán diciendo.

Me paso casi cuarenta minutos a solas en la sala, presa de un pánico creciente. Cuando el rostro familiar de Brock se asoma a la puerta, casi me deshago en lágrimas.

—¿Por qué has tardado tanto? —exclamo.

Brock tiene una expresión preocupada. Con cierta rigidez, toma asiento en la silla que tengo delante. Hay un surco entre sus cejas.

—Millie —dice—, he estado hablando con el inspector. No han querido darme detalles, pero esto no es un interrogatorio de rutina. Te consideran una sospechosa clave.

Fijo la vista en él. ¿Cómo es posible? Wendy ha dicho a la policía que fue ella quien disparó a Douglas. ¿No se fían de su declaración? El caso debería estar cerrado.

A menos que…

—Tienen una orden judicial para registrar tu apartamento —me dice. ¡¿Una orden judicial?!—. Ahora mismo hay una brigada ahí.

¿Están registrando mi casa? No logro imaginar qué buscan. No poseo nada que pueda despertar sospechas. Por fortuna, no me manché la ropa de sangre ayer. Lo he comprobado.

—¿Por qué iban a pensar que tú lo mataste? —Brock sacude la cabeza—. No le veo el menor sentido.

Ya está. Ha llegado el momento de revelarle mi pasado. Si va a ejercer como mi abogado, más vale que esté al tanto de todo. De lo contrario, quedará como un idiota.

—Oye —digo—, hay algo que debes saber sobre mí.

Me mira con las cejas arqueadas, esperando.

Esto me resulta muy duro. Me maldigo a mí misma por no habérselo dicho antes, pero, ahora que me he lanzado, me acuerdo de por qué había retrasado tanto este momento.

—Verás, resulta que tengo…, en fin, antecedentes penales.

—¿Que tienes qué? —Abre tanto la boca que temo que se le descoyunte la mandíbula—. ¿Antecedentes penales? ¿Me estás diciendo que has estado en la cárcel?

—Sí. Eso es más o menos lo que significa tener antecedentes penales.

—¿Por qué te condenaron?

Ahora viene lo difícil.

—Por homicidio.

Brock parece a punto de caerse redondo. Espero que no le esté fallando el corazón.

—¿¡Homicidio!?

—Fue en defensa propia —alego, lo que no es del todo cierto—. Un hombre agredió a mi amiga y yo le paré los pies. Solo era una adolescente.

Brock me mira con escepticismo.

—No te meten en la cárcel por homicidio en defensa propia.

—A algunas personas, sí.

Me da la impresión de que no me cree, pero no pienso entrar en detalles sobre el chico que intentaba violar a mi amiga, ni sobre lo que tuve que hacer para salvarla, aunque los abogados de la acusación lo exageraron bastante.

—Con razón no terminaste la carrera —murmura para sí—. Siempre había creído que habías tardado un poco en empezar a abrirte paso en la vida.

—Lo siento. —Bajo la vista—. Debería habértelo contado antes.

—Ah, ¿sí? ¿Tú crees?

—Lo siento —repito—. Pero tenía miedo de que, si te lo decía, me miraras como…, bueno, como me estás mirando ahora.

Brock se pasa los dedos por el cabello.

—Madre mía, Millie. Me has… Sabía que había algo de lo que no querías hablar conmigo, pero no me imaginaba que…

—Ya —resuello.

—Vale. —Se afloja un poco la corbata—. En fin, tienes antecedentes penales Dejando eso de lado, ¿por qué creen que tú mataste a Douglas Garrick?

No puedo responder a eso porque no sé qué ha declarado Wendy a la policía. Aunque se supone que todo lo que le diga a Brock es confidencial, no consigo armarme de valor para confesarle lo que sucedió ayer.

—No tengo ni idea.

Ladea la cabeza con aire pensativo.

—Anoche me comentaste que te encontrabas mal. ¿Saliste temprano de su piso?

—Bueno, acabé mi jornada —digo con cautela, consciente de que el portero sabe a qué hora me marché—. Pero, como no me sentía bien, me fui directa a casa después. Estaba a punto de llegar cuando hablé contigo por teléfono. Douglas… ni siquiera estaba ahí cuando salí del piso.

—De acuerdo. —Brock se frota la barbilla—. Te están apretando las tuercas por tus antecedentes. Lo solucionaremos.

Envidio su optimismo.

43

Resulta que Ramírez está demasiado ocupado para hablar conmigo ahora, aunque sospecho que se trata de una táctica para minarme la moral. Brock tiene que atender una llamada del trabajo, así que me deja sola en la sala de interrogatorios, donde me paso una hora sucumbiendo al pánico en silencio.

Llevo ya más de dos horas en comisaría cuando Ramírez por fin se presenta para interrogarme, seguido de cerca por Brock. Este se sienta a mi lado y me da un ligero apretón en la mano por debajo de la mesa. Me consuela ver que no me odia a muerte pese a haberse enterado de que estuve en prisión. Por otro lado, el día aún es joven.

—Gracias por su paciencia, señorita Calloway —dice el inspector, con el semblante totalmente inexpresivo—. Quiero hacerle unas preguntas sobre el señor Garrick.

—Vale —digo en tono tranquilo y mesurado porque nos están grabando.

—¿Dónde estuvo ayer por la tarde? —me pregunta Ramírez.

—Fui al ático de los Garrick para limpiar un poco y hacer la colada, y luego me fui a casa.

—¿A qué hora se marchó?

—Hacia las seis y media —respondo.

—¿Habló con el señor Garrick mientras estuvo ahí?

Niego con la cabeza al recordar lo que me dijo Wendy. Mientras nuestras historias coincidan, seguro que todo sale bien.

—No.

Mi respuesta parece sorprender a Ramírez.

—¿Así que el señor Garrick no quedó en verse con usted en el piso ayer?

Lo miro, parpadeando desconcertada.

—No...

—Señorita Calloway. —Los ojos del inspector parecen oscurecerse mientras me escrutan—. ¿Qué relación tenía usted con Douglas Garrick?

—¿Qué relación? —Me vuelvo hacia Brock, que tiene el ceño fruncido—. Es mi jefe. Bueno, él y su esposa, Wendy.

—¿Mantuvo usted relaciones sexuales con él?

Por poco me atraganto.

—¡No!

—¿Ni siquiera una vez?

Me entran ganas de alargar los brazos para zarandear al policía, pero, por fortuna, Brock interviene.

—La señorita Calloway ha respondido a su pregunta. Su relación con el señor Garrick era de índole estrictamente profesional.

El inspector Ramírez coge la carpeta que ha colocado en la mesa, a su lado, y extrae un fajo de papeles grapados. Los desliza por encima de la superficie hacia mí.

—Hemos encontrado un móvil prepago en el cajón del tocador. Estos son los mensajes de texto intercambiados entre ese teléfono y el suyo.

Agarro los papeles y les echo una ojeada mientras Brock mira por encima de mi hombro. Reconozco los mensajes. Son los que Douglas ha estado mandándome en los últimos meses para pedirme que confirme si iré ese día a limpiar. Sin embargo, fuera de contexto parecen cobrar un significado diferente.

¿Vendrás esta tarde?

Nos vemos luego.

Ven esta tarde.

Para colmo, mis mensajes sobre la lista de la compra y la colada han desaparecido. En todos y cada uno de los que quedan parece que estemos haciendo planes para vernos. A Brock se le desorbitan los ojos a medida que lee.

—Sí, son nuestros mensajes —digo—, pero todos son sobre el trabajo.

—¿El señor Garrick le mandaba mensajes sobre el trabajo desde un teléfono prepago?

Aprieto los dientes.

—Yo no sabía que era prepago. Creía que era su teléfono de diario.

—Ya veo —dice Ramírez.

—Además —agrego—, nos escribíamos otros mensajes, en su mayoría sobre lo que había que comprar y la ropa que había que lavar. No aparecen aquí… Es como si los hubieran borrado.

—¿Conserva usted esos mensajes en su móvil?

—No… —Porque Wendy me dijo que los suprimiera—. Eliminé todos los mensajes.

—¿Por qué?

—¿Y por qué no? —Suelto una carcajada que suena demasiado aguda—. ¿No me diga que usted conserva todos los mensajes que recibe?

Seguramente sí. Debe de tener mensajes de hace diez años en su teléfono. Aunque, a decir verdad, yo no habría borrado los míos si Wendy no me hubiera indicado que lo hiciera.

—Por otro lado —dice—, hay registros de llamadas realizadas hacia las doce de la noche. ¿Me está diciendo que su empleador la telefoneaba a medianoche?

—Fue solo una vez —respondo con poca convicción.

Reconozco lo endebles que parecen mis respuestas. No tiene sentido: ¿por qué me escribía Douglas desde un móvil prepago? Sería absurdo pensar que estaba tendiéndome una trampa para incriminarme en su propio asesinato. Miro a Brock, que se ha quedado extrañamente callado en el momento más inoportuno.

—Y eso no es todo… —Ramírez abre de nuevo la carpeta. Dios santo, ¿hay algo más? ¿Cómo es posible?—. ¿Reconoce esto?

La granulosa fotografía impresa muestra una pulsera. La identifico como la misma que Douglas le regaló a Wendy después de ponerle un ojo a la funerala.

—Sí —digo—. Es la pulsera de Wendy.

Ramírez arquea las cejas.

—Entonces ¿por qué la hemos encontrado en un joyero en su apartamento?

—Ella… me la dio.

Sus cejas se elevan aún más hacia donde le nace el pelo.

—¿Wendy Garrick le dio una pulsera de diamantes de diez mil dólares?

¿Diez mil dólares? ¿Eso es lo que costó esa pulsera? ¿Tenía algo que vale diez mil dólares guardado en mi joyerito de pacotilla?

—Me dijo que era un regalo de su marido —contesto.

—¿Y qué me dice de la inscripción?

Saca otra foto de la carpeta y me la pasa.

—¿Le resulta familiar?

Las palabras que había visto grabadas en la pulsera de Wendy aparecen ampliadas, de modo que tanto Brock como yo podemos leerlas con claridad.

Para W. Eres mía para siempre. Con cariño, D.

—Claro —digo—. «Para W.», o sea, para Wendy.

Ramírez da unos golpecitos con el dedo en la imagen.

—Su nombre empieza por la letra W, ¿no? Wilhelmina.

—Pues… —De pronto, noto la boca seca. Espero a que Brock meta baza para protestar por esta línea de interrogatorio, pero sigue mudo, esperando a su vez a oír mi respuesta—. Todos me llaman Millie.

—Pero se llama Wilhelmina.

—Sí…

—Y luego está esto… —Oh, no. ¿Hay algo más? ¿Cómo es posible? Vuelve a abrir la dichosa carpeta—. ¿Fue un regalo del señor Garrick?

Agarro la fotografía que me tiende. Es del vestido que Douglas quería que llevara de vuelta a la tienda. Pero no me dio el tíquet ni me dijo dónde lo había comprado. Con todo lo que estaba ocurriendo, me había olvidado por completo de eso. Por ello el vestido ha estado muriéndose de asco en una bolsa de papel en el armario de mi habitación.

—No —digo con voz débil, aunque ya sé por dónde va—. El señor Garrick me pidió que devolviera el vestido.

—Entonces ¿por qué lleva más de un mes guardado en su dormitorio?

—Él… no me facilitó el recibo.

No quiero ni mirar a Brock. A saber qué le estará pasando por la cabeza. Quisiera explicarle que todo esto no es más que un terrible malentendido, pero no puedo entablar esa conversación con él en presencia del inspector.

—Oiga —digo—, iba a devolverlo. Le pedí el tíquet y él me aseguró que me lo conseguiría, pero a los dos se nos pasó.

—Señorita Calloway —dice Ramírez—, ¿sabe que el vestido fue adquirido en Oscar de la Renta por seis mil dólares? ¿De verdad cree que él se olvidaría sin más de devolverlo?

La madre que me…

Me atrevo a lanzarle una mirada fugaz a Brock. Tiene una expresión vidriosa y sacude la cabeza de forma apenas perceptible. Lo he llamado para que me representara como abogado, pero no está haciendo nada útil.

—Y otra cosa… —añade Ramírez. Basta ya, por Dios. No puede haber otra cosa. No acepté ningún otro regalo de los Garrick. No queda nada que pueda sacar de esa carpeta—. ¿Pasó usted la noche en un motel con Douglas Garrick la semana pasada?

—¡No! —exclamo.

Carraspea.

—¿Me está diciendo que no se registró el pasado miércoles en un motel de Albany, donde el señor Garrick tenía una reunión de negocios, y que no pagó la habitación en efectivo?

Abro la boca, pero de ella no sale sonido alguno.

—¿El miércoles pasado? —estalla Brock—. ¡Es el día en que se suponía que íbamos a cenar juntos y me dejaste plantado! ¿O sea que estabas ahí?

No serviría de nada mentir. Le mostré mi carnet de conducir al empleado del motel.

—Sí, me registré en un motel en Albany, pero no es lo que te imaginas.

Ramírez cruza los brazos sobre el pecho.

—Soy todo oídos.

No sé qué decir. No quiero desvelar el secreto de Wendy. Si se enteran de los problemas maritales de los Garrick, podrían colgarle el asesinato. Aunque no quiero que me lo atribuyan a mí, tampoco quiero que la culpen a ella.

—Solo necesitaba alejarme de todo por una noche —digo con languidez.

—¿Así que decidiste irte a Albany a pasar la noche en un hotelucho cualquiera?

—Yo no estaba liada con Douglas Garrick. —Desplazo la vista entre Brock y Ramírez, y advierto en ambos una profunda mirada de escepticismo—. Lo juro. Y aunque lo estuviera (que no), ¡eso no demostraría que lo he matado, por Dios santo!

—Rompió con usted anoche. —Ramírez no despega los ojos de mí mientras suelta la revelación—. En un arrebato de ira, usted le disparó con su propia arma.

—No… —Noto una sequedad insoportable en la boca—. Nada más lejos de la verdad. No tiene usted ni idea.

Ramírez señala las fotografías esparcidas sobre la mesa con un movimiento de cabeza.

—Entenderá usted que nos parezca sospechoso.

—¡Pero no es cierto! —grito—. Nunca he tenido un rollo con Douglas Garrick. Esto es demencial.

Esta vez el inspector no responde. Solo me mira con fijeza.

—Ni siquiera lo toqué —digo—. ¡Se lo juro! Pregúnteselo a Wendy Garrick. Ella le confirmará todo lo que le estoy diciendo. ¡Pregúnteselo!

—Señorita Calloway —dice el inspector Ramírez—. Wendy Garrick es quien nos ha hablado de su aventura con su marido.

¿Qué?

—¿Cómo dice?

—Ha declarado que el señor Garrick se sinceró con ella ayer y la invitó a usted a su casa con la intención de poner fin a su relación extramatrimonial —dice—. Pero, cuando ella llegó a casa, se lo encontró tirado en el suelo, muerto de un disparo.

No… No es posible… Después de todo lo que he hecho por ella…

—Además —prosigue—, hemos encontrado sus huellas en el arma.

44

A partir de ese momento, mis respuestas al interrogatorio son cada vez más incoherentes.

Intento pergeñar una versión de los hechos que no concluya conmigo matando de un tiro a Douglas Garrick en su casa. Hablo de los malos tratos a los que sometía a Wendy y mis intentos por ayudarla. Le cuento a Ramírez que ella me había mostrado la pistola y me había asegurado que la usaba para protegerse, y que seguramente por eso el arma tenía mis huellas, aunque no consigo encontrar una explicación de por qué no tenía también las de Wendy. A juzgar por la expresión del inspector, no se cree una palabra.

Cuando finalizo mi inconexo relato, estoy segura de que Ramírez me va a leer mis derechos y a llevarme a una celda.

—Enseguida vuelvo —me dice—. No se vaya.

Se levanta, sale de la habitación y cierra de un portazo retumbante, dejándome sola con Brock en la sala de interrogatorios.

Tiene los ojos vidriosos fijos en la mesa de plástico. Se supone que está aquí en calidad de mi abogado, pero no ha dicho esta boca es mía en los últimos veinte minutos. De haber sabido cómo se iban a desarrollar las cosas, ni por asomo le habría pedido que viniera.

—Brock… —digo.

Alza la vista lentamente.

—¿Te encuentras bien? —pregunto con delicadeza.

—No. —Me lanza una mirada furiosa—. ¿Qué coño ha sido eso, Millie? ¿De qué vas?

—Brock —protesto con un hilillo de voz—, no me digas que te crees...

—¿Que me creo qué? —espeta—. Hasta hace unas horas, ni siquiera sabía que habías estado presa por homicidio. Y ahora me entero de que has estado engañándome con ese hijo de puta ricachón para el que trabajabas...

—¡No te estaba engañando! —barboto—. ¡Yo jamás te engañaría!

—Entonces, ¿qué narices estabas haciendo el miércoles por la noche? —dice—. ¿Y anoche? ¿Y todas las noches que habíamos quedado para cenar y tú me diste plantón? Seguro que eres consciente de lo mal que huele esto, sobre todo teniendo en cuenta que ya mataste a alguien una vez.

En realidad, no fue solo una vez, pero tengo la sensación de que aclarárselo no mejoraría mucho mi situación.

—Ya te lo he dicho, estaba intentando ayudar a Wendy.

—¿Estabas intentando ayudar a la mujer que ahora te acusa de haberte liado con su marido y de haberlo matado después?

Bueno, visto así...

—No sé por qué le ha dicho eso al inspector. A lo mejor ha entrado en pánico. Pero créeme, él la maltrataba. Yo fui testigo.

—Millie. —Brock me mira con una expresión de dolor en sus agraciadas facciones—. Te llamé anoche y noté que estabas muy alterada por algo. Obviamente, no tenías un virus intestinal. Eso era mentira.

—Sí —reconozco—. Era mentira.

—Millie. —Se le quiebra la voz al pronunciar mi nombre—. ¿Mataste a Douglas Garrick?

Casi todas las acusaciones del inspector Ramírez contra mí son falsas. Pero hay una verdad innegable: yo disparé a Douglas

Garrick. Lo maté. Y, aunque niegue todo lo demás, eso seguirá siendo un hecho.

—La hostia —murmura Brock—. Millie, no puedo creer que tú…

—Pero no es lo que piensas —afirmo.

La silla de plástico de Brock chirría contra el duro suelo de la sala cuando él se pone de pie.

—No puedo representarte, Millie. No sería apropiado y… No puedo.

A pesar de lo inútil que ha sido su presencia durante el interrogatorio, la idea de que mi novio me abandone me asusta aún más.

—Sabes que no tengo dinero para pagar un abogado…

—Pues solicita uno de oficio —dice—. O pide dinero prestado… No sé. Pero no puedo ser yo. Lo siento.

—Así que ya está. —Me tiembla el mentón cuando levanto la vista hacia él—. Estás rompiendo conmigo.

—Supongo. —Mueve la cabeza de un lado a otro—. Para serte sincero, ni siquiera sé quién eres. —Se pasa la mano por el cabello, tironeándose los mechones de manera obsesiva—. No puedo creer que esto esté ocurriendo. De verdad que no. Quería presentarte a mis padres. Te juro que pensaba que tú y yo…

No le hace falta completar la frase. Se imaginaba un futuro en el que él y yo nos casaríamos, tendríamos hijos y envejeceríamos juntos. Qué poco sospechaba que todo acabaría en una comisaría después de que me interrogaran por un caso de homicidio.

Así que, en el fondo, no lo culpo por marcharse. Aun así, estallo en lágrimas cuando la puerta se cierra tras él.

45

Milagrosamente, después de todo esto, el inspector Ramírez decide no arrestarme. De hecho, estaba tan convencida de que iban a detenerme que, cuando me comunica que puedo marcharme, le pregunto si está seguro. Sin embargo, me advierte que no debo salir de la ciudad. Como no tengo dinero ni coche, tampoco planeaba ir a ninguna parte en un futuro próximo.

Al salir de comisaría, saco mi teléfono de forma instintiva, hasta que caigo en la cuenta de que no tengo a quién llamar. En circunstancias normales, telefonearía a Brock para informarle de que me han soltado, pero tengo la impresión de que le da igual.

Por otro lado, hay alguien a quien sí le importaría.

Enzo.

Enzo me ayudaría. Si lo llamara, creería todo lo que le dijera sin dudarlo. Pero no sé si quiero tomar de nuevo esa senda. Además, le solté aquel discurso acerca de que no necesitaba su ayuda, así que no pienso volver arrastrándome ante él una semana después para rogarle que me salve.

Puedo salvarme sola. Ni siquiera estoy bajo custodia policial. Aún es posible que salga bien parada de todo este asunto.

Tras barajar mis opciones un momento, selecciono el número de teléfono de Wendy en mi lista de contactos. No sé si llamarla ahora mismo resulta admisible, pero necesito respuestas. Anoche llegamos a un acuerdo, y las afirmaciones del inspector no cuadran para nada con lo que acordamos. Por otra parte, quizá el hombre se lo ha inventado todo con la intención de asustarme para que confesara o delatara a Wendy. Considero a ese poli capaz de cualquier cosa.

Como no podía ser de otra manera, salta el buzón de voz.

Mejor me voy a casa. Al fin y al cabo, tal vez me detengan mañana y ya no pueda volver ahí jamás. No estoy en condiciones de pagar una fianza.

Tomo el tren de vuelta a mi apartamento en el Bronx. Después de todo el trajín de hoy, me cuesta poner un pie delante del otro. Rebusco mis llaves en el bolso durante cinco minutos largos hasta que llego a la conclusión de que las he perdido. Cuando estoy a punto de darme por vencida, las encuentro medio ocultas en el fondo del bolso.

—¡Millie!

Casi en el mismo instante en que entro en el edificio, la señora Randall, mi casera, sale en tromba de su apartamento de la planta baja con uno de sus vestidos extragrandes que no se ciñen a la cintura. Tiene el rugoso rostro crispado, y el labio inferior proyectado hacia delante.

—¡Ha venido la policía! —chilla—. ¡Me han obligado a abrir la puerta de tu piso y lo han registrado! ¡Llevaban un papel que decía que estaba obligada a dejarlos entrar!

—Lo sé —gruño—. Siento las molestias.

La señora Randall me mira entornando los ojos.

—No tendrás drogas escondidas ahí, ¿verdad?

—¡No! ¡Claro que no! —Solo acabo de asesinar a alguien, eso es todo. Es que... de verdad.

—No quiero más problemas en mi edificio —dice—. Y tú solo traes problemas. ¡La policía ha venido dos veces por tu culpa! Quiero que te vayas. Te doy una semana.

—¡Una semana! —exclamo—. Pero, señora Randall...

—Una semana, y luego cambiaré las cerraduras —bufa—. No quiero que sigas por aquí, haciendo lo que sea que hagas en ese apartamento.

Se me cae el alma a los pies. ¿Cómo demonios me las arreglaré para encontrar otro piso con todo lo que me está pasando? Tal vez lo mejor sería que me detuvieran. Al menos así tendría un techo bajo el que dormir. Y comida gratis.

Emprendo el arduo ascenso de los dos tramos de escaleras hasta mi casa. No puedo afrontar este desastre hoy. Tal vez mañana. O nunca. ¿Para qué, si voy a acabar entre rejas de todos modos?

En vez de ello, cojo el mando a distancia y enciendo mi televisor cutre. Supongo que este va a ser el plan para mi última noche en libertad.

Por desgracia, está sintonizado un canal de noticias. Ahora mismo están hablando del asesinato de Douglas Garrick. La presentadora de reluciente cabellera rubia informa de que la policía está interrogando a una «pieza clave de la investigación».

Vaya, salgo en las noticias. Soy una «pieza clave».

De pronto, la imagen de Wendy aparece en la pantalla. Está hablando con un periodista y tiene los ojos hinchados e inyectados en sangre. Los moretones de la cara parecen haberse desvanecido por completo, supongo que por obra y gracia del maquillaje. Se vuelve para dirigirse a la cámara.

—Douglas, mi esposo, era un hombre extraordinario —dice con una fuerza sorprendente que no parece propia de ella—. Era atento y brillante, y planeábamos formar una familia pronto. No merecía que su vida haya quedado truncada de ese modo. No es justo que lo... —Se interrumpe, embargada por la emoción—. Lo..., lo siento.

Pero ¿qué acabo de ver?

¿Cómo es posible que Wendy se exprese en esos términos sobre Douglas después de todo lo que él le hizo? Entiendo que no quiera hablar mal de un muerto, pero lo está pintando como una especie de santo. El tipo estaba a punto de causarle la muerte por estrangulamiento cuando me lo cargué. ¿Por qué no le cuenta eso al periodista?

El plano cambia a la presentadora rubia, que clava en la pantalla los ojos azul claro.

—Por si acaban de sintonizarnos, la noticia destacada es el brutal asesinato de Douglas Garrick, el multimillonario director general de Coinstock. —Contemplo al hombre de cabello oscuro, ojos de un suave color castaño, papada y patas de gallo que sonríe a la cámara. Al estudiar la fotografía de Douglas Garrick, me percato de algo.

En la vida había visto a este hombre.

La persona cuyo retrato aparece en el televisor me es completamente desconocida. Se parece un poco al hombre con el que he interactuado en el ático, y de lejos tal vez no habría podido distinguir a uno del otro. Pero no es él. Está clarísimo que no es él. Se trata sin lugar a dudas de otra persona.

Pero si el hombre de la foto es Douglas Garrick…

¿A quién demonios maté anoche?

SEGUNDA PARTE

46

WENDY

Debéis de creer que soy una persona horrible.

¿Serviría de algo si aclarara que, aunque Douglas nunca me puso la mano encima, era un marido nefasto? Me humillaba y me amargaba la vida. Me habría conformado con divorciarme de él.

La cosa no tenía por qué acabar con su muerte. La culpa de eso es toda suya.

¿Y Millie? Bueno, se ha convertido en víctima colateral, por desgracia. Pero no es tan buena gente como pensáis. Si se pasa el resto de su vida entre rejas, mejor para el mundo.

Después de escuchar mi versión de la historia, tal vez sigáis considerándome una persona horrible. Quizá concluyáis que Douglas no merecía morir, que soy yo la que debería dar con sus huesos en la cárcel hasta el fin de sus días.

Y la verdad es que me da igual.

Cómo asesinar a tu marido e irte de rositas: una guía escrita por Wendy Garrick

Paso número uno: conoce a un pardillo soltero y asquerosamente rico

Cuatro años antes

No entiendo el arte contemporáneo.

Mi amiga Alisa me ha mandado una invitación a esta exposición, pero es todo demasiado raro para mí. Estoy acostumbrada a contemplar los cuadros como obras hermosas, fruto del talento artístico. En cambio, esto... Ni siquiera sé lo que es.

El título de la exposición es simplemente «Prendas». Y no engaña. Se trata de jirones de ropa cosidos para formar colchas de retales de pana, raso, seda y poliéster colgadas en las paredes. Resulta de lo más ridículo. ¿Desde cuándo el arte es algo que parece hecho por niños en una clase de manualidades?

La obra que tengo delante ahora se titula *Calcetines*, un nombre que le viene al pelo. Consiste en un marco gigantesco, por lo menos tan alto como yo, y cada palmo de él está cubierto de calcetines de todas las formas y tamaños.

La verdad es que... simplemente no lo pillo.

—Tengo un tomate en el calcetín —dice una voz masculina a mi espalda—. ¿Crees que me dejarían tomar prestado uno de estos?

Cuando vuelvo la cabeza para identificar al dueño de la voz, reconozco de inmediato a Douglas Garrick. Antes de asistir a este evento, estudié con detenimiento una foto poco difundida de él que me consiguió Alisa. Memoricé su enmarañado cabello castaño, las arrugas en la comisura de los ojos debidas a su media sonrisa, que dejaba al descubierto un incisivo torcido en el lado izquierdo. Lleva una camisa de vestir blanca y barata que parece de mercadillo, con un botón sin abrochar. De hecho, ninguno está bien abotonado. Todos están metidos en el ojal equivocado, salvo uno.

Por su aspecto, nadie diría que ese hombre es una de las personas más adineradas del país.

—Dudo que lo echen en falta —respondo, intentando parecer tranquila aunque tengo el corazón saltándome como una rana en el pecho.

Me tiende la mano con una gran sonrisa. Apenas se le notaba en la foto que vi, pero en persona tiene papada, aunque seguro que se le quita con un poco de dieta y ejercicio.

—Doug Garrick.

Le estrecho la mano, que está caliente y envuelve la mía como si estuvieran diseñadas para encajar entre sí.

—Wendy Palmer.

—Mucho gusto, Wendy Palmer —dice, fijando los ojos castaños en los míos.

—Lo mismo digo, señor Garrick.

—Bueno... —Se echa hacia atrás sobre los talones de sus mocasines gastados—. ¿Qué opinas de Prendas?

Recorro con la mirada las obras de base textil que hay por toda la sala. Algo sé sobre Douglas Garrick, y me parece que es un hombre que valora la verdad.

—De hecho —digo—, no lo acabo de entender. Yo misma podría reproducir cualquiera de estas piezas con un poco de pegamento infantil y una caja de ropa de segunda mano de una tienda benéfica.

Douglas frunce el ceño.

—Pero precisamente de eso se trata, ¿no? El artista intenta combatir el statu quo y ofrecer una crítica al arte tradicional, demostrando que hasta los objetos más cotidianos pueden transformarse en algo que despierte emociones.

—Ah. —Joder, ahora tengo que pensar un comentario inteligente—. Bueno, la interacción entre textura y color me parece...

Me interrumpo al ver la sonrisita burlona en los labios de Douglas. Tras contenerse durante una fracción de segundo, prorrumpe en carcajadas.

—¿He conseguido hacerte creer con esas chorradas que tenía idea de lo que estaba diciendo?

—Un poquito —reconozco, avergonzada.

—¿Sabes qué es lo que me gusta de esta galería? —dice—. La comida. Es... —Se da un beso en la punta de los dedos—. Espectacular. Vale la pena mirar unas cuantas paredes cubiertas de calcetines a cambio de saborear estos piscolabis.

—Sí —murmuro. No he probado bocado desde que estoy aquí. El vestido de Donna Karan me sienta como un guante, y me marca igual de bien las tetas, el vientre y el culo, pero podría aparecer una ligera protuberancia si me da por ponerme morada de gambas con salsa rosa.

Baja la vista hacia mis manos vacías.

—Deja que seleccione algunos de mis favoritos para ti. Confía en mí.

Le sonrío.

—Me tienes intrigada.

Me guiña el ojo antes de alejarse a paso veloz hacia la mesa de los aperitivos. Coge un plato y comienza a apilar sobre él una cantidad inquietante de tentempiés. Ay, madre. ¿Por qué está acumulando tanta comida? Procuro no excederme en el desayuno ni en el almuerzo, y ya me he comido una ensalada antes de venir. ¿Qué pretende hacer conmigo este hombre?

Estoy a punto de sufrir un ataque de pánico al ver todo lo que está amontonando en el plato, pero es un plato pequeño, así que no es para tanto. Bastará con que mañana tome una cena frugal.

—Aquí tienes. —Regresa a toda prisa a mi lado, ansioso por mostrarme el botín que ha reunido para mí—. Estos son mis preferidos. Prueba la tartaleta de setas primero.

La cojo y le doy un mordisco. Está de muerte. Así a ojo, calculo que solo en ese bocado había unas quinientas calorías. No me extraña que Douglas tenga papada. Y no le preocupa, porque no es mujer y porque está forrado.

—Bueno —dice—. Ahí hay una obra llamada *Pantalón*. ¿Te atreves a aventurar qué es lo que vamos a ver?

Sonriente, me sostiene la mirada a pesar del generoso escote de mi vestido. Cuando he venido a este lugar esta noche con la intención de seducir a Douglas Garrick, no esperaba encontrarme con este hombre.

Esto va a resultar mucho más fácil de lo que imaginaba.

47

Paso número dos: cásate con el pardillo asquerosamente rico

Tres años antes

A veces Douglas me saca de quicio.

Me está torturando. Se hace pasar por un tipo majo —campechano, incluso, teniendo en cuenta el cargo que ocupa y su fortuna personal—, pero es un sádico. No hay otra explicación posible para su comportamiento.

—¿Qué crees que haces? —le espeto.

Por lo menos tiene la delicadeza de aparentar vergüenza. ¡Más le vale! No solo se sienta en el salón en calzoncillos —¡bóxers, para más inri!—, sino que se supone que debemos llegar a la fiesta en casa de Leland Jasper dentro de menos de una hora, y el señorito ni siquiera ha empezado a prepararse para salir. Yo, que lo había planificado todo al segundo con el fin de que nos retrasáramos lo justo para hacernos los interesantes, y él ahí, en la cocina, en pantalón de chándal y camiseta, comiendo Nutella directamente del bote con un cuchillo de untar.

Mi corazón no soporta tanta locura.

—Me ha dado hambre —alega. Deja el cuchillo en la encimera, pringando de aquella sustancia marrón la superficie de mármol.

—Douglas —digo con la paciencia a punto de agotarse—. Tenemos que irnos dentro de diez minutos y tú ni siquiera estás vestido.

—¿Irnos adónde?

Me está mortificando. Lo hace a propósito. No concibo que su actitud no sea deliberada; nadie puede andar tan perdido por la vida.

—¡A casa de Leland! ¡La fiesta es esta noche!

—Ah, ya —refunfuña, frotándose las sienes—. Jo, ¿de verdad tenemos que ir? ¿No habíamos quedado en que Leland y su marido nos caen fatal? Además, ¿qué clase de nombre es Leland? Seguro que se lo ha inventado ella.

Tiene razón en todo, pero eso no significa que podamos saltarnos esta fiesta. Asistirá todo el mundo que es alguien. Y quiero que me vean con mi vestido de Prada nuevo y mi cabellera color caoba perfectamente arreglada y con mechas, del brazo de mi prometido, de fortuna incalculable, que lucirá un traje de Armani que le disimula la barriga. Yo lo escogí para él con ese propósito expreso. Antes de estar conmigo, iba por ahí con trajes baratos que le resaltaban la curvatura del abdomen.

—Nos tenemos que ir —digo con los dientes apretados—. No quiero oír ni una palabra más. No discutas y vístete de una vez.

—Pero, Wendy… —Douglas me agarra del brazo y me atrae hacia sí. Le huele el aliento a avellanas—. No me fastidies, esa fiesta va a ser un rollo. ¿Y si mejor…, yo qué sé, vamos al cine los dos solos, como cuando empezábamos a salir? ¿La nueva peli de los Vengadores te parece bien?

Algo que ignoraba sobre Douglas antes de conocerlo es que era un friki incurable. Ni siquiera se esfuerza por disimularlo. Lo único que le interesa es ver películas de superhéroes y hacer el vago en el sofá con el ordenador portátil sobre las piernas, comiendo Nutella del tarro. Solo llegó a convertirse en director general de Coinstock porque es un genio chiflado que inventó una tecnología que acabaron utilizando todos los bancos del país.

—Vamos a ir a esa fiesta —sentencio. Tengo la sensación de haberlo repetido cien veces. De verdad, este hombre nunca me escucha—. Y, ahora, vístete. Rapidito.

—Vale, vale.

Se inclina hacia mí en un intento de plantarme un beso con sabor a Nutella, pero, como voy vestida de Prada, retrocedo y alzo las manos para mantenerlo a raya.

—Ya me besarás cuando te hayas cambiado —le digo.

Después de guardar el tarro en la despensa, Douglas pasa arrastrando los pies de la cocina a nuestro diminuto salón. Solo tenemos tres habitaciones, y una de ellas es el despacho de Douglas, así que únicamente contamos con dos dormitorios. En cuanto nos casemos, emprenderemos una reforma integral, además de comprar la casa de mis sueños en las afueras. Bueno, en realidad es la casa de los sueños de Douglas, porque vivir en las afueras desde luego no es mi sueño.

Sonrío cada vez que pienso en la casa en la que nos instalaremos algún día. Cuando yo era niña, mi padre trabajaba como empleado de mantenimiento, y mi madre en un centro preescolar, donde apenas ganaba el salario mínimo. Vivíamos en una casa minúscula y yo compartía habitación con mi hermana menor, que mojaba la cama por la noche hasta después de cumplidos los ocho años. Como yo era buena estudiante, conseguí una beca para ingresar en una escuela secundaria de alto copete, donde los otros chicos se burlaban de mí por no vestir tan bien como ellos.

Yo solo quería unos vaqueros de diseño como los de mi preciosa y cruel compañera Madeleine Edmundson. Y tal vez una chaqueta de invierno que no fuera una prenda heredada y llena de rotos.

Creía que en la universidad conseguiría dar un giro a mi suerte, pero las cosas no salieron como esperaba. Hubo un incidente lamentable en el que me acusaron de copiar, y no me dejaron cursar el tercer año allí. Todas mis perspectivas profesionales se fueron al garete cuando me expulsaron del campus.

Cómo me gustaría que me vieran ahora.

Como si no estuviera ya bastante estresada, el timbre suena justo en este momento. Me dispongo a avisar a Douglas de que voy a abrir la puerta a quien sea que haya llamado.

—Debe de ser Joe —dice él—. Viene a traerme unos papeles que necesito. Será solo un momento.

Joe Bendeck es el abogado de Douglas. Aunque seguramente mi marido debe parte de su fortuna a su buen hacer, no es mi persona favorita en el mundo, y él tampoco esconde demasiado su aversión hacia mí. Me alegro de que sea Douglas quien tenga que deshacerse de él.

Por otro lado, me extraña que se pase por casa tan tarde. No es la primera vez, pero desde luego no es lo habitual. Me pregunto qué querrá…

Me quedo cerca de ellos, donde no pueden verme, escuchando su conversación. Aunque Douglas no suele hacerme partícipe de sus asuntos, procuro enterarme de todo lo posible, por lo que pueda ocurrir.

—¿Está todo aquí? —dice la voz de Douglas.

—Sí —responde Joe—. Y te he traído otra cosa…

Oigo un revolver de papeles. El sonido de un sobre al abrirse.

—Ostras, Joe, ya te he dicho que no puedo pedirle esto…

—Tienes que hacerlo, Doug. Faltan solo unas semanas para la boda, y no puedes casarte con esa mujer sin antes firmar un acuerdo prematrimonial.

—¿Por qué no? Me fío de ella.

—Craso error.

—Oye, no puedo… Eso sería empezar con mal pie la vida de casados.

—Te daré unos consejos legales gratis, Doug. Si lo vuestro no sale bien, ella se quedará con la mitad de todo el fruto de tu trabajo. Este documento es lo único que puede protegerte. Casarte con ella sin pedirle que lo firme sería una soberana idiotez.

—Pero…

—Sin peros. No vas a llevar a esa mujer al altar a menos que estampe su firma en esto. Si ella te quiere de verdad y no tiene la menor intención de divorciarse, no debería importarle, ¿verdad?

Aguanto la respiración mientras aguardo la respuesta de Douglas. Espero que le diga a Joe que se vaya a hacer puñetas. Pero, además de su abogado, Joe es la persona con quien mantiene una amistad más antigua y estrecha.

—Está bien —dice Douglas—. Me ocuparé de ello.

48

Las condiciones son sumamente generosas —me informa Joe Bendeck.

Está con Douglas y conmigo en el salón, explicándome uno a uno los términos del acuerdo. Douglas no me lo mostró aquella noche. Esperó varios días más para suavizar el golpe con flores y un collar de diamantes de Tiffany's. No se puede decir que eso lo suavizara mucho.

—No me siento cómoda con la idea de un acuerdo prematrimonial. —Me vuelvo hacia Douglas, que está sentado junto a mí, todo zarrapastroso con sus vaqueros y camiseta—. Cariño, ¿de verdad tenemos que pasar por esto?

—Es muy generoso —repite Joe—. Recibirás diez millones de dólares en caso de divorcio, pero no podrás hacer reclamaciones sobre el resto de sus activos.

—No me interesan sus activos. —Le poso la mano en la rodilla a Douglas. Noto el tacto de la tela gastada—. Solo quiero que me dejen casarme tranquila.

—Pues entonces fírmalo —dice Joe— y no volveré a incordiarte con el tema.

—Es solo que… —Me saco del bolsillo un pañuelo bordado y me lo llevo a los ojos—. Creía que confiabas en mí, Douglas.

—Madre mía —farfulla Joe—. Doug, no me digas que te crees esa pantomima.

Tras fulminar a su amigo con la mirada, Douglas me abraza por los hombros. Es incapaz de resistirse al llanto de una mujer.

—Wendy, no se trata de eso en absoluto. Claro que confío en ti. Y te quiero muchísimo.

Alzo el rostro bañado en lágrimas para mirarlo.

—Yo también te quiero.

—Pero no podemos casarnos sin un acuerdo prematrimonial. Lo siento.

Veo en sus ojos que habla en serio. Joe le ha insistido tanto que ha acabado por comerle el coco.

Echo un vistazo a los documentos que tengo delante, en la mesa de centro. Forman un fajo de cinco centímetros de altura. Sin embargo, Joe me ha subrayado los puntos principales. Ahí pone, negro sobre blanco, que si nos divorciamos me corresponderán diez millones de dólares. Es mucho menos de la mitad del patrimonio de Douglas, pero tampoco es moco de pavo. Me bastarán para llevar una vida confortable hasta el final de mis días si las cosas entre nosotros no funcionan.

Aunque el divorcio no entra en mis planes. Espero que Douglas y yo sigamos juntos hasta que la muerte nos separe y blablablá. Pero nunca se sabe. Él es un diamante en bruto, y reconozco que cabe la posibilidad de que no consiga pulirlo a mi gusto.

—Está bien —cedo—. Lo firmaré.

49

Paso número tres: disfruta la vida de casada... durante un tiempo

Dos años antes

—La leche, vaya pedazo de piso.

Douglas no las tiene todas consigo respecto a comprar este ático. Cree que deberíamos quedarnos para toda la vida en ese diminuto apartamentucho de tres habitaciones. Bueno, tenemos la casa que adquirimos en Long Island, pero no sé cuánto tiempo pasaré ahí. Pero a Douglas le gusta. Tiene cinco dormitorios, y él no para de darme la brasa con los hijos con los que la vamos a llenar.

—Este ático no es más grande que el piso de Orson Dennings —señalo.

Tammy, nuestra agente inmobiliaria, asiente con entusiasmo.

—Es solo un ático de gama media.

Douglas levanta la vista hacia los tragaluces, parpadeando.

—¡Es que no entiendo para qué necesitamos un ático teniendo nada menos que una casa!

No había descubierto lo tacaño que es mi esposo hasta que nos embarcamos en la búsqueda de un piso. Cualquier cosa de más de cuatro dormitorios le parece «demasiado grande», y menciona continuamente la casa en Long Island como si alguien quisiera estar allí todo el tiempo. Por favor.

—Yo estaba dispuesto a conservar el piso para alojarme ahí cuando tuviera una reunión en la ciudad —me recuerda—, no para usarlo como vivienda habitual. Para eso está la casa.

—¿Por qué solo podemos tener una vivienda habitual?

—Porque no estamos como cabras.

—Mucha gente mantiene residencias tanto en la ciudad como en las afueras —tercia Tammy.

—¡Ya tenemos una residencia en la ciudad! —replica Douglas.

Empieza a desesperarse. Douglas se crio con su madre soltera en un apartamento de Staten Island. Fue a un instituto especial para lumbreras y se pagó los estudios en el MIT con una combinación de becas, trabajos a tiempo parcial y préstamos. No está acostumbrado a tener dinero. No sabe qué hacer con él.

Debería aprender de mí. Mi padre nunca tuvo un coche que no fuera de segunda mano, y mi madre se pasaba el día recortando cupones de descuento. No se tiraba a la basura ni una sola prenda adquirida por mi hermana mayor hasta que las otras tres hubiéramos tenido la oportunidad de aprovecharla también. Toda la ropa se usaba hasta que quedaba reducida a hilachas.

No me gustaba nada vivir así. Por la noche me quedaba en la cama despierta, fantaseando con llegar a ser rica algún día. Y, ahora que lo somos, ¿por qué no hemos de disfrutar de todo lo que habíamos deseado tener?

Después de una infancia en la pobreza, ambos tenemos dinero. Qué menos que se note.

—Douglas. —Le deslizo el dedo por el brazo—. Sé que parece un lujo un poco excesivo, pero es el piso de mis sueños. Me he enamorado de él.

—Además —dice Tammy—, han rebajado el precio.

—Porque nadie puede permitirse pagar esta burrada —refunfuña Douglas, aunque noto que empieza a ablandarse.

—Por favor, cariño —insisto, haciéndole ojitos—. Así tendremos un lugar donde pasar la noche cuando vengamos con los niños a la ciudad.

Esto siempre funciona con él. Cada vez que quiero salirme con la mía, solo tengo que sacar a colación nuestros ficticios futuros hijos. Douglas quiere cuatro, pero no es él quien tiene que parirlos.

—Está bien. —Suaviza su expresión—. A la porra. Supongo que se podrá desgravar o algo.

—¡Claro! —gorjea Tammy, que miente más que habla.

—Gracias, amorcito. —Me inclino para besar a mi marido. Cuando me rodea con los brazos, no puedo evitar reparar en que está un poco más fofo que cuando nos conocimos, aunque la tendencia debería ser justo la contraria. Habrá que dedicar más esfuerzos a corregir eso, entre otras cosas. Douglas sigue siendo un proyecto en construcción.

50

Me encanta almorzar con mi amiga Audrey. Nadie cuenta cotilleos más jugosos.

Siempre deseé llevar una vida así, con plena libertad para comer con una amiga en uno de los restaurantes más caros de la ciudad cuando me apetezca. En ocasiones, me entran ganas de darme un pellizco para asegurarme de no estar soñando.

Y hay otras ocasiones en que estar con Douglas me absorbe hasta la última gota de energía. A veces me gustaría pellizcarlo a él.

Audrey parece ansiosa por referirme alguna noticia sensacional. Está casada con un hombre bastante adinerado (y bastante mayor que ella), aunque no tan rico como Douglas. Ni por asomo podría permitirse un ático como el nuestro.

—No te lo vas a creer —dice Audrey mientras se da unos toquecitos con la servilleta en los labios color frambuesa. Este gesto siempre precede a la revelación de algún chisme fabuloso. No sé cómo se entera de todas estas cosas; yo nunca le confiaría un secreto sobre mí misma—. Ginger Howell ha conseguido el divorcio.

—Uf —digo—. Mira que lo tenía crudo.

Carter, el marido de Ginger, es todo lo contrario de Douglas, un tipo ultraposesivo que nunca le quitaba ojo a Ginger en las fiestas. Cada vez que ella quedaba con nosotras tenía que informarle con exactitud de la hora en que iba a salir, lo que iba a hacer y cuándo volvería. Aunque estoy segura de que eso debía de resultarle agotador a Ginger, había algo en la actitud autoritaria de su esposo que me parecía atractivo. Carter es de un guapo arrebatador y, a diferencia de mi marido, se mantiene en forma.

—Bueno… —Audrey mordisquea una hoja de lechuga—. Millie le ha echado una mano.

—¿Millie? ¿Y esa quién es?

Audrey se queda mirándome atónita, y se me sonrojan las mejillas. ¿Será la tal Millie una figura importante en nuestro círculo social de la que me he olvidado por algún motivo?

—Es una mujer de la limpieza —dice Audrey sin embargo.

—Vale…

—Pero tiene cierta fama… —Audrey baja ligeramente la voz, señal de que está a punto de soltarme un auténtico bombazo—. Ayuda a mujeres que tienen problemas con sus maridos. Las saca del apuro.

—¿Problemas?

Repaso en mi cabeza la interminable lista de costumbres molestas de Douglas. Cada vez que va al baño, gasta la mitad de un rollo de papel. Se come la comida de la nevera directamente del envase, pese a que le tengo dicho que no lo haga. No le da la gana aprender qué tenedor debe usar en cada momento cuando vamos a un restaurante caro, e, incluso cuando se lo explico antes de empezar a comer, se equivoca la mitad de las veces, lo que me lleva a sospechar que escoge a voleo.

Al principio, yo creía que podría hacerlo cambiar; que, con mi ayuda, se convertiría en mejor persona, como en mi caso. Sin embargo, más bien parece que va a peor.

—Problemas graves —aclara Audrey—. Por ejemplo, el marido de Ginger la maltrataba. Acostumbraba a pegarle, y hasta le rompió el brazo.

—¡Caray! —jadeo. La verdad es que ese problema no lo tengo. Douglas nunca me levantaría la mano. La mera idea lo horrorizaría—. Qué espanto.

Ella asiente, muy seria.

—Así que Millie les echa una mano. Les dice lo que deben decir y hacer. Les facilita los medios para ello. A Ginger le consiguió un abogado estupendo. Incluso dicen que ha ayudado a algunas mujeres a desaparecer cuando no les quedaba otro remedio.

—Vaya.

—Y eso no es todo. —Después de masticar otra hoja de lechuga, Audrey se limpia los labios con la servilleta—. Se rumorea que, en un par de situaciones desesperadas, Millie..., ya sabes, quitó de en medio al tipo.

Me llevo la mano a la boca.

—No...

—¡Sí! —Audrey parece encantada de compartir este secreto conmigo—. Es de armas tomar, de verdad. Muy peligrosa. Si cree que un tío le está haciendo daño a una mujer, no se detendrá ante nada hasta pararle los pies. Estuvo en la cárcel por agredir brutalmente a un chico que intentaba violar a su amiga. Lo mató.

—Cielo santo...

Después de tomar otro bocado de ensalada, Audrey aparta el plato.

—No puedo más —anuncia, aunque se ha dejado la mitad, y no era más que una pequeña ensalada verde—. Wendy, ¿seguro que no quieres comer nada?

Tomo un sorbo de mi cóctel mimosa.

—He desayunado fuerte.

Me mira con los ojos entornados, tal vez porque en las tres últimas ocasiones en que hemos almorzado juntas no he pedido ningún plato. Pero siempre me tomo una copa.

—Por lo que veo, no ha habido suerte con lo del bebé.

Me maldigo por haberle mencionado hace unos meses que Douglas estaba ansioso por tener un hijo. Se me escapó. Llevamos casi un año intentándolo. La cosa no ha ido bien. En el sentido de que no me he quedado embarazada, se entiende.

—Todavía no —digo.

—Conozco a un especialista en fertilidad fabuloso —dice Audrey—. Laura fue a verlo, y fíjate tú.

Nuestra amiga Laura tiene dos críos gemelos, que no paraban de chillar la última vez que me encontré con ellos en la calle. Me estremezco.

—No hace falta. Preferimos seguir intentándolo a la antigua.

—Ya, pero empiezas a tener una edad —me recuerda—. El reloj no se detiene, Wendy.

—De acuerdo, pásame el número de ese especialista.

Lo guardo en mi teléfono, aunque no tengo la menor intención de llamarlo. Pero de este modo, si Douglas me hace alguna pregunta al respecto, al menos podré fingir que me preocupo por el asunto.

51

Paso número cuatro: date cuenta de que tu marido y tú no congeniáis ni por casualidad

Un año antes

Cuando Douglas entra en el comedor de nuestra casa en Long Island, se para en seco al ver lo que hay en la mesa.

—¿Dónde está el resto de la cena? —pregunta—. ¿En la cocina?

—No. —Yo ya estoy sentada, con la servilleta en el regazo—. Esta es nuestra cena. Blanca nos ha preparado una ensalada.

Douglas contempla los vegetales crudos como si le hubieran servido un bol de veneno.

—¿Y ya está? ¿Esta es toda la cena?

Exhalo un suspiro. Recuerdo que me fijé en la papada de Douglas desde el primer momento en que lo vi; esa misma noche me juré que lo pondría en forma para hacerla desaparecer. No solo no lo he conseguido, sino que está incluso en peor forma que entonces. La verdad es que ni siquiera parece importarle.

—Lleva lechuga, tomate, pepino y zanahoria rallada —le digo—. Comer ensalada todos los días es lo que impide que me ponga como un tonel. Deberías probarlo.

—Wendy, estás hecha un palillo —señala—. Te aterra la idea de comer cualquier cosa que no sea una hoja de lechuga o un tallo de apio.

Me pongo rígida.

—Perdóname por cuidar mi salud.

—Me tienes preocupado. —Se sienta delante de la ensalada con el ceño fruncido—. Te estás matando de hambre. Y ayer, después de ir a correr, te desmayaste.

—¡Eso no es cierto!

—¡Que sí! Te pusiste muy pálida, te sentaste en el sofá y no había manera de despertarte. Por poco llamo una ambulancia.

—Simplemente estaba cansada porque había corrido mucho. —Alegro la cara—. ¿Por qué no me acompañas a correr mañana?

—Huy, dudo que pudiera seguirte el ritmo.

Ladeo la cabeza.

—Hum. Entonces ¿quién es el poco sano aquí?

Douglas se rasca el oscuro cabello.

—A lo mejor es por tu extrema delgadez por lo que no te quedas embarazada. He leído que no es bueno para la fertilidad.

—Ya estamos —gruño—. ¿Por qué siempre tienes que sacar el tema? ¿No podemos mantener una conversación sin que acabes echándome la culpa por no haber concebido todavía?

Douglas abre la boca para replicar, pero parece cambiar de idea.

—Perdona, tienes razón.

Baja la vista a la ensalada que tiene delante. Arruga la nariz.

—¿Está aliñada, por lo menos?

—Con una vinagreta baja en calorías.

—No la veo.

—Es incolora.

Ataca la lechuga crujiente con el tenedor y ensarta varios trozos. Se los lleva a la boca y mastica.

—¿Seguro que está aliñada? Porque siento como si me estuviera comiendo el césped del jardín.

—Le he dicho a Blanca que echara solo un chorrito. Es baja en calorías, pero algunas tiene.

Douglas continúa mascando. La nuez le sube y le baja en el cuello cuando se traga el bocado de ensalada. Una vez que ha terminado, echa su silla hacia atrás con un chirrido y se levanta.

—¿Adónde vas? —le pregunto.

—Al KFC.

—¿Qué? —Me pongo de pie—. Vamos, Douglas. No te rindas. Estamos juntos en esto.

—¿Por qué no me acompañas?

—Es broma, ¿no?

—Cuando salíamos, a veces íbamos a restaurantes de comida rápida —me recuerda. Es verdad, aunque he intentado borrar esos penosos recuerdos—. Venga. Vamos al servicio por ventanilla. Será divertido. Me han contado que hay un bocata en el que el pan está hecho con pollo frito. No me digas que no te apetece probarlo o, por lo menos, ver qué pinta tiene.

Se suponía que mis días de comida rápida habían llegado a su fin al casarme con un magnate de la tecnología. Muevo la cabeza de un lado a otro.

Douglas me mira con tristeza, pero no entra en razón. Sale de la casa, sube a su coche y arranca, supongo que para pedirse un bocata con pan hecho de pollo frito.

En este momento cobro conciencia de que no puedo seguir guardándole fidelidad a mi marido, porque ya no lo respeto.

52

En vista de que mi matrimonio se desmorona, decido que se impone una sesión de terapia de compras. Más concretamente, necesitamos muebles nuevos.

Espero a volver a la ciudad, porque es imposible encontrar algo decente en Long Island. Sin consultarme, Douglas ha hecho transportar casi todos los enseres de su piso a nuestro ático, y es espantoso. Todo parece comprado en alguna de esas tiendas que llevan la palabra «ahorro» o «fábrica» en el nombre. Me pongo mala solo de mirarlos.

Intenté explicarle a Douglas que los muebles de una casa deben armonizar entre sí, y que unas piezas clásicas y antiguas no solo harían juego unas con otras, sino también con el estilo neogótico de nuestro edificio. Él se quedó mirándome con cara de incomprensión porque no le había hablado en un lenguaje que él entendiera, como JavaScript o Klingon o el que sea. Al final, asintió y me dijo que comprara lo que me diera la gana.

Así que me dispongo a salir a la caza de bellas antigüedades con las que decorar nuestro dúplex cuando me tropiezo con Marybeth Simonds en el vestíbulo del edificio.

Marybeth es recepcionista en la empresa de Douglas. He coincidido con ella un par de veces, y es bastante agradable.

Tiene cuarenta y pocos años, una cabellera rubia que empieza a encanecer y un rostro anodino. Siempre lleva unas faldas horteras con el largo óptimo para resaltar la gordura de sus pantorrillas. La primera vez que la vi, dictaminé que no representaba una amenaza para la fidelidad de mi marido y no le di más vueltas.

—¡Wendy! —exclama—. Qué bien que te he pillado antes de que te fueras.

Sujeta un sobre de papel manila que sin duda contiene uno de esos documentos aburridísimos dirigidos a Douglas. Tiene que traérselos porque él rara vez va a la oficina. Prefiere trabajar en una de las varias cafeterías desperdigadas por la ciudad, o bien en nuestra casa de Long Island.

—¿Está Doug en casa? —me pregunta.

—No, lo siento. —Bajo la mirada a mi reloj—. Y no tengo tiempo para encargarme de esos papeles. Tendrás que dejárselos al portero.

La sonrisa de Marybeth flaquea unos instantes, pero ella asiente con la cabeza. Douglas la aprecia por su buen talante, lo que sospecho que significa que se deja pisotear.

—Claro, faltaría más, Wendy. ¿Adónde vas?

Este exceso de familiaridad me toma por sorpresa, pero entonces me acuerdo de cuando yo era pobre y la vida cotidiana de los multimillonarios me fascinaba. Leía artículos sobre personas como aquella en la que me he convertido.

—Bueno, a comprar unos muebles —le digo.

—¿Muebles? —Se le iluminan los ojos—. Mira por dónde, Russell, mi marido, es gerente de una tienda de muebles. Es un establecimiento pequeño, pero tiene unos muebles impresionantes. Además, te haría un buen descuento. —Por poco se le cae el sobre de papel manila cuando se pone a hurgar en su bolso. Al final saca un rectángulo de cartón blanco con una pequeña mancha de carmín—. Su tarjeta. Tú solo dile que vas de mi parte.

Cojo la tarjeta entre la punta del índice y el pulgar, pues me da aprensión tocar algo que estaba en el bolso de Marybeth junto con vete tú a saber qué cosas.

—Muy bien. Ya veremos.

—Bueno… —Me sonríe de oreja a oreja—. Me alegro de verte, Wendy.

Echa a andar hacia la portería, pero antes de que llegue la llamo por su nombre.

—Marybeth…

Ella se vuelve, con la misma sonrisa amable estampada en la cara.

—¿Sí?

—Te agradecería que te refirieras a mí como «señora Garrick» —le digo—. A fin de cuentas, no somos amigas. Soy la mujer de tu jefe.

A Marybeth le cuesta seguir sonriendo.

—Por supuesto. Lo siento mucho, señora Garrick.

Me pregunto si no habré sido demasiado borde. Por otro lado, no me casé con uno de los hombres más ricos de la ciudad para que su recepcionista me llame «Wendy».

53

Solo para demostrar que no soy la mujer más desalmada en la faz de la tierra, decido comprarle un par de muebles a Russell Simonds. No pasa nada por ayudarles a hacer un poco de negocio. Y si, tal como sospecho, son demasiado horteras para meterlos en mi casa, siempre puedo donarlos a la beneficencia.

Es una tienda compacta, lo que no me sorprende. Supongo que me encontraré con unos sofás toscos y rígidos, pero al entrar veo ante mí una cómoda preciosa. Me paro un momento a contemplar el deslumbrante tocador de roble, cuidadosamente lijado y teñido, y rematado con un bonito espejo ornamentado. Deslizo el dedo sobre uno de los cajones ensamblados a cola de milano, todos ellos dotados de una pequeña cerradura.

Es justo lo que he estado buscando. Necesito esto en mi hogar.

—Una pieza magnífica, ¿verdad?

Giro la cabeza para identificar al propietario de la voz cálida y profunda que ha sonado detrás de mí. Durante una fracción de segundo, casi me parece estar viendo a mi esposo. Pero no, está claro que este hombre no es Douglas Garrick. Posee una estatura y una constitución similares —o la constitución que tendría Douglas si fuera al gimnasio de vez en cuando—, y su cabello es más o menos del mismo color, pero luce un corte impecable. Aunque trabaja en una tienda de muebles, lleva una camisa de vestir blanca bien planchada y una corbata anudada a la perfección. Su aspecto es el del hombre en el que me propuse convertir a Douglas cuando lo conocí en aquella exposición de arte moderno. Es Douglas 2.0, mientras que mi marido no llega ni a versión beta.

—Es una reliquia —me asegura—. La restauré yo mismo.

—Hizo una labor magnífica —digo, casi sin aliento—. Me encanta.

Cuando me sonríe noto un ligero temblor en las rodillas.

—Esa no es manera de regatear.

—No me interesa regatear —digo—. Cuando quiero algo, no paro hasta conseguirlo.

Le asoma un brillo socarrón a los ojos al oír mi comentario.

—Me llamo Russell. —Me tiende la mano y, cuando se la estrecho, un grato cosquilleo me trepa por el brazo—. La tienda es mía, y me encantaría venderle este tocador hoy. Seguro que quedaría de cine en su piso.

Russell Simonds. Debe de ser el marido de Marybeth. Por algún motivo, me esperaba que fuera un barrigudo con el pelo canoso y ralo en la coronilla. No me imaginaba nada parecido a este hombre.

—Me llamo Wendy Garrick —le digo—. Su esposa Marybeth trabaja para mi marido. Me ha recomendado que viniera.

Una sonrisa juguetona le baila en los labios.

—Me alegro de que lo haya hecho.

Acabaré comprándome media tienda. Cada vez que Russell me muestra un mueble antiguo restaurado, me entra el ansia de tenerlo. Y cuando le paso mi tarjeta con un límite de crédito escandalosamente alto, él saca su tarjeta de visita, nuevecita y de un blanco radiante, y garabatea diez dígitos en el dorso.

—Si tiene algún problema con los muebles, avíseme —me dice.

Me guardo la tarjeta en el bolso.

—Ni lo dude.

Y mientras Russell suma el importe de mis compras en la caja, no puedo evitar pensar que hay otro artículo de la tienda que me gustaría llevarme a casa. Y, cuando quiero algo, no paro hasta conseguirlo.

54

Paso número cinco: trata de encontrar la felicidad allí donde vayas

Seis meses antes

Puede que me esté enamorando.

Intenté enamorarme de Douglas. De verdad que sí. Creía que mi cariño hacia él crecería cada día. Creía que él cambiaría, del mismo modo que yo había cambiado al tomar las riendas de mi vida. Ni se imagina lo guapo que estaría si se cuidara un poco, recurriera a algo de cirugía plástica o se arreglara ese diente torcido (por Dios santo, ¿cómo puede un multimillonario pasearse por ahí con una dentadura imperfecta? ¿Se cree que estamos en Inglaterra?).

Pero a Douglas todo esto le da igual. No muestra el menor interés por transformarse en el hombre que yo quiero que sea. Se conforma con seguir siendo él mismo.

En cambio, Russell…

Aunque ya hace seis meses que me acuesto con él, no puedo apartar la vista de ese hombre sentado al otro lado de la mesa; de su cabello color chocolate oscuro que lleva muy corto en los lados, pero lo bastante largo arriba para que se le rice ligeramente; de sus cejas gruesas y poderosas. Nunca había descrito unas cejas como «poderosas», pero es que ellas solas le confieren una presencia imponente. Es el rasgo suyo que más me gusta. Aunque, para ser sincera, todo en él me encanta.

Excepto su cuenta corriente.

La camarera se acerca con una sonrisa de oreja a oreja en la cara. En los restaurantes caros como este, el personal de servicio siempre derrocha amabilidad. Douglas detesta esta clase de sitios. «No me gusta que estén encima de mí todo el rato».

—¿Desean algún postre? —nos pregunta la camarera—. Tenemos una tarta de chocolate sin harina sensacional.

—No, gracias —dice Russell.

Le doy la razón con un gesto. Nunca tomamos postre. Russell se cuida, como yo. Va al gimnasio varias veces por semana y su cuerpo es puro músculo esculpido, salvo por la pequeña barriga, inevitable en un cuarentón. Lástima que Marybeth no sepa apreciar lo que tiene. Ni siquiera se toma la molestia de teñirse de rubio; dentro de pocos años, tendrá el pelo más blanco que un oso polar.

Russell alarga los brazos por encima de la mesa para tomarme de las manos, algo del todo inapropiado considerando que estamos en público y ambos somos personas casadas. Sin embargo, en las últimas semanas de nuestra tórrida aventura, hemos dejado un poco a un lado la precaución. Una parte de mí casi está deseando que nos pillen. Porque, por primera vez en la vida, estoy enamorada.

Si Douglas me pide el divorcio, cogeré mis diez millones y adiós, muy buenas.

—Ojalá no tuviera que volver al trabajo —murmura Russell.

—Podrías llegar tarde —sugiero.

Una sonrisa le juguetea en los labios. Me encanta su apasionamiento. Douglas dejó de ser así poco después de que nos casáramos, y antes tampoco era tan hábil en la cama como Russell. Nunca tuvo el mismo vigor.

Durante una temporada, reservábamos habitación en un hotel para nuestros escarceos, pero últimamente Douglas apenas para en nuestro ático, así que desde hace un tiempo me llevo allí a Russell. Entramos por la puerta trasera, donde sé a ciencia cierta que no hay cámaras, por lo que estamos a salvo de la mirada desaprobatoria del portero.

—No debería —responde Russell—. Hay muchos clientes en la tienda estos días.

—¿No están para eso los dependientes?

Por lo general, aparte de Russell, hay un empleado en la tienda, aunque podría permitirse otro ahora que prácticamente le financio el negocio con mis compras. En honor a la verdad, adoro todas y cada una de las antigüedades que he adquirido ahí. Russell está dotado de un gusto impecable. Si tuviera dinero, sabría muy bien cómo gastarlo.

—¿Por qué no esta noche? —propone.

—¿Y qué pasa con Marybeth?

Tuerce los labios con desagrado, como siempre que sale a colación el tema de su esposa. La aversión que compartimos hacia nuestros respectivos cónyuges es algo que nos ha unido aún más.

—Le diré que voy a trabajar hasta tarde otra vez.

La camarera nos trae la cuenta y yo le paso mi tarjeta platino. Siempre que vamos a un restaurante de lujo pago yo porque, aunque a Russell no le gusta reconocerlo, anda un poco justo de pasta. Pero eso no me importa. No me interesa por su dinero. De eso tengo de sobra ahora mismo.

—Contaré cada segundo que falta para que llegue esta noche —musita él. Bajo la mesa, me desliza los dedos por debajo de la falda hasta que se me entrecorta la respiración.

—Russell —digo con una risita—. Aquí no, que hay gente.

—No puedo contenerme cuando estoy contigo.

—Russell...

El momento de placer por lo que me está haciendo mi amante se ve interrumpido por el carraspeo de la camarera. Tiene mi tarjeta platino en la mano.

—Lo siento, pero no hemos podido realizar el cobro porque la tarjeta ha sido rechazada.

Pongo los ojos en blanco.

—Será un fallo de sus aparatos. Por favor, vuelva a intentarlo.

—La he pasado tres veces.

Se me escapa un suspiro. Madre mía, los empleados de estos restaurantes suelen ser muy atentos, pero a veces demuestran una incompetencia exasperante. Si se ganan la vida sirviendo mesas, por algo será. Escarbo en mi bolso y saco la Visa.

—Pruebe con esta.

Sin embargo, al cabo de un minuto la camarera regresa con la segunda tarjeta.

—También la han rechazado —me informa en un tono un poco menos amable que cuando nos atendía. Las personas de la mesa de al lado empiezan a mirarnos mal.

No entiendo qué sucede. Estoy casada con el puñetero Douglas Garrick. Mi límite de crédito es infinito. Seguro que es culpa del restaurante, pero no parece que otros clientes estén experimentando el mismo contratiempo.

—Pruebe con mi tarjeta —tercia Russell, extrayéndola de su cartera y tendiéndosela.

Mientras la camarera se aleja a paso veloz con ella, le dirijo a Russell una mirada de disculpa.

—Me sabe fatal. No sé qué está ocurriendo.

—Tranquila —dice, aunque en realidad no puede permitirse comer en un lugar como este. No lo habría traído aquí de haber sabido que iba a pagar él. Pero ahora mismo poco se puede hacer al respecto.

La tarjeta de Russell pasa sin incidencias. Algo no va bien con mis tarjetas. ¿Tenemos algún problema bancario del que no estaba enterada? Las personas como nosotros no acumulan deudas con la tarjeta de crédito. Por otro lado, la verdad es que no me mantengo al tanto de nuestras finanzas. Tengo mis tarjetas y las uso sin comerme la cabeza.

Ya se lo preguntaré a Douglas esta noche.

55

He llamado varias veces a Douglas y no me coge el teléfono. También le he mandado varios mensajes de texto a los que no ha respondido.

No sé qué pasa. He probado las tarjetas de crédito en otro comercio, y también ahí me las han rechazado, lo que demuestra que no era cosa del restaurante.

He llamado a la compañía de la tarjeta para intentar llegar al fondo del asunto y lo que me han dicho me ha dejado de piedra: mis tarjetas están canceladas. Todas.

Al final, decido ir en coche a nuestra casa de Long Island para hablar con Douglas. Aunque tenemos un piso precioso en la ciudad repleto de muebles antiguos, él prefiere la casa. Dice que le gusta el silencio. Duerme mejor sin los bocinazos y las sirenas que suenan a todas horas en la ciudad, y disfruta el aire fresco. Pero Long Island es un sitio aburridísimo. No hay nada que hacer allí, ni un lugar decente donde ir de compras.

Cuando llego a la casa, Douglas no está. Caigo en la cuenta de que no he venido ni una vez en más de una semana, mientras que él ha dormido aquí casi todas las noches. Supongo que mi marido y yo nos hemos distanciado últimamente. Solo nos acostamos una vez al mes, para intentar concebir.

Por lo menos la casa está limpia; al entrar, temía encontrarme cajas de pizza pringosas y calcetines sucios debajo del sofá, porque a veces Douglas es un poco cerdo. El salón tiene un aspecto…, creo que la palabra adecuada sería «acogedor». Mi esposo se ha deshecho del sofá blanco que yo escogí y lo ha sustituido por uno azul marino con cojines de apariencia gastada. Me siento en él para esperar a que regrese. He de reconocer que, aunque no puede ser más horroroso, resulta cómodo.

No es hasta pasadas las nueve cuando oigo el ruido de la puerta del garaje al abrirse. Me incorporo en el sofá y luego decido levantarme. Me espera una de esas conversaciones para las que más vale estar de pie. Lo noto en el aire.

Un minuto después, Douglas entra por la puerta de atrás. Va más despeinado de lo habitual y está ojeroso. Lleva la corbata medio desanudada y, al verme en el salón, se para en seco.

—Has cancelado mis tarjetas de crédito —digo con los dientes apretados.

—Me preguntaba qué haría falta para hacerte venir hasta aquí.

¿Se lo está tomando a broma?

—He almorzado en un restaurante y me han rechazado la tarjeta. No tenía manera de pagar. ¿No te das cuenta de lo mal que lo he pasado?

Douglas se adentra en la sala, tironeándose de la corbata hasta quitársela del todo.

—¿Qué pasa? ¿Russell no llevaba su tarjeta?

Me quedo boquiabierta.

—Pues…

Tira su corbata sobre el sofá.

—No sé de qué te sorprendes. ¿Creías que podías pasearte por toda la ciudad pegándote el lote con otro tío sin que yo me enterara? ¿Creías que podías pagar una habitación de hotel con mi tarjeta sin que yo lo descubriera? ¿Me tomas por idiota o qué?

—Lo…, lo siento. —El corazón me martillea en el pecho. Nunca había oído a Douglas hablar así, aunque en parte me alegro de que estemos manteniendo esta discusión. Me he hartado de estar casada con Douglas Garrick. Es un alivio que esté saliendo todo a la luz—. No era mi intención.

—Venga ya. ¿Eso es lo mejor que se te ocurre? —Me mira con asco—. ¿Y encima con el marido de Marybeth? ¿Cómo has podido, Wendy? Ella es como de la familia.

Será como de la familia para él. Nunca he tenido el menor aprecio por esa mujer, ni siquiera antes de liarme con su esposo. Y ahora que sé lo mala pareja que ha sido para Russell, me cae aún peor.

—¿Se lo has dicho a ella?

Douglas niega con la cabeza.

—No puedo hacerle eso. La destrozaría. —Suelta un resoplido—. Aunque eso a ti te daría igual.

—Nuestro matrimonio tampoco es perfecto, Douglas —señalo—. Lo sabes tan bien como yo.

Mi comentario parece apaciguarlo un poco. La expresión de sus ojos castaños se suaviza. En el fondo, mi marido es un calzonazos. Por eso me casé con él. Sabía que me daría todo lo que le pidiera.

—Creo que deberíamos ir a terapia de pareja —dice—. He encontrado un consejero matrimonial que está muy recomendado. Sé que siempre estoy ocupado, pero buscaré un hueco para esto. Por nosotros.

Me imagino sentada junto a Douglas en la consulta de un terapeuta, ventilando nuestros incontables problemas, que no son más que un reflejo del hecho de que esperamos cosas distintas de la vida.

—No sé...

—Wendy. —Se me acerca y me toma de la mano. Se lo permito por unos momentos, sabiendo que la retiraré dentro de pocos segundos—. No quiero dar lo nuestro por perdido. Eres mi esposa. Y, aunque estamos teniendo algunas dificultades en este sentido, quiero que seas la madre de mis hijos.

Comprendo que ha llegado el momento de sincerarme con él. Tengo que arrancar la tirita de golpe, o me pasaré toda la vida encadenada a este hombre. Además, después de todo este tiempo, merece saber la verdad.

—En realidad —confieso—, no puedo tener hijos.

Contra lo que esperaba, es él quien aparta la mano de golpe.

—¡¿Qué?! Pero ¿qué dices?

—Hace años, contraje una infección que me dañó las trompas de Falopio —le digo. Yo contaba veintidós años en ese entonces. La zona pélvica empezó a dolerme mucho, y más tarde los médicos me explicaron que la infección había sido asintomática hasta que se me había extendido a las trompas. El dolor era tan insoportable que tuve que someterme a cirugía laparoscópica para eliminar algunas de las adherencias, y fue entonces cuando me dijeron que jamás podría concebir por medios naturales. «Existe una pequeña posibilidad de que se quede embarazada con la ayuda de la tecnología reproductiva, pero incluso eso es muy improbable, debido a la extensión de las adherencias».

Oír eso supuso un golpe demoledor para mí. En aquellos momentos maldije mi suerte. Aunque me había criado pobre, soñaba con llenar mi hogar de niños algún día, como habían hecho mis padres. Cuando me enteré de la noticia, lloré durante veinticuatro horas seguidas.

Sin embargo, con el transcurso de los años, descubrí que era una bendición. Vi a muchas amigas agobiadas por la carga familiar y fui testigo de cómo su progenie les vaciaba las cuentas corrientes. Entonces comprendí que era una afortunada por no tener hijos. En realidad, aquella infección era lo mejor que me había pasado.

Douglas mueve la cabeza de un lado a otro.

—No lo entiendo. ¿Me estás diciendo que sabías desde el principio que no podías quedarte embarazada?

—Así es.

Se deja caer sobre el cómodo sofá con la mirada vidriosa.

—Llevamos años intentándolo, y tú sin decir ni mu. Me parece increíble que me hayas mentido así.

Le he dado un disgusto, pero es mejor así. Había que arrancar esa tirita.

—Sé que no es lo que querías oír.

Alza hacia mí los ojos llorosos.

—Bueno, podríamos adoptar, ¿no? O…

Madre mía. Lo que me faltaba, ocuparme de los críos de otra.

—No quiero tener hijos, Douglas. Nunca he querido. Lo que quiero es finiquitar este matrimonio.

—Pero… —Le tiembla la mandíbula inferior. Sigue teniendo papada. En todo el tiempo que hemos estado casados, no he sido capaz de ayudarlo a reducirla siquiera. Lo consideraba un proyecto en construcción, pero no he conseguido construir nada con él—. Yo te quiero, Wendy. ¿Tú a mí no?

—Ya no —respondo. Es más compasivo que decirle que nunca lo he querido—. Ya no quiero estar contigo. No te respeto, y aspiramos a cosas diferentes. Más vale que nuestros caminos se separen.

Cuando me embolse los diez millones de dólares, no tendré que volver a preocuparme de que cancele la puñetera tarjeta de crédito. Seré independiente. Russell podrá dejar a su mujer, y seremos libres de hacer lo que nos plazca.

—Está bien. —Douglas se pone de pie con dificultad—. ¿Quieres el divorcio? Concedido. Pero no vas a recibir ni un centavo de mi dinero.

Por desgracia para Douglas, eso no depende de él. Quiere castigarme, pero conozco mis derechos.

—El acuerdo prematrimonial establece que me tocan diez millones de dólares. No te pediré nada más.

—Es cierto. —La expresión vidriosa ha desaparecido y ha cedido el paso a una mirada penetrante que me enfoca los ojos como un láser—. En caso de divorcio, te corresponden diez millones. Pero, según el acuerdo, si aporto pruebas de que me has engañado, no recibes nada.

Me viene a la memoria el fajo de papeles que Joe me dio a leer antes de la boda. Me había planteado la posibilidad de pedirle a un abogado que los revisara, pero vi que ponía bien claro que, si nos divorciábamos, me llevaría diez millones. Preferí no gastar miles de dólares que no tenía en contratar un abogado.

—Si quieres, te muestro la cláusula que lo estipula. —Le baila una sonrisa en los labios—. Está en la página 178. No entiendo cómo pudiste pasarlo por alto.

Aprieto los puños.

—Joe me engañó. Estaba empeñado en indisponerte contra mí.

—No, de hecho, la idea del acuerdo prematrimonial se me ocurrió a mí. Y también la de la cláusula sobre infidelidad. —Se desabrocha el botón del cuello—. Le pedí que fingiera que era recomendación suya para que no te enfadaras conmigo. Quería que confiaras en mí, aunque yo no me fiaba de ti.

Me quedo mirando a mi marido con rabia creciente.

—Está muy feo que incluyeras una condición como esa sin decírmelo. Eso… es engañoso.

Arquea las cejas.

—Ah, ¿como lo de no decirme que no podías quedarte embarazada, por ejemplo?

Siento una opresión en el pecho. Me cuesta un poco respirar. Douglas siempre insiste en la calidad superior del aire de aquí, pero no lo noto.

—Lo que tú digas. Pero a ver cómo te las apañas para demostrar que te he sido infiel.

Aunque me mate por dentro, más vale que no vea a Russell durante un tiempo. No debo darle a Douglas la menor oportunidad de probar mi infidelidad.

—Ah, no te preocupes. Ya cuento con fotos, vídeos… y toda la pesca.

Se me escapa un grito ahogado.

—¿Has contratado un detective para que me espíe?

Clava en mí una mirada llena de veneno.

—Me bastó con instalar un puñado de cámaras ocultas en nuestro piso. ¿Demasiado sutil?

Mierda. No deberíamos haber sido tan descuidados. De haberlo sabido…

—A lo mejor consigues que te devuelvan tu antiguo trabajo —dice Douglas, pensativo—. ¿A qué te dedicabas? Eras dependienta en unos grandes almacenes, ¿no? Seguro que lo pasabas pipa.

Odio a este hombre. He albergado sentimientos encontrados hacia él durante los últimos tres años, pero nunca había sentido un odio tan intenso contra nadie. Es verdad que no he sido del todo sincera con él, pero ¿dejarme sin un centavo? Hay que ser sádico.

—Pues entonces no quiero el divorcio —digo—. No firmaré los papeles. No conseguirás librarte de mí.

—Como quieras —responde con una tranquilidad desquiciante—. Pero no recuperarás tus tarjetas de crédito. Además, todas las cuentas bancarias están a mi nombre. Te denegaré el acceso.

Nunca me imaginé que Douglas fuera capaz de algo así. Por otro lado, supongo que para llegar a director de una empresa tan grande hay que tenerlos bien puestos.

—Puedes seguir quedándote en el ático —agrega—. Por el momento. Pero dentro de unos meses lo pondré a la venta, así que tú verás qué haces.

Dicho esto, da media vuelta y sale del salón. Se ha dejado la corbata en el sofá, y una parte de mí siente la tentación de agarrarla, enrollársela al cuello y apretar hasta arrancarle la vida.

No lo hago, claro, pero la idea me resulta de lo más sugerente.

Porque si Douglas se divorcia de mí con pruebas de mi adulterio en su poder, me quedaré sin nada. En cambio, tal como consta en su testamento, si muere, lo heredaré todo.

56

Paso número seis: busca la manera de convertir a tu marido en un hombre que merece morir

Cuatro meses antes

—Douglas amenaza con poner el ático a la venta pronto —le digo a Russell—. No sé qué hacer.

Estamos acostados en la gigantesca cama del dormitorio principal. Como me daba pánico volver aquí después de enterarme de que Douglas había puesto cámaras, contraté a un experto para que las localizara y las desinstalara. No estaba dispuesta a marcharme de este piso; al fin y al cabo, es tan mío como de Douglas. Fui yo quien eligió esta cama, aunque seguramente podría contar con los dedos de las manos las veces que Douglas ha dormido en ella. Nunca le ha gustado este dúplex. En cambio, Russell se ha quedado totalmente prendado de él. Le entusiasma tanto como a mí.

Sin embargo, aunque contara con los diez millones de dólares, no podría conservarlo. Y, sin ellos, la idea de seguir viviendo aquí no es más que un sueño ridículo.

—No lo venderá. —Russell me acaricia el vientre desnudo

con los dedos—. Si lo hiciera, tendrías que irte a vivir a su casa. Y él no quiere eso.

Contengo las ganas de hacer un gesto de desesperación.

—Vete tú a saber qué es lo que quiere. Solo intenta castigarme. —Está claro que la mentira sobre mis intentos de quedarme embarazada lo ha llevado al límite. Pretende hacerme sufrir por mis pecados—. Pero ¿qué puedo hacer?

—Divórciate de él de todos modos —dice Russell—. Así podremos estar juntos. Dejaré a Marybeth.

—¡Pero quedaremos en la indigencia!

—De eso, nada. —Mi afirmación parece ofenderlo—. Tengo mi tienda. Y tú puedes encontrar trabajo también. No quedaremos en la indigencia.

A veces pienso que Russell y yo estamos hechos el uno para el otro, pero entonces va y dice cosas como esta.

Por el momento, me he armado de paciencia. En cuanto Douglas y yo nos divorciemos, adiós: no tendré ningún derecho sobre su dinero. Así que todos los días rezo por que lo atropelle un autobús cuando vaya caminando por la calle. Es algo que sucede a todas horas en la ciudad. ¿Por qué no puede pasarle a mi marido, para variar?

—Ojalá se muriera —digo—. Con la cantidad de cosas grasientas que come, ya debería haber caído fulminado por un infarto.

—Solo tiene cuarenta y dos años.

—Muchos hombres cuarentones la palman por un infarto —señalo—. Douglas incluso toma una medicación para el corazón. No sería tan descabellado.

—Esperar que Douglas sufra un infarto no es un plan sólido para el futuro.

Por lo visto a Russell no le divierte tanto como a mí fantasear con la muerte de Douglas. Eso es solo porque no lo conoce bien.

—Debe de haber alguna manera de saltarme el dichoso acuerdo prematrimonial —digo—. Douglas se está comportando como un capullo despiadado, y hay que hacerle pagar por cómo me está tratando. Debería haber alguna manera de escarmentar a los maridos que humillan así a sus esposas. Mira que cerrarme el grifo del dinero y amenazarme con echarme de mi casa… Eso podría considerarse maltrato.

Mientras pronuncio estas palabras, se despierta un recuerdo en un rincón de mi mente; algo que mi amiga Audrey me contó hace siglos, sobre una asistenta o algo así que defiende a las mujeres maltratadas por sus maridos.

«Es de armas tomar, de verdad… Si cree que un tío le está haciendo daño a una mujer, no se detendrá ante nada hasta pararle los pies».

Cierro los ojos, intentando acordarme del nombre de la mujer. Y entonces me viene.

Millie.

La crueldad de Douglas no es como la del esposo de Ginger; él no me maltrata físicamente, pero no por eso deja de ser perverso y manipulador. Los malos tratos no son solo de orden físico; ¿acaso arrebatarme mi hogar y dejarme en la miseria no es tan monstruoso como romperme un hueso?

¿Opinaría lo mismo esa mujer de la limpieza? No lo sé. A lo mejor habrá que buscar el modo de convencerla.

Pero… ¿y si me viera sufrir un terrible maltrato a manos de un hombre al que tomara por mi marido? Evidentemente, no podría tratarse del auténtico Douglas, que huye de mí como de la peste. Además, él nunca me pondría la mano encima por más que lo provocara. Pero la tal Millie no sabe quién es mi marido. Douglas ha retirado meticulosamente de internet todas las fotografías en las que aparece. Si consigo que Millie crea que un hombre me pega a menudo, se sentirá motivada a ayudarme.

Poco a poco, un plan empieza a cobrar forma en mi cabeza.

57

Cuando me veo en el espejo, por poco se me escapa un grito.

Mi cara está hecha un mapa de cardenales de un morado intenso y otras magulladuras que empiezan a ponerse amarillas. Me duele solo de mirarlo. Russell me observa mientras me doy los últimos toques en el pómulo, visiblemente impresionado.

—Eres una artista, Wendy —me dice—. Da totalmente el pego.

Me he pasado horas practicando. He mirado varios tutoriales en YouTube y ahora soy una de las mayores expertas mundiales en crear moretones de aspecto realista. Parece que alguien me haya propinado una paliza de verdad.

Espero que Millie sepa apreciar esta obra maestra que tanto esfuerzo me ha costado.

Parece estar tragándose buena parte de nuestro numerito. Al margen de eso, es una cocinera y asistenta excelente. Incluso se las ha apañado para conseguirme unos cucamelones, mi fruta favorita. Hasta me sabe mal lo que le va a pasar.

Pero no hay otra alternativa.

—Está casi perfecto —digo mientras guardo mi estuche de maquillaje—. Pero falta la guinda del pastel.

Russell arquea una ceja. Ha interpretado de maravilla el papel de Douglas desde que llegó Millie. Es increíble: al combinar el aspecto y la personalidad de Russell con la riqueza y el poder de Douglas, se obtiene realmente el hombre ideal.

—¿En serio? A mí me parece muy logrado.

Me inspecciono el rostro en el espejo una vez más. No me vale con que esté logrado. Tiene que quedar perfecto. Como Millie conciba la más mínima sospecha de que es todo maquillaje, se acabó. Necesito que esté impecable.

—Tendrás que pegarme —digo.

Russell echa la cabeza hacia atrás y suelta una carcajada.

—Sí, claro. Qué buena idea.

—No es coña. Quiero que me partas el labio. Es fundamental que parezca real.

A Russell se le borra la sonrisa de la cara cuando cae en la cuenta de que hablo completamente en serio.

—¿Qué?

—Ella no puede olerse que voy maquillada —le explico—. Y con el material de que dispongo no puedo simular un labio partido. Tendrás que arrearme un puñetazo.

Con una mirada de espanto, Russell se aparta de mí.

—No pienso golpearte en la cara.

—No te sientas culpable. Te lo estoy pidiendo yo.

—En la vida he pegado a una mujer. —Se le ve un poco indispuesto, lo que me lleva a pensar que tal vez le faltarán los redaños necesarios para seguir adelante con el plan. Tendrá que hacer cosas mucho peores que golpearme en la cara antes de que todo esto acabe—. No te voy a pegar, Wendy.

—No te queda otra.

—Me niego. No puedo hacerlo.

Estoy tan frustrada que me entran ganas de chillar. ¿Se ha pensado que esto es una broma? Tengo unos pocos ahorros guardados en mi cuenta personal para cuando lleguen las vacas flacas, junto con un dinero que conseguí vendiendo unas joyas y prendas de ropa, pero he estado usándolo para subsistir y pagarle a Millie su —sumamente generoso— sueldo. Y ahora he gastado una cantidad considerable en adquirir un vestido con el fin de que la policía crea más adelante que Douglas se lo regaló a Millie, además de una pulsera cara con una inscripción. Además, he abarrotado el armario de productos de limpieza que compré con el pretexto de que sufro unas alergias terribles, para que el portero no pille a Millie acarreando envases de friegasuelos y abrillantador para muebles.

El caso es que el dinero se me acabará pronto. Necesito rematar este asunto… cuanto antes.

Necesito que me asestes un puñetazo.

—Das pena —le digo con desdén—. No puedo creer que seas incapaz de hacerme este pequeño favor. Se nos presenta la oportunidad de hacernos ricos, y tú vas y la cagas.

—Wendy…

Le dedico una mueca de desprecio.

—No me extraña que a tus cuarenta y tantos años no seas más que un vendedor de muebles. Pobre infeliz.

—Ya está bien, Wendy —dice Russell con los dientes apretados.

Cierra el puño derecho. Sé que es muy susceptible respecto a su trayectoria profesional. Siempre ha soñado con ser un empresario de éxito, y regentar una decadente tienda de mobiliario antiguo está muy lejos de ese sueño. Yo podría ayudarlo a llegar mucho más allá; convertirlo en el hombre que quiere y merece ser.

Basta con que me pegue.

—Eres un pringado —continúo—. ¿Qué harás cuando la tienda se vaya a pique? ¿Trabajarás en un McDonald's, echando sal a las patatas?

—¡Basta! ¡No sigas!

—¿Quieres que me calle? ¡Pues entonces pégame!

Antes de darme cuenta de lo que ocurre, siento una explosión de dolor en el lado izquierdo del rostro. Con un grito ahogado, me tambaleo hacia atrás y me agarro del toallero para no caerme. Por unos instantes veo las estrellas.

—¡Wendy! —El grito angustiado de Russell me arranca de mi estupor—. Ay, Dios, ¡perdóname!

Parece a punto de echarse a llorar, aunque seguro que no lo siente tanto como mi cara. Madre mía, me ha zurrado bien. Y yo que creía que le faltaban narices. Cuando me llevo la mano al semblante, me percato de que me mana un líquido a borbotones de la nariz.

—Estás sangrando —jadea él. Me pasa varios trozos de papel de cocina, y yo intento detener el flujo de sangre, que parece que cesa al cabo de un par de minutos—. ¿Estás bien? Lo siento mucho.

El baño está hecho un desastre. He manchado todo el suelo de rojo, y hay una marca sangrienta de una mano en el borde del lavabo, por haberme apoyado ahí cuando estaba desesperada por frenar la hemorragia.

¡Madre mía, es perfecto!

58

Paso número siete: mata al hijo de puta

La noche del asesinato de Douglas

Los engranajes del ascensor chirrían de forma estridente. Douglas ya está en casa.

Ha llegado el momento para el que llevamos meses preparándonos. Millie se ha marchado hace una hora, temblando y convencida de que acaba de asesinar a mi marido. La policía la interrogará. Ella se desmoronará y confesará lo que ha hecho. He tenido buen cuidado de sembrar indicios que los convenzan de que lo ha hecho porque estaba liada con Douglas. No me conviene nada que me impliquen en esto.

Ahora solo queda un cabo suelto. Tenemos que matar a Douglas, esta vez de verdad.

Russell espera en la cocina, empuñando la misma pistola con la que Millie acaba de dispararle una bala de fogueo, pero ahora cargada con munición real. Está listo.

Cuando las puertas del ascensor se abren, cruzo el recibidor para recibir a mi esposo por última vez. Me paro en seco, sorprendida por su aspecto. Ha perdido peso desde la última vez que lo vi, y tiene unas bolsas de color morado oscuro bajo los ojos. Una barba de por lo menos dos días le cubre el mentón.

—Estás horrible —le digo.

Douglas alza la vista con brusquedad.

—Yo también me alegro de verte, Wendy.

—Quiero decir… —Me aparto un mechón de cabello de la cara. En cuanto se ha ido Millie, me la he lavado a conciencia para que no quede ni rastro de los moretones falsos—. Quiero decir que pareces cansado.

Exhala un suspiro largo y atormentado.

—He estado trabajando día y noche en la nueva actualización del software. Solo me faltaba que me llamaras para rogarme que viniera a las tantas de la noche.

—¿Lo has traído?

Douglas alza el maletín de piel gastada que siempre lleva consigo.

—Llevo aquí los papeles del divorcio. Espero que estés dispuesta a firmar.

En realidad, no, pero no tiene por qué saberlo.

Lo guío hacia el salón. Con los músculos tensos, aguardo a que Russell salga de la cocina y le descerraje un tiro a quemarropa en el pecho. Se supone que debe hacerlo en cuanto entremos en la sala. Se supone que debe hacerlo… ahora mismo.

Mierda.

Douglas consigue llegar hasta nuestro sofá modular sin que mi amante lo mate. Menudo chasco. Se acomoda en el cojín y deposita el maletín sobre la mesa de centro.

—Acabemos con esto de una vez —murmura.

No, todavía no. No lo he hecho venir para firmar el acuerdo de divorcio, sino para todo lo contrario. Pero, por algún motivo, Russell no aparece. No lo veo ni lo oigo. ¿Qué está pasando?

—¿Te apetece beber algo? —pregunto. Como hace ademán de responder que no, me apresuro a añadir—: Te traeré un vaso de agua.

Sin darle tiempo a protestar, me encamino a paso veloz a la cocina, dejándolo en el sofá con el documento. Estoy que echo humo. Hasta este momento, todo ha ido tal como lo había planeado. Solo falta un detalle: que Russell acabe con Douglas.

Sin embargo, cuando entro en la cocina, me lo encuentro encogido de miedo en un rincón. La pistola está en la encimera, y él parece estar en pleno ataque de pánico. Blanco como una sábana, se aferra al tablero con las manos enfundadas en guantes de piel y la respiración acelerada.

—¡Russell! —siseo—. ¿A qué narices esperas?

Esta noche me está poniendo las cosas muy difíciles. Ya antes de que llegara Millie, amagó con rajarse, exponiéndome una lista interminable de dudas. «¿Seguro que no pasa nada si te disparan con una bala de fogueo? ¿No fue así como murió Brandon Lee? ¿Y si en vez de eso me apuñala?».

Al final conseguí ensayar con él la escena en la que debía fingir que me estrangulaba. Y como no murió cuando Millie le disparó, creía que ya habíamos superado sus temores y que lo más difícil había quedado atrás. No obstante, ahora parece que le está costando hasta llenarse de aire los pulmones.

—No puedo—dice, tragando saliva. Tiene la frente sudorosa y las poderosas cejas unidas en el centro—. No puedo pegarle un tiro, Wendy. Por favor, no me obligues.

¿Está de guasa? Llevamos meses planificando esto juntos. Hemos tenido la precaución de entrar siempre por la puerta de atrás y hemos dispuesto los elementos de la escena con todo cuidado. Tengo que pasarme casi todo el día encerrada en casa para no correr el riesgo de tropezarme con Millie y dedico casi todas mis fuerzas a crear la ilusión de que Douglas sigue viviendo aquí. Incluso he comprado varias prendas masculinas para que ella las lave (aunque el primer día cometí la estupidez de olvidarme de desplegarlas. Seguro que habrá pensado que éramos unos psicópatas que doblan su ropa sucia). Me ha llevado mucho tiempo y energía organizar todo esto.

Y, ahora, helo aquí, a punto de echarlo todo por la borda.

—Te estás portando como un auténtico idiota —digo apretando los dientes—. ¿Qué te pasa? ¡Es lo que habíamos planeado desde el principio! Es imprescindible si queremos hacer realidad nuestros sueños.

—¡Yo no quiero esto! —replica en un susurro apremiante—. Solo quiero estar contigo. Y aún estamos a tiempo. —Cruza la cocina e intenta abrazarme por la cintura—. Escúchame bien, no tenemos por qué seguir adelante. Podemos irnos ahora mismo. Tú dejas a Douglas, yo a Marybeth, y nos marchamos juntos. No hace falta matarlo.

—Pero entonces no nos quedará nada. —Me encojo de hombros para zafarme de su abrazo, furiosa con él. Creía que aspiraba a lo mismo que yo, pero ya no estoy tan segura. Porque, si así fuera, ya le habría metido una bala en el pecho—. Es la única manera, Russell.

—No quiero hacerlo. —Ahora está gimoteando—. No quiero matarlo, Wendy. Por favor, no me pidas eso. Por favor.

Ay, Señor.

Llevo demasiado rato en la cocina. Douglas empezará a preguntarse por qué tardo tanto y vendrá a investigarlo. Tal vez incluso oiga los lamentos de Russell. No hay tiempo para que le suelte un discurso motivacional. Tendré que ocuparme de esto yo misma.

Saco de debajo del fregadero un par de guantes de goma desechables de los que usa Millie para limpiar la cocina. Me los enfundo y le sirvo a mi esposo su último vaso de agua. Cojo el arma, pero, después de vacilar unos instantes, me la guardo en el bolsillo del cárdigan. Como los bolsillos son bastante grandes, la pistola cabe a la perfección. Es como si me lo hubiera puesto sabiendo que tendría que tomar las riendas porque Russell iba a estar a punto de dar al traste con todo comportándose como una nenaza.

Cuando regreso al salón, Douglas está sentado en el sofá, revolviendo el fajo de papeles de nuestro acuerdo de divorcio. Lleva mucho tiempo pidiéndome que lo firme, y yo negándome. Sabía que, en cuanto accediera a hacerlo, él vendría.

Con la mano libre, palpo la pistola en el bolsillo del cárdigan. La tela se tensa un poco bajo su peso. No hay motivos para esperar. Podría sacarla ahora mismo y abatirlo de un tiro. Pero no: antes necesito colocarme de cara a él para que parezca que Millie le ha disparado de frente.

Además, una parte de mí quiere ver su expresión cuando apriete el gatillo. Asegurarme de que entienda las consecuencias de intentar joderme. Pretendía arrebatármelo todo y dejarme en la calle, y ahora recibirá su merecido.

Me apresuro a dejar el vaso de agua en la mesa antes de que se percate de que llevo los guantes de goma y me meto las manos en los bolsillos. Millie ha guardado la vajilla, así que sin duda habrá dejado sus huellas en el vaso. Todo es demasiado perfecto.

—Debe de haber un boli aquí dentro —farfulla Douglas mientras hurga en el interior del viejo maletín. Al punto, saca un bolígrafo—. Aquí está.

—Muy bien. —Mis dedos se cierran sobre la empuñadura del revólver que llevo en el bolsillo—. Acabemos con esto de una vez, como bien dices.

Douglas se dispone a tenderme los documentos, pero de pronto se queda quieto y encorva los hombros.

—No quiero que las cosas terminen así, Wendy.

Frunzo el entrecejo.

—¿A qué viene eso?

—Es que… —Deja caer los papeles de divorcio sobre la mesa—. Te amo, Wendy. No quiero divorciarme… Me he puesto malo solo de pensar en ello. No me importa el pasado, quiero volver a empezar de cero. Solos tú y yo.

La esperanza le ilumina el semblante. He de reconocer que la idea no me desagrada del todo. Pese a la minuciosidad con que hemos preparado lo de esta noche, nada garantiza que Russell y yo podamos cometer un asesinato impunemente. Mi plan original era pasar el resto de mi vida con Douglas, y, aunque no he conseguido cambiarlo a mi gusto, no es el hombre más repulsivo del mundo. Y, lo que es más importante, disfrutaríamos de una inmensa fortuna. Se puede ser feliz con cualquiera cuando hay dinero suficiente.

—Tal vez... —digo.

Una sonrisa le asoma a los labios, y las ojeras se le aclaran un poco.

—Eso sería estupendo. Me encantaría hacer borrón y cuenta nueva.

—¿Y qué propones?

—Para empezar, quisiera deshacerme de todo esto. —Pasea la vista por nuestro espacioso piso—. No necesitamos este ático gigantesco, y hasta la casa de Long Island es demasiado grande para nosotros dos solos. Todo este dinero ha sido un obstáculo en nuestro matrimonio. Tenemos demasiado. —Sonríe con timidez—. He hablado con Joe sobre crear una fundación benéfica con la mayoría de mis fondos. Es evidente que no nos hacen falta. ¿Te gustaría formar parte de ella? Podríamos organizarla juntos.

¿Ha perdido el juicio por completo? ¿Cómo se le puede pasar por la cabeza que eso es lo que quiero?

—Douglas, no te confundas. Lo que quiero es que recuperemos la vida que llevábamos antes.

—Pero no eras feliz. —Se le ensombrece el rostro—. Me engañabas. Nos habíamos distanciado demasiado.

Me rechinan los dientes.

—Así que has llegado a la conclusión de que viviremos más felices si somos pobres, ¿no?

—No, pero... —Se frota las rodillas con las manos—. A ver, no seríamos pobres. Simplemente dejaríamos de estar superforrados. No le veo nada de malo a eso. Como te digo, no sé para qué necesitamos tanto dinero. ¡No lo quiero para nada!

Por eso Douglas y yo nunca estaremos bien juntos. No se entera. No tiene idea de lo que se siente cuando las otras chicas se ríen de ti y te preguntan si encontraste tu chaqueta en un contenedor de basura. No sabe lo que significa que tu padre esté de baja permanente por una lesión en la espalda y que las ayudas que reciba no den ni para pagar la luz, por lo que a menudo tienes que hacerlo todo a oscuras, con una linterna. Y, aunque tus hermanas se lo tomen como una aventura, no lo es. No es una aventura. Es vivir en la más absoluta miseria y no tener nada de nada.

Douglas no lo entiende. Nunca lo entenderá. Ahora que por fin tengo a mi alcance la riqueza con la que soñaba cuando hacía mis deberes a la luz de la linterna, ¡él quiere renunciar a ella! Esto me pone tan furiosa que me entran ganas de alargar las manos hacia él y estrangularlo tal como Russell ha simulado hacer conmigo antes, pero esta vez de verdad.

Aunque en realidad no me hace falta.

Llevo una pistola en el bolsillo.

La saco y la apunto al pecho de mi marido con una firmeza sorprendente. Se le desorbitan los ojos ligeramente inyectados en sangre. Sabía que las cosas no iban bien, pero no se imaginaba que fueran tan mal.

—Wendy —dice con voz ronca y débil—, ¿qué estás haciendo?

—Me parece que ya lo sabes.

Fija la vista en el cañón del arma mientras su cuerpo parece encogerse. Sacude la cabeza de forma casi imperceptible. Me imaginaba que quizá me suplicaría que no lo matara, pero no lo hace. En vez de ello, me mira con resignación.

—¿Alguna vez me quisiste? —dice al fin.

La respuesta a esa pregunta heriría sus sentimientos. A pesar de todo, no quiero destrozarlo en sus últimos momentos de vida.

—No es eso —me limito a contestar.

Aunque nunca he disparado un arma, supongo que es algo bastante intuitivo. Creía que Russell se encargaría de ello, pero sigue muerto de miedo en la cocina, así que me toca a mí apretar el gatillo.

La detonación suena más fuerte de lo que me esperaba. El potente estampido aún retumba en la sala un buen rato después del disparo. La fuerza se transmite por mis brazos y mis hombros, y me echa hacia atrás el cuello y la cabeza. Aun así, consigo mantener el pulso firme.

La bala impacta de lleno en el pecho de Douglas. Ha sido un buen tiro, sobre todo para tratarse de mi primera vez. Durante el par de segundos que tarda en morirse, baja la vista hacia la mancha de sangre que se extiende con rapidez en su camisa blanca y cae en la cuenta de lo que está a punto de ocurrir. Pero entonces se pone muy pálido y se desploma sobre el sofá. Tiene los ojos entreabiertos, en blanco, y su pecho ha quedado inmóvil.

—Lo siento —digo por lo bajo—. Lo siento de verdad. Ojalá hubiéramos conseguido que lo nuestro funcionara.

Aún me pitan los oídos cuando Russell sale corriendo. Su primera reacción es taparse la boca con la mano, y yo solo pienso que ojalá no deje el suelo perdido de vómito. Eso nos complicaría mucho las cosas cuando llegue la policía.

—Lo has hecho —dice jadeando—. No puedo creer que lo hayas hecho.

—Pues ya ves. —Me levanto del sofá y dejo caer el revólver sobre la mesa de centro. Tiro de los guantes de goma hasta quitármelos—. Y, si no quieres acabar en la cárcel, te sugiero que te largues en este instante.

Russell parece estar intentando controlar la respiración.

—¿De verdad crees que podrás encasquetarle a Millie todo esto?

—Tú espera y verás.

TERCERA PARTE

59

MILLIE

La cabeza no para de darme vueltas.

Apago la tele y me quedo un rato con los ojos cerrados. Solo ha pasado un día desde que maté a un hombre de un tiro en un ático del Upper West Side, pero lo que acabo de ver lo cambia todo.

Intento visualizar a Douglas Garrick. Me viene a la mente con claridad la imagen de su brillante cabello peinado hacia atrás, sus ojos castaños hundidos, sus pómulos prominentes. Lo he visto en incontables ocasiones en el último par de meses. Y el hombre cuyo retrato han mostrado en el noticiario no era él.

Al menos, eso creo.

Saco mi teléfono y abro el navegador. Ya he buscado antes a Douglas Garrick, y siempre he encontrado artículos sobre su labor como director general de Coinstock, pero ni una sola foto. Ahora, sin embargo, me salen decenas de enlaces, y al clicar en cualquiera de ellos me aparece la misma imagen de la cara de Douglas Garrick.

La estudio en la pantalla de mi móvil. Este hombre tiene un parecido razonable con el que yo conozco, pero no es él. El del retrato le saca por lo menos diez kilos al que yo conocía, y, a diferencia de él, tiene un incisivo torcido. Además, todas sus facciones son ligeramente distintas: la nariz, los labios, la papada. Por otro lado, supongo que hay quienes no tienen el mismo aspecto en fotografía que en persona. A lo mejor las imágenes están muy retocadas.

Tal vez sí que se trata de la misma persona. No puede ser de otra manera, ¿no? De lo contrario, nada tiene sentido.

Madre mía, siento que estoy perdiendo la razón.

A lo mejor sí que me estoy volviendo loca. A lo mejor es verdad que mantenía una relación secreta con Douglas Garrick. Al fin y al cabo, ese inspector tenía un montón de pruebas. Y, al parecer, Wendy Garrick lo ha confirmado.

Pero no pasé la noche en ese hotel con Douglas (o quienquiera que fuera ese que se hacía llamar Douglas). Además, puedo demostrarlo, porque después de dejar a Wendy volví a la ciudad en coche. Y tengo un testigo.

Enzo Accardi.

He estado resistiéndome a comunicarme con él, pero no me queda otra. Mi novio me ha abandonado, lo que no me extraña demasiado, pero sí me parte el corazón. Se me ha dado fatal establecer vínculos con la gente en los últimos cuatro años por miedo a lo que pensaran de mí cuando descubrieran mi pasado. Era un miedo justificado. En cuanto Brock se enteró de que había estado en prisión, desapareció de mi vida. Así que aquí estoy, sin nadie de mi parte. Sin nadie que crea en mí.

Excepto Enzo. Él creerá en mí.

Y, si no, sabré que estoy en un grave apuro.

Encuentro el nombre de Enzo entre mis contactos del móvil, esperándome como siempre. Vacilo unos instantes antes de pulsarlo.

Contesta al primer timbrazo. Por poco me deshago en lágrimas al oír su voz, tan familiar.

—¿Millie?

—Enzo —consigo decir—. Me he metido en un aprieto muy gordo.

—Sí, he visto las noticias. Tu jefe está muerto.

—Así que, bueno… —Me toso en la mano—. ¿Cómo lo tienes para venir un momento?

—Dame cinco minutos.

60

Cuatro minutos después, le abro la puerta a Enzo.

—Gracias —le digo mientras pasa al interior de mi pequeño apartamento—. No…, no sabía a quién más recurrir.

—¿No está aquí Brócoli para ayudarte? —pregunta en tono burlón.

Agacho la mirada.

—No. Eso ya es historia.

De pronto se pone serio.

—Lo siento. No sabía que te gustara Brócoli.

¿Me gustaba? Bueno, sí, pero lo cierto es que cada vez que me decía que me quería se me ponían los pelos de punta. No es eso lo que se supone que uno debe sentir por su media naranja. Brock era prácticamente perfecto, pero yo nunca llegué a enamorarme por completo de él. Siempre tenía la sensación de que era algo temporal. Estoy segura de que algún día hará muy feliz a una mujer que nunca seré yo.

—No pasa nada —digo al fin—. Ahora mismo tengo problemas más importantes.

Me adentro en el piso seguida por Enzo, y los dos nos sentamos en mi raído futón. Cuando vivíamos juntos, teníamos un sofá un poco mejor que esto. Sin embargo, tuve que dejar ese apartamento cuando él se marchó y dejó de pagar su mitad del alquiler y no encontré la manera de transportar el mueble, así que lo dejé. Intento no pensar en eso ahora. Más vale no cabrearme con Enzo cuando intenta ayudarme.

—La policía está diciendo un montón de burradas sobre mí —le aseguro—. Wendy les ha contado que yo tenía un lío con Douglas. Eso no tiene ni pies ni cabeza, pero han tergiversado las cosas de modo que parezca que yo iba a su casa para acostarme con él.

Enzo asiente despacio.

—Ya te dije que eran peligrosos.

—Dijiste que Douglas Garrick era peligroso.

—Es lo mismo.

—No, no es lo mismo —replico—. De hecho, hace un momento estaba viendo las noticias y he descubierto algo. El hombre que se me presentó como Douglas Garrick y me contrató no es el mismo que sale en las fotos. Es claramente otra persona.

Ahora Enzo me mira como si estuviera chiflada.

—Sé que es de locos —reconozco—. Oigo las palabras que salen de mi boca y… Repito, sé que parece muy raro, pero el que vivía en ese piso era otro tío. Estoy segura.

Cuanto más pienso en ello, menos dudas tengo. Pero, si no era Douglas, ¿quién era? ¿Y dónde estaba el Douglas de verdad mientras el otro se paseaba por su casa?

¿Quién es el hombre a quien disparé?

—Pues te contaré algo interesante —dice Enzo pausadamente—. Cuando me hablaste de los Garrick, decidí investigarlos. ¿Y sabes qué? Ese ático en Manhattan no figura como su primera residencia.

—¿¡Qué!?

—Como lo oyes. El piso es solo una vivienda más. Su domicilio principal es una casa en Long Island. Bueno, dicen que es una casa. Debe de ser más bien una mansión.

Esto empieza a cobrar un poco de sentido. Si el auténtico Douglas Garrick residía en Long Island, no parece tan descabellado que otras dos personas simularan vivir en el piso de Manhattan. El Douglas Garrick de verdad no tenía por qué enterarse.

—Bueno —digo—. ¿Me crees?

Mi pregunta parece ofender a Enzo.

—¡Claro que te creo!

—Pero hay algo que debes saber. —Me limpio el sudor de las manos en los vaqueros—. La noche en que murió Douglas, vi…, o, mejor dicho, me pareció ver que intentaba estrangular a Wendy. Vi a alguien intentando estrangularla en ese piso. Y, como no la soltaba, cogí la pistola de ellos y… le pegué un tiro. Para evitar que la matara.

Nunca he sido muy llorona, pero noto que me vienen lagrimones a los ojos por segunda vez hoy. Enzo me tiende los brazos, y rompo a sollozar contra su hombro. Me estrecha contra sí durante un largo rato, dejando que me desahogue. Cuando por fin me aparto, veo que tiene una mancha de humedad en la pechera.

—Siento haberte dejado perdida la camiseta —digo.

Le resta importancia con un gesto.

—Tranquila, solo es un poco de moco.

Bajo la vista.

—No sé qué hacer. La policía cree que he asesinado a Douglas Garrick, y, aunque sé que no es verdad, le disparé a alguien esa noche. Alguien ha muerto por mi culpa.

—Eso no lo sabemos.

—¡Claro que lo sabemos!

—Crees que mataste a alguien —señala—, pero después de dispararle te fuiste a casa. ¿Te cercioraste de que estaba muerto? ¿Había dejado de respirar? ¿Ya no le latía el pulso?

—Pues… Wendy dijo que no tenía pulso.

—¿Y la creemos?

Lo miro, parpadeando.

—Vi la sangre, Enzo.

—Pero ¿era sangre de verdad? Es fácil simularla.

266

Frunciendo el entrecejo, repaso en mi mente los sucesos de anoche. Todo ocurrió muy deprisa. La pistola se disparó, Douglas cayó al suelo y luego toda esa sangre empezó a esparcirse bajo su cuerpo. Pero es verdad que no me acerqué a comprobar sus constantes vitales. No soy profesional sanitaria. Después de descerrajarle un tiro, solo quería largarme cuanto antes.

¿Cabe la posibilidad de que nada de aquello fuera real? Y, si no lo era, eso significa que…

—Me tendió una trampa —digo sin aliento—. Y yo caí como una idiota.

Y pensar que la compadecí durante todo ese tiempo. Mientras yo me desvivía por protegerla, ella iba por ahí contándole a todo el mundo que yo me acostaba con su marido. Sin duda eso explica la sonrisa burlona de Amber Degraw cuando me topé con ella en la calle. ¡Con razón el portero ese me guiñaba el ojo siempre que me veía! Y nadie sabía que yo nunca había estado a solas con Douglas porque él entraba por la puerta de atrás, a salvo de la mirada del portero y de la cámara.

No, Douglas no. Ni siquiera llegué a conocer a Douglas Garrick. No tengo ni idea de quién era el otro hombre.

—¿Dónde queda la casa de Wendy? —le pregunto a Enzo—. Necesito hablar con ella.

—¿Crees que podrás hacerle una visita? —Sacude la cabeza—. Hay como un millón de periodistas frente a la puerta. De todos modos, ella no querrá hablar contigo. Si vas allí, solo te meterás en más líos.

Sé que está en lo cierto, pero esto resulta de lo más desesperante. Después de lo que me ha hecho Wendy, yo solo quiero mirarla a los ojos y preguntarle por qué. Pero lo que dice Enzo no es ninguna tontería. No conseguiría nada subiendo al coche y plantándome allí.

—Ese hombre que se hacía pasar por Douglas Garrick… —Enzo se frota la barbilla—. ¿Tienes idea de cómo podríamos localizarlo? Tal vez sea más fácil llegar hasta él que hasta Wendy Garrick.

—No. —Aprieto los puños, llena de frustración—. Solo sé que no se llama Douglas Garrick. Ignoro por completo quién es en realidad.

—¿Tienes una foto suya?

—No, no la tengo.

—Piensa, Millie. Debe de haber algo que nos sirva. ¿Algún rasgo particular suyo, tal vez?

—No. No es más que un tipo del montón, blanco y de mediana edad.

—Tiene que haber algo...

Cierro los ojos e intento visualizar al hombre al que tomé por Douglas Garrick. No tiene absolutamente ninguna seña característica. Tal vez Wendy lo escogió por eso. Se parece bastante al auténtico Douglas Garrick.

Pero Enzo tiene razón. Debe de haber algo...

—Espera —digo—. ¡Sí que hay algo!

Enzo arquea las cejas.

—Ah, ¿sí?

—Un día lo vi entrar en un edificio —rememoro—. Estaba con otra mujer. Una rubia. Supuse que estaba liado con ella, y tal vez lo estaba. Pero... Era un bloque de pisos. Uno de los dos debe de vivir ahí, o bien...

—Esto me vale. —Enzo se cruje los nudillos—. Iremos a ver si lo encontramos a él o a la mujer. Entonces les sacaremos la verdad.

Por primera vez desde que el inspector Ramírez me interrogó en comisaría, siento un rayo de esperanza. Tal vez exista una pequeña posibilidad de que salga de esto con mi libertad intacta.

61

Enzo me ayuda a limpiar mi apartamento, que, después del registro policial, ha quedado como si un huracán hubiera pasado por allí. Por fortuna, tiene solo dos habitaciones, así que, a pesar del nivel de desorden, no nos lleva mucho tiempo. Más que nada, agradezco la compañía. Recoger todo ese estropicio sola resultaría de lo más deprimente.

—Gracias por echarme una mano —le digo a Enzo por enésima vez mientras guardamos en la cómoda la ropa que la poli parece haber lanzado por toda la habitación.

—No hay de qué —responde.

Al echar una blusa en la cesta de la ropa sucia, advierto que no está tan llena como ayer. Revuelvo entre las prendas... Falta algo.

Se han llevado la ropa que llevaba anoche.

Mordisqueándome la uña del pulgar, me esfuerzo por recordar la camiseta y los vaqueros que me quité antes de caer redonda en la cama. No estaban manchados de sangre, de eso estoy segura.

O casi segura. Pero ¿y si se les hubieran quedado adheridas algunas de esas partículas microscópicas que revelan los análisis? Es una posibilidad. Aunque, si la hipótesis de Enzo es acertada, no se derramó ni una gota de sangre mientras yo estaba en ese piso.

Enzo está ocupado metiendo ropa en un cajón. Aunque me alegra que esté aquí, una parte de mí está deseando que se vaya para poder entregarme de lleno al pánico.

Carraspeo.

—Si tienes que irte, vete tranquilo —le digo.

—No, esto me divierte. —Sostiene en alto unas braguitas rosas de encaje—. Qué bonitas. ¿Son nuevas?

Alargo el brazo para arrebatárselas de las manos. Por lo menos me distrae de mis preocupaciones.

—No me acuerdo.

—No me extraña que Brócoli estuviera tan loco por ti, si llevabas braguitas así de bonitas.

Lo fulmino con la mirada.

—Enzo…

—Perdón. —Agacha la cabeza—. Es que… no puedo entenderlo.

Llevamos más de una hora limpiando sin hablar de Brock. Supongo que no es de extrañar que saque el tema ahora.

—¿A qué te refieres?

—No parece el tipo de hombre que te gusta.

—Ya, bueno… —Me dejo caer en la cama con una sudadera arrugada en el regazo—. Es buena persona. Es decir, se portaba bien conmigo. Era un abogado de éxito. ¿Cómo no iba a gustarme?

Enzo se acomoda junto a mí.

—Si tan bueno es, ¿cómo es que no está aquí ahora?

Es un argumento bastante válido, pero Enzo no está al tanto de toda la situación.

—Le oculté algunas circunstancias de mi pasado. Se sintió dolido. Me dijo que tenía la sensación de que ya no me conocía. Es comprensible que reaccionara así.

—Lo que hiciste cuando eras una adolescente no determina la persona que eres ahora. —Sus ojos negros me escrutan el rostro—. Está muy claro quién eres. Si él no es capaz de verlo después de haber pasado tiempo contigo, entonces tiene razón: no te merece.

Mi relación con Enzo estaba lejos de ser perfecta, pero nunca me cupo duda de que me entendía. A veces me daba la impresión de que me comprendía mejor que yo misma. Y yo sabía que, si me encontraba en un apuro, él haría todo cuanto estuviera en su mano por ayudarme.

—En ocasiones pienso que… —Me mordisqueo el labio inferior—. Nunca llegamos a conectar de verdad. Seguramente la culpa es mía por no haber sido del todo sincera con él. Sea como sea, lo nuestro se acabó.

—¿Estás segura?

Recuerdo la mirada que me dirigió Brock antes de salir de la sala de interrogatorios.

—Sí, estoy segura.

—Entonces, si te besara, ¿no me pegaría un puñetazo en la nariz? —pregunta.

—Él no, pero tal vez yo sí.

Tuerce los labios en una sonrisa.

—Correré ese riesgo.

Se inclina para besarme, y caigo en la cuenta de que llevaba casi dos años esperando este momento. Por fin entiendo por qué me resistía a irme a vivir con Brock y a revelarle mis secretos. Porque él nunca me hizo sentir así. Ni por asomo.

A Enzo le sale bien la jugada. No le pego un puñetazo en la nariz.

62

Llevamos desde las seis de la mañana delante del edificio de piedra rojiza.

Me ha costado horrores madrugar tanto, sobre todo porque Enzo y yo nos quedamos despiertos hasta las tantas, no hace falta que explique por qué. Y la noche anterior tampoco dormí de maravilla precisamente. Pero Enzo se ha empeñado en que viniéramos a primera hora de la mañana para asegurarnos de ver a todas las personas que entraran o salieran.

Vamos «disfrazados», al menos según Enzo. Cuando lo ha dicho, me he imaginado unas grandes gafas negras con un bigote postizo, pero en realidad solo se trata de un par de gorras de béisbol y unas gafas de sol. Él lleva una gorra de los Yankees y a mí me ha dado una con la leyenda «*I love New York*», donde un gran corazón rojo sustituye la palabra «*love*». Parezco una turista de mierda, algo humillante para alguien que nació y se crio en Brooklyn.

—El de turista es el mejor disfraz —me asegura Enzo.

A lo mejor es verdad, pero no me gusta nada. Aun así, estoy dispuesta a todo con tal de averiguar qué narices está pasando. Antes de volver a acabar con mis huesos en la cárcel.

Como no podemos quedarnos plantados toda la mañana en el mismo sitio, caminamos de un lado a otro sin perder de vista la entrada del edificio. Como haya una puerta trasera como la del bloque de los Garrick, estamos jodidos. Pero muchos vecinos entran y salen, por lo que abrigo esperanzas de que esta sea la única vía de acceso.

Son las ocho de la mañana. Llevamos dos horas aquí y no les hemos visto el pelo al hombre misterioso —suponiendo que siga vivo, como cree Enzo— ni a la rubia. Hace unos diez minutos, él ha anunciado que tenía hambre y se ha ido al Dunkin' Donuts del otro lado de la calle. Sale con dos vasos desechables de café y una bolsa de papel marrón.

—Toma —me dice.

Cojo uno de los cafés, agradecida.

—¿Qué hay en la bolsa?

—Bagels.

—Puaj. —Se me revuelve el estómago solo de pensar en comer. No sé ni por qué he preguntado—. Paso.

—En algún momento tendrás que comer algo.

—Luego. —Echo un vistazo al edificio de piedra rojiza a través de las gafas de sol—. Cuando hayamos dado con él.

No me atrevo a despegar los ojos de la entrada. Si salen justo en un momento en que me distraiga, ya nunca encontraré al hombre misterioso. Temo que me detengan hoy, lo que sería un desastre porque, aunque Enzo seguiría ayudándome, no sabe qué aspecto tiene el hombre. Yo soy la única que puede localizarlo.

—En fin —dice Enzo—. Lo de anoche... Estuvo bien, ¿no?

Tomo un largo trago de café.

—Ahora mismo no puedo pensar en nada, Enzo.

—Ah. —Baja la vista a su propio vaso—. Ya. Lo sé.

—Pero sí, estuvo bien.

Se le curva hacia arriba la comisura de los labios.

—Te eché mucho de menos cuando estaba fuera, Millie. Lo siento. No me arrepiento de haber regresado a Italia para ver a mi madre, pero no quería tener que elegir entre las dos personas más importantes de mi vida. Me habría gustado que me esperaras, pero no podía pedírtelo.

Agacho la cabeza.

—Debería haberte esperado.

Enzo abre la boca para añadir algo, pero, antes de que pueda decir nada, lo agarro del brazo.

—¡Ahí está! ¡Esa es la mujer!

Enzo entorna los ojos tras las gafas oscuras y mira a la rubia que sale del edificio, vestida con una falda que le llega a las rodillas y una *blazer*.

—¿Estás segura?

—Casi. —Reconozco la cara y el color del cabello, aunque ahora luce un corte distinto. Es posible que no se trate de ella, pero no he visto a nadie más que se le parezca ni de lejos—. Y, ahora, ¿qué?

La mujer se coloca bien la correa del bolso antes de cruzar la calle. Me dispongo a seguirla, pero entonces entra en el Dunkin' Donuts del que acaba de salir Enzo. A juzgar por la cola que hay, estará por lo menos diez minutos ahí dentro.

Enzo se hace crujir los nudillos.

—Voy a hablar con ella.

—¿Tú? ¿Y qué vas a decirle?

—Ya se me ocurrirá algo.

—¿Así que crees que, cuando la abordes en el Dunkin' Donuts, ella te lo contará todo, sin más?

Se lleva la mano al pecho.

—¡Sí! ¡Soy irresistible!

Pongo los ojos en blanco.

—Espera y verás, Millie. —Tras darme un apretón en el brazo, me entrega la bolsa de papel con los bagels—. Voy a aclararlo todo.

63

Enzo lleva una eternidad en el Dunkin' Donuts.

Me ha dicho que lo espere al otro lado de la calle, pero, al cabo de diez minutos, empiezo a ponerme nerviosa. ¿Qué estará pasando ahí dentro?

Debería haber entrado con él. Dudo que mi presencia hubiera deslucido demasiado su plan. Bueno, o tal vez sí. Pero, considerando que es mi vida la que está en juego, me gustaría saber qué sucede.

Al final, cruzo la calzada en dirección al establecimiento. El interior resulta bien visible a través de los escaparates de la fachada. Echo una ojeada y, al principio, no los veo por ninguna parte. Pero entonces los diviso. Están en la otra punta del local, donde se recogen los pedidos. Los dos están enfrascados en una conversación. Enzo mantiene los negros ojos fijos en ella.

Por unos instantes, me invade cierto recelo. Siempre he confiado en Enzo, pero hay ocasiones en que me entran dudas sobre su fiabilidad. Al fin y al cabo, si se marchó de Italia fue porque dejó a un hombre medio muerto de una paliza. Tenía una buena razón para ello, o al menos eso aseguraba, pero una cosa no quita la otra. Y luego cruzó el charco otra vez, pues, según él, el tipo chungo que quería acabar con su vida había fallecido de forma prematura, aunque no me proporcionó más información al respecto.

Me dijo que su madre lo necesitaba. Había sufrido un derrame cerebral. Pero, en el fondo, no tengo más prueba que su palabra. Nunca vi a su madre supuestamente enferma.

Y luego, cuando regresó a Estados Unidos, en vez de llamarme como habría hecho cualquier persona normal, estuvo siguiéndome durante tres puñeteros meses, en teoría para protegerme. Le conté todos los detalles sobre la familia Garrick. Es lo bastante espabilado para deducir que Wendy me la estaba dando con queso, aunque yo no era consciente de ello en ese momento. ¿Por qué no me avisó?

¿Y de qué diablos han estado hablando todo este rato, por Dios?

Ahora que veo a la rubia más de cerca, me doy cuenta de que tiene los ojos hinchados, como si hubiera estado llorando. Pero entonces sonríe por algo que le dice Enzo, y se le ilumina un poco el semblante. He de reconocer que la escena parece bastante inocente. No cabe duda de que sabe ser irresistible cuando quiere. Gracias a su acento y su buena planta, se le da muy bien hablar con mujeres.

Después de lo que se me antojan diez minutos más, Enzo y la mujer salen del Dunkin' Donuts.

—*Ciao, bella!* —se despide él, agitando la mano, lo que provoca que ella se ruborice.

Cuando me ve delante del establecimiento, su expresión se tiñe de desaprobación.

—Te he dicho que me esperes al otro lado de la calle, ¿no?

Cruzo los brazos sobre el pecho.

—Llevabas demasiado tiempo ahí dentro.

—Sí, y ahora ya lo sé todo. —Ladea la cabeza—. ¿Quieres que te lo cuente?

Contemplo sus oscuros ojos. Este hombre no se ciñe siempre

a las reglas. Como yo, ha hecho cosas malas en su vida, aunque siempre por un buen motivo. Lo he visto jugarse el pellejo para ayudar a mujeres en peligro. Si hay alguien en este mundo del que me puedo fiar, es él. No debería haberlo dudado ni por un momento.

—Sí, cuéntame.

Enzo sigue con la vista a la rubia, que se aleja por la calle hasta bajar las escaleras de una estación de metro.

—Esa mujer es la secretaria de Douglas Garrick. Y la mujer del hombre que buscas.

Me quedo mirándolo.

—¿En serio? ¿Estás seguro?

—Enseguida lo sabremos. —Se lleva la mano al bolsillo para sacar su teléfono, escribe algo en la pantalla, la desliza hacia arriba varias veces y luego me pasa el móvil—. ¿Es él?

Me muestra una foto de LinkedIn, y reconozco a la persona de inmediato. Es el hombre que estaba estrangulando a Wendy anoche. El mismo al que le pegué un tiro en el pecho.

—Es él —digo sin voz.

Entonces leo el nombre que aparece en el perfil de LinkedIn: Russell Simonds.

—Sigue vivo. —Enzo me quita el teléfono de las manos—. O al menos lo estaba esta mañana.

Sigue vivo. Al final, resulta que no he matado a nadie. El alivio que siento se ve empañado por el hecho de que la policía cree que sí.

—Pero esta mañana se ha ido a… Bueno, su esposa dice que se ha ido de viaje de negocios. Es un hombre muy ocupado, según ella. Trabaja hasta tarde a diario.

A lo mejor por eso discutían el otro día en la calle. O tal vez era porque ella sospechaba que se veía con otra mujer.

Wendy.

—¿Y ahora qué? —pregunto—. ¿Esperamos a que él regrese del supuesto viaje de negocios?

—No —dice Enzo—. Ahora averiguaré más cosas sobre el tal Russell Simonds.

—¿Cómo?

—Conozco a un tío.

Cómo no.

64

Al final, nos encaminamos hacia el piso de Enzo. Está a solo unas diez calles de donde vivo yo, lo que tiene sentido considerando su decisión de convertirse en mi guardaespaldas secreto. Es un apartamento aún más pequeño que el mío, un estudio de un solo ambiente que hace las veces de cocina, dormitorio, salón y comedor. Por suerte, el baño ocupa un cuarto separado. Es una vivienda a años luz del ático de los Garrick o incluso del espacioso piso de dos habitaciones de Brock.

Al entrar, Enzo deja caer sus llaves sobre una mesita situada junto a la puerta y se dirige hacia la pequeña cocina americana, donde abre el grifo para refrescarse la cara. Me pregunto si estará tan cansado como yo. Siento una extraña mezcla de agotamiento y nerviosismo. Aunque dormí poco anoche, la intranquilidad de saber que la policía vendrá a por mí me tiene atacada.

—Tú siéntate —me indica—. ¿Quieres cerveza?

—Pero si no son ni las once de la mañana.

—Ha sido una mañana larga.

Eso no se lo discuto.

Aun así, decido rechazar la cerveza. Me desplomo en un futón que parece recogido de la calle. Es incluso un poco más incómodo que el mío. Casi todos sus muebles tienen pinta de haber estado en la basura en un pasado reciente.

—¿Cómo te ganas la vida ahora? —le pregunto. Tenía un empleo bastante decente antes de marcharse, pero dudo mucho que se lo hayan guardado.

—Tengo un trabajo en una empresa de paisajismo. —Se encoge de hombros—. No está mal. Me da para pagar las facturas.

Bajo los ojos hacia su móvil, que está sobre la mesa de centro.

—¿Qué va a investigar el tío ese que conoces?

—No lo sé muy bien. Tal vez los antecedentes penales de Russell. Algo que podamos presentarle a la policía para que busquen sus huellas en el ático. Seguro que han recogido algunas que no han podido identificar, así que sería útil darles algo con lo que cotejarlas…, cualquier cosa que te libere de las sospechas.

—¿Y si no basta con eso?

—Ya encontraremos algo.

—¿Y si no?

—Confía en mí —dice Enzo—. Seguro que hay una manera. No vas a ir a la cárcel por algo que no has hecho.

Como si de una señal se tratara, empieza a sonarle el móvil. Lo coge y se levanta del futón como un resorte para atender la llamada en la zona de la cocina. Alargo el cuello y observo su expresión, que no delata gran cosa. Tampoco sus respuestas, que se limitan casi a bisílabos como «ajá» y «vale». En cierto momento, agarra un bolígrafo y garabatea algo en una servilleta de papel.

—*Grazie* —le dice a su interlocutor antes de posar su móvil en la encimera.

Se queda unos momentos ahí de pie, contemplando el papel.

—¿Y bien? —pregunto al fin.

—No tiene antecedentes —dice—. Está limpio.

Se me cae el alma a los pies.

—Vaya…

—Tengo la dirección de una segunda residencia —añade—. Es una cabaña junto a un lago, al norte de la ciudad, a dos o tres horas. A lo mejor…, a lo mejor se está quedando ahí.

Me levanto de un salto y cojo mi bolso.

—¡Pues vamos!

—¿A hacer qué?

Me acerco a él y miro la dirección que ha apuntado en la servilleta. Tengo una vaga idea de dónde está. Google Maps me ayudará a llegar hasta allí.

—Arrancarle la verdad.

—La verdad ya la sabemos. —Desliza el papel fuera de mi alcance—. Lo que necesitamos es que lo sepa la policía.

—Entonces, ¿qué propones?

—No estoy seguro. —Se frota los ojos con la base de las manos—. No te preocupes. Ya se nos ocurrirá una solución. Pero déjame que reflexione.

Genial. Mientras reflexiona, la policía está atareada reuniendo argumentos inculpatorios contra mí.

—Sigo creyendo que deberíamos ir allí.

—Y yo sigo creyendo que eso empeoraría las cosas.

No sé qué pensar, pero estoy ansiosa por que nos pongamos las pilas ya mismo, porque en estos momentos la poli no está frente a una cocina americana rumiando la situación.

Cuando me dispongo a intentar convencer a Enzo, mi teléfono suena dentro del bolso. Lo saco y se me corta la respiración al ver el nombre que aparece en la pantalla.

—Es Brock —digo.

65

Los ojos de Enzo, ya bastante negros de por sí, se oscurecen aún más. No le entusiasma que me esté llamando mi exnovio. Pero no es celoso, así que no me dirá que no lo coja. Y, aunque me lo dijera, no le haría caso.

—Será solo un momento —le digo a Enzo.

Asiente con la cabeza.

—Haz lo que tengas que hacer.

Sabía que no habría problema. Bueno, no parece que le haga ilusión, pero al menos no protesta.

—¿Sí? —digo tras pulsar el botón de Responder.

—Millie —dice Brock en un tono distante, como si solo nos hubiéramos conocido de pasada. Hace solo un día que lo dejamos, y ya me parece extraño que hayamos estado saliendo—. Hola.

—Hola —digo, tensa.

No acierto a imaginar por qué me llama. No quiere volver conmigo, eso seguro. Debe de estar agradeciendo a su buena estrella que no me fuera a vivir con él. De nada, Brock.

—Oye —dice—. Yo… quería pedirte perdón por dejarte tirada en comisaría ayer.

—Ah, ¿sí?

Exhala un suspiro.

—Estaba disgustado, pero fue muy poco profesional por mi parte. Aunque hayas obrado mal, me pediste que te representara como abogado, y te fallé.

—Gracias. Disculpas aceptadas.

—Por eso te llamo. —Tras una pausa, prosigue—. He vuelto a hablar con el inspector esta mañana, y me siento obligado a advertirte que han analizado unas prendas que sacaron de tu cesta de la ropa sucia.

Mis dedos aprietan el teléfono.

—¿En busca de sangre?

—No, en busca de restos de pólvora. Y la prueba dio positivo.

Me quedo boquiabierta. Había supuesto que solo examinarían mis vestimentas por si presentaban rastros de sangre. Ni se me pasó por la cabeza que pudieran buscar otra cosa.

—Ah...

—Lo siento, Millie. Solo quería avisarte. Te lo debía.

—Ya...

—Y, bueno... —Lo oigo toser al otro lado de la línea—. Buena suerte..., ya sabes, con todo eso.

Le doy la espalda a Enzo para que no vea cómo se me arrasan los ojos en lágrimas.

—Gracias.

«Gracias por nada. Gracias por abandonarme cuando mi vida está patas arriba».

Brock cuelga, dejándome con el móvil pegado a la oreja y pugnando por contener el llanto. Estoy hundida en la mierda. Wendy me ha tendido una astuta trampa para que me coma el marrón del asesinato de un hombre al que nunca he visto.

—Millie. —Enzo me posa la pesada mano en el hombro—. ¿Qué pasa? ¿Qué te ha dicho?

Me enjugo los ojos antes de darme la vuelta.

—Que la policía ha encontrado residuos de pólvora en las prendas que se llevaron de mi cesta de la ropa sucia.

Enzo asiente.

—Cuando disparas, quedan restos de pólvora en la ropa, aunque la bala sea de fogueo.

Oculto el rostro entre las manos.

—Brock dice que ya deben de haber conseguido una orden de arresto contra mí, o están a punto. ¿Qué voy a hacer?

—No me rendiré. —Me coge por los hombros—. ¿Me entiendes? Pase lo que pase, no me daré por vencido hasta conseguir que seas libre.

Creo que está siendo sincero, pero dudo que sea capaz de sacarme de este apuro. Si me detienen, estoy acabada. Dejarán de buscar al auténtico asesino. Me lo achacarán todo y por lo visto tienen indicios bastante demoledores contra mí: pólvora en la ropa, mis huellas en el arma del crimen y el testimonio del portero de que me encontraba en el edificio a la hora aproximada en que se cometió el asesinato.

Estoy bien jodida.

—Quiero ir a esa cabaña junto al lago. —Dirijo la vista hacia la servilleta con la dirección garabateada—. Quiero encontrar a ese hijo de puta. Necesito llegar al fondo del asunto.

—No te servirá de nada.

—Me da igual —gruño—. Quiero verlo. Quiero mirarlo a los ojos y preguntarle por qué me ha hecho esto. Y si Wendy está ahí también, quiero...

Clavo la vista en el rostro de Enzo. Se le abren los ojos un momento antes de arrancar a correr hacia la cocina para coger la servilleta con las señas antes de que la alcance yo. La estruja en la mano y la pone bajo el chorro del fregadero hasta que se corre la tinta.

—No —dice con firmeza—. No permitiré que hagas una tontería.

—Demasiado tarde —digo—. Ya he memorizado la dirección.

—¡Millie! —exclama con voz tajante y los ojos muy abiertos—. No vayas a esa cabaña. No estás pensando con claridad ahora mismo. ¡No has hecho nada malo ni acabarás en la cárcel a menos que les des motivos para encerrarte!

—Te equivocas. —Levanto el mentón—. Acabaré en la cárcel pase lo que pase, así que prefiero ganármelo.

—Millie. —Me sujeta la muñeca con su manaza—. No dejaré que cometas una estupidez. Prométeme que no irás a esa cabaña.

Fijo la mirada en él.

—Prométemelo. No te irás de aquí hasta que me lo prometas.

No me está apretando tanto como para hacerme daño, pero sí lo suficiente para que no pueda zafarme. Está empeñado en salvarme de mí misma. Es muy tierno. Brock no paraba de decírmelo, pero Enzo me quiere de verdad. Y no me cabe duda de que, aunque me detengan, hará todo lo posible por sacarme de la cárcel, por dar a conocer la verdad.

—Está bien —cedo—. No iré.

—¿Me lo prometes?

—Te lo prometo.

Me suelta la muñeca y retrocede un paso, con aspecto abatido.

—Y yo te prometo que solucionaremos esto.

Hago un gesto afirmativo. Extiendo el brazo hacia el bolso, que había dejado en el futón.

—Será mejor que me vaya a mi casa y apechugue con las consecuencias.

—¿Quieres que te acompañe?

—No. —Me echo el bolso al hombro—. No quiero que estés presente cuando me pongan las esposas.

Enzo me tiende los brazos y me da un último beso. La verdad es que esto por sí solo casi me infunde fuerzas suficientes para pasar un par de años en chirona. Nadie besa como este hombre. Y menos aún Brock.

—Te prometo que no dejaré que vuelvas a prisión —me susurra al oído.

Me aparto de él temblando ligeramente.

—Bueno, me voy.

Me da un apretón en la mano.

—Te conseguiré un buen abogado. Ya encontraré la manera de pagarlo.

Su diminuto estudio está repleto de muebles sacados de la basura. Me muerdo la lengua para no hacer un comentario sarcástico.

—Te echaré de menos.

—Y yo a ti —asegura.

—Y… te quiero.

Lo sentía forzado cuando se lo decía a Brock, pero ahora me sale de manera natural. No podía marcharme sin decírselo.

—Yo también te quiero, Millie —dice—. Muchísimo.

Es verdad que lo quiero. Siempre lo he querido. Por eso me sabe fatal mentirle.

Pero no puedo confesarle que llevo las llaves de su coche escondidas en el bolso.

Pronto lo descubrirá.

CUARTA PARTE

66

WENDY

Russell y yo estamos de celebración con una botella de champán.

Aunque era un poco arriesgado, me ha traído en coche a su cabaña del lago para alejarme de la legión de periodistas acampados delante del edificio donde está el ático y de la casa de Long Island. En rigor, la cabaña es de Marybeth y, cuando él la deje, ella se la quedará. No pasa nada, porque ahora soy más rica de lo que nunca soñé. Soy más rica de lo que puede concebir la mente humana. No necesito para nada esta chabola cutre de dos habitaciones.

Aunque el sistema de hidromasaje de la bañera extragrande no está nada mal. Es como estar en un jacuzzi.

Durante el trayecto, íbamos mirando por el retrovisor para asegurarnos de que no nos siguiera algún periodista. En el último tramo la carretera estaba casi desierta, así que habríamos detectado con facilidad a cualquiera que viniera detrás de nosotros. Russell le dijo a Marybeth que se marchaba en viaje de negocios, para ir a ver unos muebles, o algo así. Me da igual la excusa que se inventara. Ella ya no pinta nada.

—Qué contenta estoy —murmuro—. Hacía mucho tiempo que no me sentía tan feliz.

Russell sonríe, aunque percibo cierta tirantez en su expresión.

Dejó más que claro que no quería matar a Douglas. Me parece tremendo que me dejara a mí el trabajo sucio mientras él se quedaba en la cocina encogido de miedo. Tiene suerte de ser guapo, pues esa noche le perdí bastante el respeto. Debería estarme agradecido en vez de mirarme como si fuera una especie de monstruo, por Dios santo.

Y, si no está contento, que regrese junto a la arpía de su mujer, que ya encontraré yo a alguien con quien disfrutar mi millonada de dólares.

Vierto el resto del champán en la copa de Russell.

—Esto está de muerte —digo—. ¿De dónde lo has sacado?

—Le gusta a Marybeth. —Me da la impresión de que habla cada vez más de su esposa y con cada vez menos rencor. No es buena señal.

—¿Tienes más? —pregunto.

—Creo que ya no queda champán, pero tal vez haya algo de vino en la cocina.

Me mosquea que no se ofrezca a ir él a buscarlo. Todos los hombres son iguales: al principio se desviven por darte todo lo que pidas, pero con el tiempo dejan de valorarte. ¿Qué clase de caballero es el que no se presta a ir a por una botella de vino para una mujer?

Pero tengo mucho antojo y la botella de champán de la que hemos estado bebiendo solo estaba llena hasta la mitad, así que, después de envolverme el cuerpo desnudo en una toalla, salgo del baño al salón, dejando un rastro de agua sobre el parqué. Fuera llueve a mares, y el techo del porche gotea. Eso es bueno, pues, si alguien intentaba rastrearnos, no habrá encontrado huellas de neumáticos que seguir.

Cuando entro en la cocina veo que, en efecto, hay una botella en la encimera. Está llena solo a tres cuartos de su capacidad de un pinot noir que parece más bien barato, pero mejor eso que nada. La agarro y me encamino de vuelta al cuarto de baño, pero entonces me paro en seco.

Una de las ventanas de la cabaña está abierta de par en par.

67

Ya estaba abierta esa ventana cuando hemos llegado?

No recuerdo que lo estuviera. Por otro lado, estábamos demasiado distraídos celebrando que el inspector Ramírez me había comunicado sus planes de arrestar a Millie Calloway. Hemos conseguido salirnos con la nuestra. De verdad lo hemos conseguido.

Entonces, ¿nos la hemos encontrado abierta? La verdad es que no me acuerdo. Es muy posible.

Además, es mucho más fácil reparar en que está abierta ahora que llueve. Las gotas entran a raudales y humedecen la madera que rodea el marco. Habrá que cerrarla.

Dejo la botella de vino sobre la mesilla situada junto al sofá antes de dirigirme hacia la ventana. La lluvia helada me azota el rostro y me salpica los brazos desnudos. Tras un breve forcejeo, consigo cerrar la ventana.

Ya está.

Cojo el vino y me lo llevo al baño, donde Russell sigue en remojo, con el cabello oscuro pegado a la cabeza. En un primer momento, me da la impresión de que tiene el rostro mojado por el agua de la bañera, pero entonces caigo en la cuenta de lo que ocurre en realidad.

—¡¿Estás llorando?! —barboteo.

Se enjuga los ojos, cohibido.

—Es que… no puedo creer que lo hayamos matado. Yo nunca había hecho una cosa así.

No entiendo por qué llora. Fui yo quien mató a Douglas, y no me siento culpable en absoluto. Por lo que a mí respecta, el tipo se lo ganó a pulso.

—Contrólate —le espeto—. A lo hecho, pecho. De todos modos, era una persona deleznable. Me estaba haciendo la vida imposible.

—Porque tú lo habías engañado.

¿Y eso es razón suficiente para dejarme en la calle? Por otra parte, Russell no sabe que le mentí a Douglas respecto a mi incapacidad para tener hijos. Creo que será mejor que no se lo diga. Solo conseguiría que se sintiera aún peor.

—Oye… —Me quito la toalla y la dejo caer al suelo. Acto seguido, le lleno la copa hasta el tope con el líquido color granate antes de llenarme la mía también—. ¿Qué te parece si te ayudo a olvidarte de ello?

Mientras me sumerjo de nuevo en el agua caliente de la bañera, Russell bebe a grandes tragos el contenido de su copa, que le deja una mancha roja en los labios. Decido seguir su ejemplo y apuro mi copa a mi vez. Es un vino barato, así que no hace falta paladearlo. Un par de copas más, y los dos nos sentiremos mucho mejor.

68

No me equivocaba.

Después de trasegar dos copas de vino, Russell ha dejado de llorar. Yo noto un agradable embotamiento. Hacía mucho que las cosas no salían tal como yo quería. Después de lo que he soportado en los últimos seis meses, necesitaba un tanto a mi favor, y hoy he ganado por goleada. Douglas está muerto, voy a recibir una cuantiosa herencia y Millie se va a comer el marrón por todo. Ha cumplido muy bien su cometido.

—Podría quedarme para siempre en esta bañera. —Suspiro, recostándome. Mi piel resbala contra la de Russell—. Esto es vida, ¿no?

—Ajá —dice—. Pero me ha dado un poco de sueño. Creo que estoy algo borracho.

Yo no, pero sí algo achispada. Me da gustito. Todo está muy tranquilo, salvo por una música que suena a lo lejos.

—Wendy —dice Russell—, ¿ese no es tu teléfono?

Tiene razón.

Debe de ser Joe Bendeck. Le pedí que me llamara para hablar del considerable patrimonio de Douglas. Me produce cierto placer pensar que nunca le he caído bien a Joe y que, puesto que todas las propiedades de Douglas han pasado a mis manos, incluida su empresa, ahora soy, en esencia, su jefa. No le queda más remedio que bailarme el agua. Me encanta ser una zorra millonaria.

Esta vez cojo un albornoz para cubrirme el cuerpo antes de salir a toda prisa al salón, donde está la mesa de centro sobre la que he dejado mi móvil. En efecto, el nombre de Joseph Bendeck aparece en la pantalla. Contesto justo antes de que la llamada se desvíe al buzón de voz.

—Hola, Joe —digo.

—Buenas, Wendy.

Me regodeo al percibir el desánimo en su voz. Ganar mola.

—Habíamos quedado en que me llamarías por la tarde —le recuerdo—. Son casi las diez.

—Lo siento —dice con amargura—. Acaban de asesinar a mi mejor amigo. No estoy al cien por cien de mis facultades ahora mismo.

—Pues es una pena —replico con sequedad mientras me encamino con paso tranquilo hacia la cocina—. Eres el albacea del patrimonio de Douglas, y, si no eres capaz de cumplir con tu trabajo, tal vez otra persona debería ocupar tu puesto.

—No. Doug quería que me encargara yo. Es…, es lo menos que puedo hacer para respetar sus deseos.

—Está bien. —Como intente jugármela, me aseguraré de que lo despidan de la empresa. De hecho, seguramente debería echarlo de todos modos. Me fío tan poco de él como de Douglas en los últimos tiempos—. Bueno, ¿cuándo se transferirán sus fondos a mi cuenta? Necesito poder pagar las facturas.

Que Douglas haya pasado a mejor vida no me libera de la carga de la hipoteca. Ni siquiera tengo una tarjeta de crédito activa porque él las canceló todas. Cada letra del ático asciende a seis cifras, así que voy a necesitar liquidez… lo antes posible.

—¿Quieres que se transfiera a tu cuenta el dinero de Doug? —pregunta Joe.

—Sí. —Tamborileo con los dedos sobre la encimera—. Así funciona esto, ¿no?

—No exactamente... —Joe se queda callado un momento—. Wendy, ¿eres consciente de que Doug modificó su testamento el mes pasado?

¿Qué?

—No. ¿De qué hablas?

—Cambió su testamento. Se lo legó todo a organizaciones benéficas.

De pronto me siento mareada. Unos meses después de casarnos, Douglas otorgó un testamento en el que me lo dejaba todo a mí. Lo acompañé a ver al abogado para asegurarme de que así lo hiciera, más que nada porque Douglas era especialista en dejarlo todo para más tarde. Ni se me había pasado por la cabeza que pudiera haber reescrito su testamento en el breve tiempo que llevábamos separados. No lo había creído capaz.

A no ser que...

—Estás mintiendo —espeto al teléfono—. Te lo has inventado para impedir que yo cobre la herencia.

—Resultaría tentador, pero no, no me lo he inventado. Tengo una copia notarizada justo delante de mí.

—Pero... —barboteo— ¿cómo pudo hacer algo así?

—Bueno, cuando Doug me lo explicó, me comentó que eras una arpía embustera y manipuladora y que no quería que heredaras ni un centavo de su dinero.

El corazón me da un vuelco en el pecho y, por unos instantes, la vista se me desenfoca y se vuelve a enfocar varias veces. ¿Cómo puede estar pasando esto? Douglas mencionó algo sobre que quería donar su dinero a la beneficencia, pero no me imaginaba que ya hubiera iniciado el proceso.

—Esto es un escándalo —vocifero—. ¡No puede haberme borrado de su testamento! ¡Soy su esposa, por Dios santo! Acudiré a los tribunales, y créeme que ganaré.

—Vale. Lo que tú digas, Wendy. Pero, mientras tanto, voy a

necesitar que desalojes tanto el ático como la casa de Long Island, porque vamos a ponerlos a la venta.

—Vete a la mierda —siseo.

Pulso el botón rojo de mi móvil para finalizar la llamada, pero me tiemblan las manos. Simplemente me niego a creer que Douglas firmara un papel diciendo que me deja sin nada. Voy a luchar contra eso. Y, ahora que Douglas no está, no podrá defenderse. De un modo u otro, conseguiré lo que en justicia me corresponde.

No la fortuna que me esperaba, pero no pasa nada.

Mientras mantengo la vista fija en el teléfono que sostengo en la mano, pensando cuál será mi siguiente paso, empieza a sonar de nuevo. Se me corta la respiración cuando veo en la pantalla el origen de la llamada.

El departamento de policía de Nueva York.

69

Debe de ser el inspector Ramírez. Me ha telefoneado hace unas horas, cuando yo aún estaba en la ciudad, para comunicarme que iban a arrestar a Millie. Espero que la llamada de ahora solo sea para confirmar que ya está entre rejas.

Ojalá no me deje tan alterada como la anterior.

—¿Diga? —contesto, intentando poner voz de viuda desconsolada. Estoy amortizando bien las clases de interpretación que tomé en la universidad. Merezco un Oscar por mi actuación ante Millie.

—Señora Garrick. Al habla el inspector Ramírez.

—Qué tal, inspector. ¡Espero que ya haya puesto a buen recaudo a esa mujer que asesinó a mi marido!

—La verdad es que... —¡Ay, madre! Lo que faltaba—. No hemos conseguido localizar a Wilhelmina Calloway. Hemos acudido a su domicilio con una orden de arresto, pero no estaba allí.

—Bueno, ¿y dónde está?

—Si lo supiéramos, ya la habríamos detenido, ¿no cree?

Vuelvo a notar un aleteo en el pecho.

—¿Y qué están haciendo para encontrarla? Es muy peligrosa, ¿sabe?

—No se preocupe. Tarde o temprano daremos con ella.

—Bien. Me alegro de que tengan la situación controlada.

—Pero hay otra cosa de la que quería hablar con usted, señora Garrick.

¿Y ahora qué? Dirijo la vista hacia el baño. No entiendo por qué Russell sigue ahí dentro cuando yo hace rato que me he salido. Se va a arrugar como una pasa.

—Dígame, inspector.

—Verá. —Ramírez se aclara la garganta—. El administrador del ático lleva dos días fuera de la ciudad. Como está en Europa, no habíamos podido contactar con él. El caso es que por fin he conseguido hablar con él esta tarde y me ha contado algo muy interesante.

—Ah, ¿sí?

—Me ha dicho que hay una cámara de seguridad en la entrada trasera del edificio.

Me parece que mi corazón deja de latir durante al menos cinco segundos.

—¿Cómo dice?

—Por algún motivo la pasamos por alto —prosigue—. El administrador dice que la mandó instalar en un sitio donde no se ve porque a los vecinos no les gusta la sensación de que los espían. Pero lo más curioso es que su marido fue quien facilitó material de seguridad de su empresa hace como un año porque le preocupaba esa puerta trasera.

—¿De..., de veras? —digo, atragantada. Oigo un estrépito que parece proceder del cuarto de baño, seguido de un chapoteo, pero no le presto atención. Si Russell ha intentado salir de la bañera y ha resbalado, tendrá que levantarse solo.

—Sí, y acabamos de visionar todas las grabaciones. Lo que hemos descubierto es de locos: al parecer, hacía meses que su marido no ponía un pie en ese piso. Desde antes de que la señorita Calloway entrara a trabajar ahí. Así que no sé cómo podían tener un lío si él ni siquiera estaba ahí. ¿Me sigue?

Tengo la boca casi demasiado seca para hablar.

—Tal vez se veían en otro sitio —consigo decir.

—Tal vez. Pero en el extracto de su tarjeta no aparecen cargos por habitaciones de hotel ni nada por el estilo.

—Es obvio que no usaba la tarjeta para eso, porque entonces me habría dado cuenta. Seguramente pagaba en efectivo.

—Quizá tenga razón —admite Ramírez—. Pero ahora viene lo más demencial. La noche en que asesinaron a su marido, él no entró por la puerta trasera hasta después de que el portero viera salir a Millie del edificio.

—Qué…, qué raro.

Si ha visto las imágenes, sin duda sabrá también que yo estaba en el edificio a esa misma hora. Y, si lo sabe, estoy metida hasta el cuello en un lío.

—Oiga —añade—, quería pedirle que viniera un momento a comisaría para ayudarnos a aclarar esta confusión. Le enviaremos un coche patrulla a casa.

—No…, no estoy en casa en este momento…

—¿No? Entonces ¿dónde está?

Me aparto el teléfono de la oreja. De pronto, la voz del inspector Ramírez se oye lejana.

—¿Hola? ¿Señora Garrick?

Oprimo el botón rojo para cortar la llamada y dejo caer el móvil sobre la encimera, como si me quemara las manos. Me inclino sobre el fregadero de la cocina, intentando ahuyentar la oleada de náuseas y el mareo.

Me parece increíble que hubiera una cámara en la entrada de atrás. Había preguntado específicamente si la había, y se me había dicho que no. Pero eso fue antes de que Douglas tuviera el detalle de ofrecer una; así era mi marido: atento, generoso y un friki amante de la tecnología. O a lo mejor solo era un intento más de documentar mis folleteos a sus espaldas.

Si lo de la cámara es verdad, eso bastará para exculpar a Millie. Y para poner un clavo bien grande en mi ataúd.

Me froto las sienes, que han empezado a palpitarme. Tengo que idear una manera de darle la vuelta a la situación porque no pienso pasarme el resto de mi vida en la cárcel. Pero tengo algunas ideas. Ya representé para Millie el papel de esposa maltratada, y lo bordé. Ahora solo tengo que contar la historia del monstruo maltratador que era mi marido. A lo mejor esa fatídica noche se abalanzó hacia mí con la intención de dejarme inconsciente de una paliza, y yo hice lo que tenía que hacer. Fue un caso de legítima defensa: o él o yo.

Eso podría dar resultado.

—¡Russell! —grito—. Tenemos que hablar.

Russell puede complicar mucho las cosas. Si la policía ha examinado las imágenes de vídeo de la puerta trasera, lo habrán visto entrar esa noche también. Por otro lado, a lo mejor no hay nada que lo relacione directamente conmigo. Tenemos que asegurarnos de que nuestras versiones de los hechos concuerden. Espero que no se porte como una nenaza otra vez. Ya me lo imagino viniéndose abajo y confesándole a la policía la sórdida verdad.

Me dirijo al baño a paso veloz. A Russell no le hará ni pizca de gracia la noticia. Contar con que todo fuera viento en popa era demasiado esperar. Pero saldremos de esta, mal que bien. Ya he superado otros baches en mi vida.

—Russell —digo de nuevo—, ¿qué…?

Al cruzar el umbral del baño, lo primero que veo es el rojo. Un mar de rojo que me inunda las retinas. El agua de la bañera, antes transparente, aunque un poco brumosa, ahora está teñida de un carmesí intenso. Al alzar la vista, localizo el origen de la sangre: una herida enorme en el cuello de Russell.

Y entonces le miro la cara. La mandíbula laxa. Los ojos, que mantienen la mirada fija al frente, sin parpadear.

70

Russell está muerto.
Lo han matado.

Y ha ocurrido en el intervalo entre el momento en que he salido del baño y ahora.

Me acuerdo de la ventana que me he encontrado abierta antes, cuando he ido a por el vino. Alguien se ha colado en la cabaña. Alguien ha entrado y le ha hecho esto a Russell.

Me temo que sé quién es ese alguien. Hay una persona que tiene motivos para querer vengarse de mí, además de un historial de conductas violentas. Y la policía no ha sido capaz de encontrarla.

—¿Millie? —digo en voz alta.

No obtengo respuesta.

De pronto, las luces se apagan.

Me gustaría pensar que ha sido la tormenta, pero dudo que el viento sople con tanta fuerza como para provocar un apagón. Alguien ha cortado la corriente.

Presa de un escalofrío, me abrazo el torso. La cabaña se ha sumido en las tinieblas. Tenía algo de cobertura en el teléfono, pero lo he dejado en la cocina, en la otra punta de la casa. Si ella es lo bastante inteligente, ya se habrá hecho con él a estas alturas.

Lo que significaría que no tengo manera de telefonear para pedir ayuda.

—Millie —la llamo de nuevo.

No me contesta. Está jugando conmigo. Debe de odiarme a muerte. Y con toda razón. Ella intentaba ayudarme, y yo cargué todas las culpas sobre ella. Me lo puso demasiado fácil.

Y ahora me resuenan en los oídos las palabras de mi amiga Audrey: «Es de armas tomar, de verdad. Muy peligrosa».

Millie es extremadamente peligrosa. Eso ha quedado claro.

Y la he convertido en mi enemiga.

—Millie —digo con un hilillo de voz—. Por favor, escúchame. Lo…, lo siento. No debería haber hecho lo que hice. Pero has de saber que Douglas me maltrataba de verdad. No te mentí en eso.

Un vidrio se hace añicos en el otro extremo de la habitación. Giro la cabeza con rapidez en dirección al ruido. A no ser que lleve gafas de visión nocturna, Millie debe de estar tan ciega como yo en la oscuridad. A lo mejor hay algún modo de aprovecharme de ello.

—Douglas me hacía toda clase de cosas horribles. Era un marido nefasto. Yo necesitaba escapar de ese matrimonio. Tienes que entenderlo…

Millie sigue sin responder, pero percibo su furia ardiente. Me he metido con la mujer equivocada.

—Millie —continúo—, te aseguro que no estaba aparentando. Y tu amabilidad conmigo… significa mucho para mí. No tenía más remedio que hacer lo que hice.

El fuerte destello de un relámpago me permite ver que el camino hasta la cocina está despejado. La cocina, ese lugar lleno de cuchillos y otros objetos que en teoría podría usar como armas, aunque ella haya cogido mi teléfono.

A la porra los intentos de razonar con esa psicópata. Si quiere pelea, la tendrá.

Arranco a correr hacia la cocina. Aunque oigo los pasos de Millie detrás de mí, no me detengo. Mantengo los brazos extendidos al frente para no darme de bruces contra una pared. Por obra de algún milagro, consigo llegar a la cocina. Paso junto a la pequeña mesa del desayuno intentando no tropezar con ella. Una vez que he conseguido dejar atrás ese obstáculo, me resbalo y caigo hacia atrás.

Hay sangre por todo el suelo.

Supongo que ella se ha manchado las suelas de los zapatos con la sangre de Russell y la está dejando por toda la casa. Al cerrar los ojos, vuelvo a verlo tendido en la bañera, degollado, con la mirada perdida en el vacío. Ha sido obra de Millie, y eso que no es a él a quien odia de verdad. No quiero ni imaginar qué planes tiene para mí.

Pero no le daré la oportunidad de cumplirlos. No me rendiré sin luchar. Puede que ella sea una chica mala, pero yo también.

Me pongo de pie con dificultad, pues me duele la cadera derecha por la caída. Me acerco a tientas a la encimera y, valiéndome del tacto, busco el taco de cuchillos. Estoy segura de que he visto un taco de cuchillos en la encimera. No son imaginaciones mías.

«Por favor, que esté aquí. Por favor».

Pero me quedo con las manos vacías. No he encontrado nada que sirva como arma en la encimera. Millie es demasiado astuta para dejar un objeto así a mi alcance, claro. Si conseguí engañarla antes fue porque confiaba en mí, pero, ahora que me ha calado, va un paso por delante de mí. Ya ha asesinado a una persona esta noche, y tiene toda la intención de convertirme en su siguiente víctima.

Palpo en busca del fogón. Estoy convencida de haber visto una sartén encima. Si logro agarrarla y propinarle un sartenazo lo bastante fuerte, tal vez consiga derribarla. Es mi única oportunidad.

Pero entonces oigo pisadas detrás de mí, cada vez más cerca. Demasiado cerca.

Dios santo. Está en la cocina conmigo.

71

Intento avanzar a ciegas. Tengo a Millie justo detrás. Seguramente a menos de dos metros. Ojalá destellara otro rayo. Entonces quizá vislumbraría algo que utilizar contra ella. Pero está demasiado oscuro. No veo más que negrura frente a mí.

—Wendy —dice.

Giro sobre los talones y apoyo la espalda contra la cocina. Siento que el corazón me va a estallar en el pecho y, por unos instantes, todo me da vueltas. Respiro hondo, intentando tranquilizarme. Lo último que quiero es desmayarme. Seguramente despertaría atada de pies y manos.

Los ojos se me han adaptado a la oscuridad. Distingo con claridad la silueta de Millie, al fondo de la habitación. De repente, algo reluce en su mano derecha.

Es un cuchillo, sin duda el mismo con el que ha matado a Russell. Aún debe de estar empapado en su sangre.

Dios.

—Por favor —le suplico—. Te daré lo que me pidas. Voy a ser asquerosamente rica.

Millie da un paso hacia mí.

—Sé que tienes problemas económicos —continúo balbuciendo—. Puedo pagarte los estudios. El alquiler. Y una suma extra, para que nunca tengas que volver a preocuparte por el dinero.

A pesar de la penumbra que reina en la cocina, advierto que la silueta de Millie mueve la cabeza de un lado a otro.

—Le diré a la policía que me confundí —prosigo con una nota de histeria en la voz—. Les diré que ni siquiera estabas ahí. Que estaba equivocada en todo.

No me cuesta nada prometérselo, más que nada porque la policía tiene en su poder las grabaciones de la cámara que demuestran que Millie ni siquiera se encontraba en el piso a la vez que el auténtico Douglas. Cuando consiga largarme, es muy probable que acabe detenida, pero no importa, lo acepto. Que me metan en la cárcel si hace falta, pero no quiero morir.

A Millie no parece convencerla mi oferta. Da otro paso hacia mí mientras yo intento recular, aunque no tengo escapatoria.

—Por favor —le imploro—. Por favor, no lo hagas.

En ese momento, un relámpago ilumina el interior de la casa. Es demasiado tarde para encontrar un arma sobre la encimera. Aguzo la vista para intentar absorber esa pequeña cantidad de luz y, por un instante, veo con nitidez el rostro de la mujer que avanza hacia mí con un cuchillo en la mano derecha.

Dios bendito.

No es Millie.

72

M arybeth? —susurro.

La secretaria de mi marido —que resulta ser también la esposa de Russell— está a muy pocos metros de mí, traspasándome con la mirada. Nunca me había dado miedo. Incluso cuando estaba teniendo una aventura con su esposo apenas pensaba en ella. Me parecía bastante maja, y Russell nunca me ha comentado nada que indique lo contrario.

La he infravalorado. La garganta rajada de Russell así lo atestigua.

Soy más atractiva que Marybeth; eso es un hecho objetivo. Me saca unos diez años, y se le nota. Tiene el rubio cabello estropeado, arrugas en las comisuras de los ojos y de la boca, y la piel bajo el mentón demasiado flácida. Pero entonces las tinieblas inundan de nuevo la cocina, y ella vuelve a quedar reducida a una silueta.

—Siéntate —dice Marybeth.

—No…, no veo —titubeo.

Durante una fracción de segundo, otro resplandor me ciega; ella ha encendido la linterna de su móvil. Dirige el haz hacia la mesa de la cocina, un pequeño cuadrado de madera flanqueado por dos sillas plegables. Me acerco a la mesa dando traspiés y me dejo caer en uno de los asientos justo cuando están a punto de fallarme las piernas.

Marybeth se sienta en la otra silla. Bajo la luz del teléfono, puedo distinguir de nuevo sus facciones. Sus labios forman una línea recta, y sus ojos azules, por lo general de expresión afable, se clavan en mí como puñales. Lleva una gabardina manchada con la sangre de Russell. Su aspecto resulta sencillamente aterrador.

Sin embargo, el hecho de que aún no me haya eliminado me consuela un poco. Por alguna razón quiere mantenerme con vida, lo que me da algo de tiempo para pensar cómo salir de esta.

—¿Qué quieres? —le pregunto.

Parpadea sin apartar la vista de mí. Le brilla el blanco de los ojos, hundidos en las oscuras cuencas.

—¿Cuánto llevas acostándote con mi esposo?

Abro la boca, debatiéndome entre mentirle o no. Pero al mirarla a la cara me queda claro que con esta mujer más vale no andarse con jueguecitos.

—Diez meses.

—Diez meses —repite como si escupiera las palabras—. Delante de mis narices. ¿Sabes qué? Éramos felices antes de que aparecieras tú. Lo fuimos durante veinte años. Él no era perfecto, pero me quería. —Se le quiebra la voz—. Pero en cuanto te conoció…

—Lo siento mucho. No fue algo que planeáramos.

—Pero sí que teníais planes. Grandes planes. Él planeaba dejarme por ti.

No lo ha dicho en tono de pregunta, así que me quedo callada. Russell me aseguraba que iba a abandonar a Marybeth por mí, pero al final yo no las tenía todas conmigo. Resultó no ser el hombre que yo creía.

—Te quería mucho —digo al fin, con la esperanza de apaciguarla.

—Entonces ¿por qué se acostaba contigo? —estalla.

—Oye —digo, intentando mantener la calma aunque todavía tengo el corazón desbocado—, él quería volver contigo. Le habían entrado dudas. Si no hubieras...

Se queda mirándome. No debo olvidar que esta mujer acaba de asesinar a su marido. No está intentando volver con él. Su único objetivo es la venganza.

—En cuanto a Doug... —Clava en mí unos ojos fríos como el hielo—. Lo matasteis, ¿verdad? Russell y tú.

Abro la boca para desmentirlo, pero, al ver su expresión, caigo en la cuenta de que no era una pregunta.

—Sí, lo maté.

Por una fracción de segundo, se le suaviza la mirada y se le arrasan los ojos en lágrimas.

—Doug Garrick era una excelente persona. La mejor. Fue como un hermano para mí.

—Lo sé, y... lo siento.

—¡Lo sientes! —exclama—. No es que te le hayas colado en la fila del cine. ¡Lo has asesinado! ¡Está muerto por tu culpa!

Aprieto los labios sin atreverme a pronunciar una palabra más, porque nada de lo que diga mejorará la situación. Marybeth está furiosa conmigo: me he liado con su esposo y he quitado de en medio a su amado jefe. Pero eso no significa que merezca morir aquí, a sus manos.

Tengo que encontrar la manera de salvar el pellejo.

Me fijo en el cuchillo que empuña en la mano derecha. Lo tiene sobre el regazo, y está bañado en la sangre de Russell. ¿Tengo alguna posibilidad de arrebatárselo? Marybeth no está precisamente en plena forma.

—¿Qué quieres de mí? —le pregunto.

Se lleva la mano al bolsillo de la gabardina y saca una hoja de papel en blanco. Acto seguido, hurga por un momento hasta encontrar un bolígrafo. Luego desliza ambos objetos sobre la mesa hacia mí.

—Quiero que redactes una confesión —dice.

La bilis me sube por la garganta, pero la fuerzo a bajar de nuevo.

—¿Qué?

—Lo que oyes. —Le relampaguean los ojos—. Quiero que escribas todo lo que has hecho. Cómo sedujiste a Russell. Cómo te confabulaste con él para matar a tu marido. Quiero una confesión completa.

—De acuerdo… —No me entusiasma la idea, pero ya he visto lo que le ha hecho a Russell. Solo de pensar en que podría rebanarme el cuello como a él…

—¿A qué esperas?

Con el pulso tembloroso, plasmo mi confesión en la hoja en blanco que ahora está manchada con huellas digitales color carmesí. Como no sé muy bien qué espera ella que diga, procuro no complicarme la vida. No me preocupa mucho, porque nada de lo que escriba bajo amenaza será considerado válido por un tribunal.

> A quien corresponda:
> Hace diez meses que mantengo una relación extramatrimonial con Russell Simonds. Él y yo juntos hemos matado a mi esposo, Douglas Garrick.

Le escudriño el rostro a Marybeth. Su semblante no revela nada.

—¿Así está bien? —le pregunto.

—Sí, pero no has terminado.

—¿Qué más quieres que diga?

—Esto es lo que tienes que escribir. —Da unos golpecitos en el papel con su larga uña—. «No puedo seguir viviendo con esta culpa que me consume».

Garabateo la frase, que queda casi ilegible por el temblor de mis manos. Durante unos segundos, se me nubla la vista y no puedo seguir escribiendo, pero luego se me aclara.

—«Así que, esta noche —prosigue—, he decidido acabar con la vida de ambos».

Me quedo paralizada de golpe. El bolígrafo se me cae de las entumecidas yemas de los dedos.

—Marybeth...

—¡Escríbelo!

Alza el cuchillo para acercármelo a la cara. Cierro los ojos un momento y me viene a la memoria la enorme herida en el cuello de Russell. Madre mía. Esta mujer no está de broma. Escribo la última frase de mi confesión.

—Y ahora, fírmala —dice Marybeth.

La obedezco. No estoy en condiciones de negarme.

Coge mi confesión firmada y la repasa sin quitarme ojo en ningún momento.

—Está bien —dice.

Soy consciente de lo que me espera. La confesión termina con el anuncio de que voy a suicidarme. Y eso significa que, antes del final de la noche, ella me va a matar. Pensar en ello me provoca fuertes náuseas y, pese a que me está amenazando con un cuchillo, corro hacia el fregadero para vomitar. Ella no me lo impide.

Inclinada sobre la pila, sigo sufriendo arcadas aún después de haber vaciado el estómago. Mi vómito ha manchado de rojo el fregadero, por el pinot noir. Oigo crujir la silla de la cocina y, un segundo después, Marybeth se planta junto a mí.

—Por favor, no lo hagas —le ruego.

Ladea la cabeza.

—¿No fue eso lo que le hiciste a Doug? ¿Crees que no lo mereces?

Lo de Douglas fue distinto. Él me trataba fatal. No me quedaba otro remedio. Además, incluso después de muerto, sigue atormentándome con su testamento. Dios, ¿cómo me las ingeniaré para anular ese testamento de mierda? Pero ya me preocuparé de eso cuando haya escapado de aquí. Antes, tengo que convencer a esta mujer de que pare esta locura.

—Todo el mundo comete errores —digo—. Me corroe el remordimiento por las cosas que he hecho. Pero ahora tengo que aprender a vivir con ello.

—No basta con eso —replica ella.

Noto una opresión en el pecho, como si llevara un corsé muy ceñido.

—¿No basta con que pase el restó de mi vida en prisión?

—No. Mereces algo peor. Eres una persona absolutamente despreciable. Y te mereces morir de una forma dolorosa y terrible.

El corsé se estrecha aún más.

—Bueno, ¿y qué te imaginas que va a ocurrir? ¿Te parece que la policía se creerá que me he apuñalado a mí misma? Nadie hace eso. Sabrán que ha sido otra persona.

Marybeth guarda silencio por unos instantes.

—Tienes razón —dice, pensativa—. Si te apuñalo, sabrán que no te has suicidado.

Menos mal. Por fin estoy haciéndola entrar en razón.

—Exacto.

—Y por eso no vas a morir apuñalada.

Me invade otra oleada de náuseas que casi me hace caer al suelo.

—¿Qué? Pero ¿qué estás diciendo?

¿Lleva otra arma? ¿Una pistola? ¿Unos nunchacos? ¿Qué pretende hacerme esta mujer?

—¿Has oído hablar de un fármaco llamado digoxina? —pregunta.

¿Digoxina? ¿De qué me suena ese nombre?

De pronto, caigo en la cuenta. Era algo que tomaba Douglas para el corazón. Y Marybeth tiene una copia de las llaves de la casa en Long Island, donde él guarda su medicación.

—Las intoxicaciones por digoxina son muy graves —continúa—. Al principio producen náuseas, mareo, fuertes calambres abdominales y visión borrosa. Es una tortura atroz. Pero lo que te acaba matando es la arritmia mortal subsiguiente.

—Así que esperas que me trague unas pastillas de digoxina, ¿no? —digo pausadamente.

Si me lo pide, tendré que encontrar el modo de engañarla. Puedo guardar las pastillas debajo de la lengua y escupirlas luego, a la primera oportunidad. No puede obligarme.

Sin embargo, su boca se curva en una sonrisa.

—Ya te las has tragado, Wendy.

Dios mío, el vino.

Fuerzo otra arcada sobre el fregadero, pero no sale nada. En ese momento, un intenso calambre en el estómago me arranca las lágrimas. A pesar del mareo, me las había apañado para mantenerme en pie, pero bajo despacio hasta el suelo, sujetándome el vientre.

Marybeth se agacha junto a mí.

—No estoy segura de cuánto durará esto. ¿Una hora más? ¿Dos? No hay prisa. Nadie vendrá a buscarnos aquí.

Alzo la vista hacia ella. Su rostro se desenfoca y se vuelve a enfocar ante mis ojos.

—Por favor, llévame al hospital.

—Va a ser que no.

—Por favor —le ruego jadeando—. Ten piedad…

—¿Como la que tuviste tú por Doug?

Alargo el brazo hacia ella, y mis dedos apenas le rozan la pernera de los vaqueros. Intento asirla, pero es como si mi mano hubiera dejado de obedecerme.

—Haré lo que me pidas. Te daré lo que quieras, te lo prometo.

—Y yo te prometo —dice Marybeth— que tu muerte será lenta y dolorosa. Y yo, a diferencia de ti, siempre cumplo mis promesas.

73

MILLIE

Es la hora de apechugar con las consecuencias.

Anoche dormí en el coche de Enzo. Sabía que la policía tenía una orden de arresto contra mí. No estaba preparada para que me encerraran de nuevo, así que aparqué en una callejuela oscura para ocultarme y dormí en el asiento trasero. Hubo una época en que tuve que vivir en mi automóvil, así que experimenté una fuerte sensación de *déjà vu*.

Además, comprendí que no puedo pasarme el resto de mi vida durmiendo en el asiento de atrás del coche de Enzo. Tendré que entregarme y esperar que la verdad salga a la luz.

Cuando conduzco de vuelta a casa, temo que encontraré a medio cuerpo de policía esperándome delante de mi edificio. Sin embargo, solo hay un coche patrulla. Aun así, sé que está aquí por mí.

En efecto, en cuanto me apeo del Mazda de Enzo, un policía joven baja de un salto del coche patrulla.

—¿Wilhelmina Calloway? —pregunta.

—Sí —confirmo.

«Wilhelmina Calloway, queda usted detenida». Me preparo para oír estas palabras, pero no salen de su boca.

—¿Sería tan amable de acompañarme a comisaría?

—¿Me está deteniendo?

Niega con un gesto.

—Hasta donde yo sé, no. El inspector Ramírez está muy interesado en hablar con usted, pero no está obligada a ir.

Bueno, la cosa no empieza mal.

Subo al asiento posterior del coche patrulla. Enciendo mi teléfono, que ha estado apagado toda la noche. Tengo algunas llamadas perdidas del departamento de policía de Nueva York, y veinte llamadas perdidas de Enzo. Debe de haberse dado cuenta de que me llevé su coche. Me salto los mensajes de voz, pero leo la larga ristra de mensajes de texto que me ha enviado.

> ¿Dónde estás?
>
> ¿Tienes mi coche?
>
> ¡Me has cogido el coche!
>
> Por favor vuelve con mi coche. Hablaremos.
>
> ¡No vayas a esa cabaña!
>
> ¿Dónde estás? Muy preocupado.
>
> Por favor, vuelve. No vayas a la cabaña. Te quiero.
>
> Vuelve.

Y la cosa sigue y sigue.

Ha estado mandándome mensajes durante horas. Se ha pasado la mitad de la noche en vela, preocupado por mí. Merece una explicación, o por lo menos saber que estoy sana y salva. Así que le escribo un mensaje:

> Estoy bien. Ahora mismo voy en el asiento trasero de un coche de policía. No estoy detenida. He dejado tu coche delante de mi edificio.

Su respuesta me llega casi al instante, como si hubiera estado mirando su móvil, esperando a recibir noticias mías.

Dónde estabas????

Le contesto:

He dormido en el coche. Todo bien.

En la pantalla aparece un bocadillo con puntos suspensivos mientras él escribe. Supongo que me dirá que me quiere o que lo tenía preocupado, o tal vez me reñirá por robarle el coche. En vez de eso, me dice algo totalmente inesperado:

Wendy Garrick ha muerto. Lo he visto en las noticias.

¿Qué? ¿¿Cómo es posible??

Se ha suicidado.

74

Esta vez la sala de interrogatorios no me intimida tanto.

Mientras iba en el coche patrulla, he devorado toda la información que he encontrado sobre la muerte de Wendy Garrick. Al parecer, le rajó el cuello a su novio y luego se tomó un montón de pastillas. Incluso dejó una nota de suicidio.

Bajo esta luz, lo que le sucedió a Douglas Garrick cobra una dimensión totalmente nueva.

Llevo cerca de media hora en la sala cuando el inspector Ramírez entra por fin, con paso resuelto. Su rostro muestra una expresión severa, como el otro día, pero resulta menos amenazadora. Se diría más bien que está… perplejo.

—Hola, señorita Calloway —saluda mientras se sienta frente a mí.

—Hola, inspector —digo.

Se le juntan las cejas.

—¿Se ha enterado de lo que le pasó a Wendy Garrick?

—Sí. Ha salido en las noticias.

—Le interesará saber —continúa— que en su nota de suicidio ha confesado también el asesinato del señor Garrick.

Me permito la libertad de esbozar una minúscula sonrisa.

—¿O sea que he quedado descartada como sospechosa?

—En realidad… —Se reclina en su silla de plástico, que cruje bajo su peso—. Ya la habíamos descartado. Por lo visto había una cámara en la entrada posterior de la que nadie sabía nada. Las imágenes grabadas parecen demostrar que usted nunca coincidió con el señor Garrick en el interior del edificio.

—Exacto. Wendy me tendió una trampa.

Así que había una cámara durante todo este tiempo. Después de todo el pánico y el estrés que he pasado los últimos dos días…, resulta que la prueba de mi inocencia estaba ahí mismo.

Asiente con la cabeza.

—Eso parece. Así que quiero disculparme. Sin duda comprenderá que la hayamos creído responsable del asesinato.

—Claro. Como he estado en la cárcel, si alguien comete un crimen es lógico pensar que he sido yo.

Al menos Ramírez tiene la delicadeza de mostrarse avergonzado.

—Es verdad que me precipité en mis conclusiones, pero debe reconocer que todos los indicios parecían apuntar a usted. Y Wendy Garrick insistió mucho en señalarla como culpable.

Tiene razón. Ella se lo curró mucho para incriminarme. Pero si hubiera sido un poco más inteligente, no habría tenido que tomarse esa molestia. Al final, Wendy Garrick se complicó la vida mucho más de lo necesario. Habría podido aprender mucho de mí.

A pesar de todo, la experiencia me ha dejado muy mal sabor de boca. He ayudado a muchas mujeres a lo largo de los años y, aunque los planes no siempre salían como debían, siempre tenía la sensación de estar luchando por una causa justa. Cuando las mujeres acudían a mí, yo no vacilaba en socorrerlas, convencida de que era lo correcto.

Pero ahora me han entrado dudas. Wendy parecía una víctima real. No me será fácil fiarme de la próxima persona que me pida ayuda después de lo ocurrido. Y esa es una de las cosas que más me costará perdonarle.

—¿O sea que ya no me consideran sospechosa? —le repito a Ramírez.

—En efecto. En lo que a mí concierne, el caso queda cerrado.

Douglas está muerto. Saben que Wendy es la responsable. Y también está muerta. No hay necesidad de seguir investigando, detener a nadie más o celebrar un juicio. Soy libre.

—Pues no lo entiendo. ¿Por qué estoy aquí, entonces?

—Verá… —Ramírez sonríe con timidez—. Resulta que ha adquirido usted cierta fama…

—¿Cierta fama? —Se me revuelve un poco el estómago. No me gusta el rumbo que está tomando esto—. ¿Fama de qué?

—De heroína.

—¿De…? Perdón, ¿cómo dice?

—Sé que usted creía que estaba intentando ayudar a la señora Garrick —explica—, porque ya había ayudado a otras mujeres. Solo quiero que sepa que se lo agradecemos. Vemos cosas bastante feas por aquí, y a veces acudimos demasiado tarde en auxilio de las víctimas.

Su comentario pone el dedo en la llaga. Siempre me he esforzado al máximo por evitar que sea «demasiado tarde». Y, sea lo que sea lo que me depara el futuro, ya sea como asistenta o como trabajadora social, seguiré actuando así.

—Hago…, hago lo que puedo con los recursos de que dispongo.

—No me cabe la menor duda. —Me sonríe—. Y solo quiero que sepa que puede considerarme uno más de sus recursos. Quiero que guarde mi tarjeta y, si alguna vez se encuentra con una situación en la que una mujer corra peligro, llámeme enseguida. Esta vez, le prometo que la creeré.

Desliza su tarjeta sobre la mesa. La agarro y me quedo mirando su nombre: Benito Ramírez. Por fin, un amigo en las fuerzas del orden. No me lo puedo creer.

—Solo para aclarar las cosas: no está intentando ligar conmigo, ¿verdad?

Echa la cabeza hacia atrás y suelta una carcajada.

—Qué va. Soy demasiado mayor para usted. Además, creía que estaba con ese italiano que se presentó ayer en comisaría, armando lío por usted y diciendo que nos habíamos equivocado de persona y que no pensaba marcharse hasta que lo escucháramos. Temí que al final tendríamos que detenerlo.

Se me escapa una sonrisa.

—Ah, ¿sí?

—Lo que oye. De hecho, vuelve a estar aquí. Se niega a irse de la sala de espera hasta que le dejemos verla.

—En ese caso —digo, incapaz de borrar esa sonrisa de mi cara (aunque tampoco es que lo esté intentando)—, creo que me voy a ir.

Cuando me pongo de pie, Ramírez se levanta también. Me tiende la mano y yo se la estrecho, antes de dirigirme hacia la salida para encontrarme con Enzo y regresar por fin a casa.

EPÍLOGO

MILLIE

Tres meses después

No entiendo cómo le cabían tantos trastos a Enzo en ese estudio diminuto que tiene.

Entra en mi piso cargado con lo que se me antoja la millonésima caja repleta de enseres personales y la deposita encima de otra. Vale, contemplar a Enzo acarreando cajas, con los músculos de los brazos marcándosele bajo la camiseta, no es precisamente una tortura, pero ¿qué demonios hay dentro? Si es que este hombre parece alternar entre siete u ocho camisetas y un par de vaqueros. ¿Qué más puede tener?

—¿Eso es todo? —le pregunto mientras se enjuga el sudor de la frente.

—No. Hay dos más.

—¡Dos más!

Casi empiezo a arrepentirme de esto. Bueno, en realidad, no. Después de dejarlo con Brock, recuperé la relación con Enzo justo donde la habíamos dejado antes de su viaje a Italia. Con la diferencia de que, esta vez, ambos sabíamos que no podíamos vivir el uno sin el otro. Por eso, cuando por fin señaló que pagar un alquiler cada mes cuando ya pasaba todas las noches en mi piso era tirar el dinero, me faltó tiempo para proponerle que se viniera a vivir conmigo.

Es curioso. Cuando el momento es propicio, simplemente lo sabes.

—Dos cajas pequeñitas —dice Enzo—. No es nada.

—Hum —digo. No le creo. Para él, «pequeñita» es cualquier cosa que pese menos que yo.

Me sonríe de oreja a oreja.

—Perdona por ser tan insoportable.

No es insoportable en absoluto. De hecho, si puedo seguir viviendo en este piso es gracias a él. Aunque me han exculpado del todo, la señora Randall seguía dispuesta a echarme a la calle, pero, en cuanto Enzo fue a hablar con ella, accedió encantada a dejar que me quedara. No se puede negar que este hombre es irresistible.

Atraviesa la sala para abrazarme. Está un poco sudado por el trajín de cajas entre su casa y la mía. Me da igual. Dejo que me bese de todos modos. Siempre.

—Vale —dice cuando al fin se aparta de mí—. Voy a buscar las otras cajas.

Suelto un quejido. Voy a tener que revisar el contenido de esas cajas con él y tirar un montón de cosas. Además, tengo pensado despejar algunos cajones hoy.

Enzo sale y, unos minutos después, suena el timbre de la puerta principal. Él ha comentado que le apetecía pizza para comer, pero creo que aún no ha llamado para pedirla. Eso significa que ahí abajo solo puede haber una persona.

Pulso el botón para abrir.

Al cabo de un momento, oigo unos golpes en mi puerta. Cojo la caja que está encima de mi cama y la llevo al salón. La sostengo en precario equilibrio con una mano mientras descorro el cerrojo con la otra.

Brock está al otro lado de la puerta. Como siempre, luce uno de sus trajes caros, un peinado impecable y una dentadura de un blanco radiante. Hacía tres meses que no lo veía, y había olvidado lo apuesto y perfecto que es. No me cabe duda de que algún día será un marido estupendo, pero no estaba destinado a ser el mío.

—Hola —dice—. ¿Tienes mis cosas?

—Está todo aquí dentro.

Levanto la caja para colocársela en los brazos tendidos. Cuando estaba intentando hacer hueco para Enzo, descubrí un cajón lleno de ropa y otros chismes que se había dejado Brock. Me planteé la posibilidad de tirarlo todo, pero entonces me acordé del soplo que me dio cuando la policía consiguió la orden de arresto contra mí, y lo llamé para preguntarle si quería recuperar sus cosas. Me dijo que se pasaría al día siguiente.

—Gracias, Millie —dice.

—No hay de qué.

Se detiene en el vano de la puerta, vacilante.

—Te veo bien.

Virgen santa, ¿de verdad vamos a jugar a eso?

—Gracias. Yo a ti también —contesto. Acto seguido, incapaz de contenerme, añado—: ¿Estás saliendo con alguien?

Mueve la cabeza de un lado a otro.

—Con nadie en especial.

No me hace la misma pregunta, por suerte. Después de todas las veces que rechacé su propuesta de que me mudara con él, no quiero lastimarlo diciéndole que voy a vivir con Enzo. Y, a pesar de como acabaron las cosas con Brock cuando me dejó tirada en comisaría, sé que me quería. Mucho más que yo a él.

—Bueno... —Se cambia de brazo la caja—. Buena suerte con... todo.

—Igualmente. Supongo que ya nos veremos. —No sé por qué he añadido esta última frase. Seguramente nunca volveré a verlo.

Me dispongo a cerrar la puerta cuando Brock alarga la mano para frenarme.

—Ah, otra cosa. Millie...

—¿Sí?

Sacude la caja y baja la vista hacia su interior antes de posarla de nuevo en mí.

—¿Mis pastillas de repuesto están aquí dentro?

Me clavo las uñas en la palma de las manos.

—¿Qué?

—El frasco de digoxina de reserva —me aclara—. Lo guardaba en tu botiquín cuando pasaba la noche aquí. Me gusta llevármelo cuando me voy de viaje. ¿Aún lo tienes?

—Pues… —Las uñas se hunden aún más en la piel—. No…, no lo he visto en el botiquín. Debo de haberlo tirado. Lo siento.

Le resta importancia con un gesto.

—Tranquila. Me alegro de que no hayas tirado mi sudadera de Yale.

Brock agita la mano a modo de despedida por última vez y, en vez de cerrar la puerta, sigo con la mirada su descenso por las escaleras, aguantando la respiración. No suelto el aire hasta que lo pierdo de vista.

Pensaba que no se acordaría del frasco de pastillas que dejó en el armario de las medicinas. Yo sí que lo recordaba. Cuando lo vi por primera vez ahí, en la época en que salíamos juntos, me informé sobre la medicación, solo para saber más acerca de mi novio. Así fue como me enteré de que la digoxina en dosis grandes puede provocar una arritmia letal. En aquel momento archivé el dato en mi mente.

A pesar de sus riesgos, la digoxina es un fármaco de uso muy común entre quienes padecen problemas cardiacos, tan común que hasta Douglas Garrick lo tomaba para tratar su fibrilación auricular. Pero las pastillas que acabaron con la vida de Wendy Garrick no procedían del botiquín de Douglas, como supuso la policía.

Después de coger las llaves de Enzo tras enterarme de que seguramente habían dictado una orden de arresto contra mí, no fui en coche hasta la cabaña; al final mantuve la promesa que le había hecho a Enzo. En vez de ello, conduje hasta Manhattan. Fui al edificio donde vivía Marybeth, la esposa de Russell Simonds, que casualmente trabajaba para el auténtico Douglas Garrick, y me presenté a ella.

Resultó ser una mujer encantadora. Estaba destrozada por la muerte de su jefe, y fue muy duro para mí tener que explicarle lo que sabía acerca de su marido. Al recordar el cuantioso seguro de vida que Russell había contratado unos años atrás, Marybeth decidió dar un terapéutico paseo en coche hasta esa cabaña en el bosque.

En cuanto a mí, me fui por otro lado, con un frasco de digoxina menos en el bolso.

Lo más irónico es que, si en vez de liar la que lio, Wendy le hubiera administrado a su esposo una dosis un poco mayor de su propia medicina, él seguramente se habría muerto y habría resultado muy difícil demostrar que no había sido un accidente. Se habría ahorrado muchos problemas.

En cambio, cometió un error de cálculo fatal. Subestimó a una persona extremadamente peligrosa.

Yo.

Y pagó el precio más alto por ello.

Carta de Freida

Queridos lectores:

Un enorme gracias por elegir *El secreto de la asistenta*. Espero que os haya gustado y, si es así, agradecería mucho que escribierais una reseña. Me encantaría conocer vuestra opinión, que además es muy valiosa para que nuevos lectores descubran mis libros.

Además, ¡me encanta recibir comentarios de mis lectores! Podéis poneros en contacto conmigo a través de mi grupo de Facebook, Freida McFadden's McFans.

Y visitar mi página web: www.freidamcfadden.com

¡Para más información sobre mis libros, podéis seguirme en Amazon y también en Bookbub!

¡Gracias!

Freida

Agradecimientos

Quiero darle las gracias al equipo de Bookouture por conseguir que el primer libro de *La asistenta* fuera un éxito espectacular y por apostar por la secuela. Un agradecimiento especial a Ellen Gleeson, mi editora, por ayudarme a mejorar mis libros con su perspicacia y su entusiasmo sin límites. Gracias a mi madre, por ser de las primeras en compartir sus impresiones conmigo, y también a Kate. Y, como siempre, gracias a mis lectores, por vuestro increíble apoyo: ¡sois vosotros quienes hacéis que esto valga la pena!

«Para viajar lejos no hay mejor nave que un libro».

EMILY DICKINSON

Gracias por tu lectura de este libro.

En **penguinlibros.club** encontrarás las mejores recomendaciones de lectura.

Únete a nuestra comunidad y viaja con nosotros.

penguinlibros.club